マカン・マラン
みたび

きまぐれな夜食カフェ

古内一絵

KAZUE FURUUCHI

中央公論新社

目次

第一話　妬みの苺シロップ　5
第二話　藪入りのジュンサイ冷や麦　77
第三話　風と火のスープカレー　141
第四話　クリスマスのタルト・タタン　209

きまぐれな夜食カフェ　マカン・マラン　みたび

装画　西淑
装幀　鈴木久美

第一話

妬みの苺シロップ

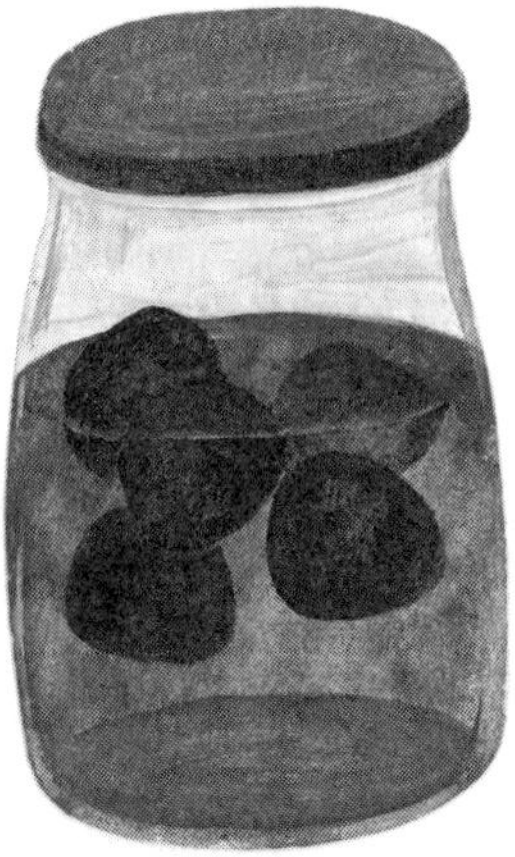

衝立《ついたて》で仕切られた八十センチほどのデスクの上には、パソコンと、電話しかない。

一区切りついたところで、弓月綾《ゆづきあや》は離席ボタンを押した。電話とコネクターでつながっているヘッドフォンを外すと、オフィスいっぱいに響き渡るオペレーターたちの声が、途切れることのない潮騒《しおさい》のように押し寄せてくる。

「はい……、はい……。……大変、申し訳ございません」

渦を巻く喧騒《けんそう》の中、一際懸命な声が聞こえた。視線をやれば、隣のデスクのオペレーターが、何度も頭を下げている。

一週間ほど前からここで働き始めた、三十代の主婦だ。

「本当に……、申し訳ございません」

自分より年上の主婦の声が震《ふる》え始めているのを聞きながら、綾は席を立った。細い通路を歩き、化粧室に向かう。

静かな廊下に出ると、頭の中で電子音が鳴っていることに気づいた。長時間ヘッドフォンをつけているせいだろう。耳鳴りは、オペレーターの職業病のようなものだ。

綾が大手パソコンメーカーのカスタマーサービスセンターでオペレーターのアルバイトを始めてから、既に四年が経《た》つ。離職率が高いこの職場の中では、立派な古株《ふるかぶ》だ。

オペレーター歴が五年目にもなれば、本来なら、ＳＶ《スーパーバイザー》と呼ばれる現場管理者への登用の打《だ》診《しん》があってもおかしくない。事実、綾よりキャリアが短いアルバイトが、ＳＶとして契約社員になった例もある。

だが、綾にそうした声がかかったことは一度もない。綾もまた、それを望んではいなかった。

綾がここでアルバイトを始めたのは、新卒での就職にことごとく失敗したためだ。就活時代のことを思い返すと、今でも背筋がうっすらと寒くなる。

それでも、たいそうなことさえ望まなければ、どうとでもなるものだ。アルバイトには保険やボーナスや退職金の制度はないが、新卒で入った会社から早くも早期退職を迫られているなどという話を漏《も》れ聞くと、最早この社会では、どういった雇用形態であろうと、まともな保障は得られないのではないかと思えてくる。それに、ブラック企業で延々サービス残業をさせられることを考えれば、オペレーターの時給は悪くない。

綾は薄汚れた窓に眼をやった。どんよりとした曇り空の下、中層のビルが立ち並ぶ殺風景な町並みが広がっている。メーカーの本社は湾岸のタワービルに居を構えているが、その下請《したう》けであるカスタマーサービスセンターは、麴町《こうじまち》の古びた雑居ビルの中にあった。

近くに小さな公園があるせいか、カラスがひっきりなしに鳴いている。都会の公園は、どこもカラスだらけだ。

ふと、桜はもう咲いているのだろうかと考えた。

今年の冬は暖冬だったが、春分にさしかかってから急に強い寒気がやってきて、三月も終わりだというのに、二月に戻ったような天候が続いている。

綾は背中を丸めて、化粧室の扉をあけた。

もっとも、桜が咲いたところで、自分には一緒に見にいく相手もいない。今年に限ったことではない。学生時代から、ずっとそうだ。ともすると、綾は自分がまだ二十六歳であることを忘れてしまう。外見も、実年齢よりずっと老《ふ》けて見えるはずだ。

あきらめは顔に宿る。

水垢《みずあか》で曇った鏡に顔を映《うつ》し、綾は小さく息を吐いた。鏡の中から、太い黒縁の眼鏡《めがね》をかけ、不健康に顔を浮腫《むく》ませた女が、睨《にら》むようにこちらを見ている。

一瞬、耳鳴りが強くなった気がして、綾は眉根《まゆね》にしわを寄せた。耳鳴りはともかく、一日中頭が重く感じるのは、慢性的な寝不足のせいかもしれない。このところ、毎日明け方近くまで起きている。ようやく眠ったとしても、数時間で眼が覚めてしまうことが多かった。

もう何年も、気持ちよく眠った記憶がない。

口をへの字に曲げてむっつりと見返す顔は、あの隣のデスクの三十代の主婦に比べて何倍もふてぶてしい。

そう思った途端、〝申し訳ございません〟と繰り返していた主婦のか細い声が、耳の奥に甦《よみがえ》った。

あの調子では、恐らく一ヶ月ももたないだろうと、綾は踏む。

〝お客様を真心込めてサポートするお仕事です。明るく、コミュニケーション能力の高い方を望みます。余暇《よか》を生かして、生き生き楽しく働いてみませんか〟

そんな求人広告を真に受けてやってくる人たちは、大抵短期間で潰《つぶ》れてしまう。

なぜなら、ここではコミュニケーション能力など、実際にはまったくと言っていいほど役に立たないからだ。綾に限って言うなら、この四年間で、そんな能力を発揮《はっき》したことは唯《ただ》の一度もない。この仕事を長く続けるために必要なのは、聞き流すスキルだ。

ほとんどがアルバイトで構成されている綾たちの職場の仕事は、決して難しいものではない。

ひっきりなしにかかってくる問い合わせ《インバウンド》のコールを受け、端末でお客様番号《ID》を照合して製品の型番や契約を確認したら、後はそれぞれのセクションの担当者につなぐだけだ。難しい商品の知識や、取り扱いの説明を直接する必要はほとんどない。

しかし、電話をかけてくる顧客の大多数が、購入時に自分で入力したＩＤを覚えていない。そこで、ＩＤを調べ直す、もしくは取得し直して欲しい旨《むね》を伝えると、ただでさえ保留で散々待たされてきた客たちは烈火《れっか》の如《ごと》く怒り出す。

たとえホームページに「お問い合わせにはお客様番号が必要です」と、赤字で明記されていたとしてもだ。

〝お客様番号ってなんなんだ〟

〝大体、最近はＩＤが多すぎて管理しきれない〟

〝パソコンで確認しろって言われても、そのパソコンが動かないって言ってんだろうが、バカヤロー！〟

オペレーターとしてはどうにもできないことで、散々に怒鳴られる。それをいかに淡々とやり過ごせるかが、この仕事の本当の肝《きも》だ。先の主婦のように、いちいち真に受けて電話に向かって頭を下げ続けていたのでは、身も心ももたない。

中には純粋なインバウンドではなく、ひたすらに質《たち》の悪い言いがかりをつけてくる人もいる。自分から電話を切ることのできないオペレーターを捕まえて、心ゆくまで突《つつ》き回そうとする、所謂《いわゆる》クレーマーだ。

綾自身、「おはようございます」とマニュアルに則《のっと》って挨拶《あいさつ》をした途端、「午前十一時は早くない。一体どういう教育を受けているのか」と延々難癖《なんくせ》をつけられ続けたこともあれば、「保留される側の気持ちを思い知れ」と、二時間近く、電話を保留にされたこともある。

憂《う》さを晴らすために、誰かを簡単に虐《しいた》げたいと思う人たちにとって、顔の見えない電話の向こうのオペレーターは格好の餌食《えじき》であるらしい。

この世の中は、一皮むけば、醜い悪意と敵意でいっぱいだ。

それに慣れていない人に、この仕事は向かない。

綾は、曇った鏡に映った自分の姿をじっと見つめた。着古したカーディガンは手首や肘の辺りにたくさんの毛玉がつき、中に着ているトレーナーも首の部分がよれている。色々なことを、あきらめ切った姿だ。

誰かの足音が響いてくるのに気づき、綾は我に返った。オペレーターたちが離席の際に押すボタンは、ＳＶのブースに連結されている。勤務中の離席時間があまり長いと、うるさいＳＶから注意を受けることになる。

薄汚れた鏡から眼をそらし、綾は足早に個室に入った。


正午になるや否《いな》や、綾は自分の電話を自動音声に切り替えた。これから一時間、カスタマーサービスは休憩《きゅうけい》に入る。この時間に合わせてインバウンドを切り上げるのも、オペレーターのスキルの一つだ。

ちらりと視線を走らせると、隣のデスクの主婦は、案の定、まだヘッドフォンについたマイクに向かって懸命に話し続けている。見かねたのか、ブースから出たＳＶがこちらにやってくる気配がした。綾は素早く席を離れ、ロッカールームに向かった。

狭いロッカールームは、下は十代の学生から、上は六十代までのパートタイムで働く女性たちでいっぱいだ。小さな手提《てさ》げやポーチを手にした彼女たちは、連れ立って休憩に入ろうとしている。オフィスばかりが立ち並ぶ麴町近辺には、それほど飲食店が多くない。代わりに、毎日、仕出し弁当の配達店がたくさんの種類の弁当を携《たずさ》えてやってくる。

ここで働く女性たちは、大体三つのグループに分かれていた。

大多数を占《し》めているのは、仕出し弁当や持参の弁当を持って、昼の間だけ開放されている会議室を食堂代わりにしているグループ。後は、駅前にある唯一のファミレスを利用しているグループと、赤坂見附《あかさかみつけ》近辺の飲食街まで足を延ばす、経済的に少し余裕のあるグループだ。

会議室利用のグループは多少流動的だが、ファミレス派と飲食街派のグループは、昼休みの間中、一糸乱れぬ結束を見せていた。

綾自身は、その派閥《はばつ》のどこにも属していない。

賑《にぎ》やかに私語を交わす女性たちに背を向け、綾はロッカーの中から出勤途中のコンビニで買ってきた菓子パンの袋とお茶のペットボトルと、携帯《スマホ》を取り出した。顧客情報の流失を防ぐため、カスタマーサービスセンターで働くオペレーターたちは、デスクにスマホを置くことを禁じられている。小さな子供を持つオペレーターの中には、緊急連絡が取れないことを不安がる人もいるが、情報を管理する端末を扱う以上、特例は認められない。

スマホを掌《てのひら》に収めると、綾の心に得も言われぬ安堵感《あんどかん》のようなものが湧いた。もっとも、綾の場合、誰かとの連絡を確認するためにスマホを使っているわけではない。

いや、これもまた、〝つながり〟というべきだろうか。

スマホをカーディガンのポケットに滑り込ませ、綾は菓子パンの袋とペットボトルを手にロッカールームを出た。人目を避けるように廊下の隅を歩き、突き当たりの階段を上る。

屋上に通じる重い鉄扉を押しあけると、冷たい風が頬《ほお》を打った。一瞬、ダウンジャケットを着てくるべきだったかと思ったけれど、もう一度ロッカールームに戻る気にはなれない。カーディガンの襟《えり》を掻《か》き合わせ、綾は足元の配管を跨《また》ぎながら給水タンクに近づいた。給水タンクの傍《そば》の古びたベンチが、綾のランチの定位置だ。

ごく稀《まれ》に清掃員の老人と出くわすことはあっても、むき出しの配管だらけで、おまけに高い塀に囲まれて景色の一つも見えない雑然とした屋上に、すき好んでやってくる人はいない。今のように、寒い季節なら尚更だ。

おかげで、綾は誰にも邪魔をされずに、心ゆくまで自分の時間に耽溺《たんでき》することができた。

ビニール袋を破り、柔らかい菓子パンを口に押し込む。今日はあんパンとクリームパン。ジャムやチーズの入ったものを食べることもあるが、実のところ、お腹が膨《ふく》れさえすれば、食事なんてどうでもいい。片手で気楽に食べられることのほうが重要なのだ。

無心に甘いパンを咀嚼《そしゃく》しながら、右手でスマホを操作する。

ロックを解除すれば、すぐにそのブログのトップページが立ち現れた。

私はあなたが嫌いです。好かれたいとも思いません。

小さな液晶画面の中、黒地に真っ赤なタイトルが、異様な存在感を放っている。

昨日アップしたばかりのページのツイートボタンを確認すると、既に百人近い人たちが記事をシェアしていた。

その成果に、綾は小さくほくそ笑む。やはり、最近女性誌で話題のスーパーフードカフェをターゲットにしたのは正解だった。

ツイートボタンから、ブログ記事をシェアした人たちのアカウントを一つ一つたどってみる。

〝やっぱ、ワタキラさん、最高！　雑誌のおべんちゃら記事では絶対書けない勘所《かんどころ》をしっかり突いてる〟

〝相変わらずの見事なバッサリぶりｗｗｗｗ〟

〝こういう流行《はや》りもののカフェって、私もあんまり信用していませんが……〟

賞賛や追随のツイートが続々と現れた。

ツイッターのいいところは、ほとんどが匿名《とくめい》アカウントなところだ。本名登録が原則のフェイスブックと違って、妙な気取りや建前的なところがない。友達申請等の面倒な手続きを踏まずにツイートが読めるのも手軽だ。だからこのブログには、敢《あ》えてツイッターのシェアボタンしかつけていない。

高い匿名性と手軽さの中で、人はとことん無遠慮で明け透けになる。それを眺めるのも、面白かった。

液晶画面をタップしていくと、常連に加え、新規のアカウントもちらほらと見受けられた。中には、拡散を目的とした一千人以上のフォロワーを持つＢＯＴ《ボット》アカウントも混じっている。彼ら、彼女らのツイートがリツイートや「いいね」をされることによって、ブログの記事がネット内で更に拡散されていく様を、綾はぞくぞくする思いで見つめた。

私はあなたが嫌いです――。ブログタイトルの頭の部分を略し、〝ワタキラ〟と通称される匿名ブログを綾が立ち上げてから、もう数年が経つ。

ブログのカテゴリーは、ＣＡＦＥ、ＢＯＯＫ、ＣＯＭＩＣ、ＭＯＶＩＥ、ＴＨＥ　ＯＴＨＥＲ

の五つのみ。通常のブログにありがちな、ダイアリーやプロフィールやコメント欄《らん》は一切ない。勿論、広告収入目的《アフィリエイト》のバナーを貼ったりもしていない。
アカウントを一通りたどり終えると、綾は昨晩エントリーしたばかりの最新記事を開いた。

スーパーフードカフェ　南青山《みなみあおやま》

まず、場所が分かりづらすぎる。ホームページのアクセスマップはこじゃれてるだけでランドマークが一つもなし。結局、雑居ビルの中に入ってるんだから、気取らずに消費者金融の向かいと書くべき。
店員の女性も不親切。メニューの詳しい説明は一切なし。意識高い系のカフェなんだから、お客が予習してくるのが当たり前って感じが丸見え。肝心のお料理も、高くて、それからとにかく不味《まず》い。スーパーフードって、あんまり美味《おい》しくないから食べられてこなかった食材なんだってことがよく分かる。だってカカオニブなんて、そのまま食べたら不味いから、加工してチョコレートにしてたわけでしょう。いくら栄養があるからって、糠《ぬか》を直接食べる人がいる？（ま、好き好きかもしれないけどね）
要するに、カカオニブとか、ユーグレナとか、チアシードとか、ちょっと変わった名称をありがたがってるだけ。でも、ユーグレナって、結局ミドリムシだから。
一時的に流行に乗っかって気休めしたい、お一人様のアラフォー女性にはお薦《すす》めです。（ちなみに、お客はそんな人ばっかり）
きらきら系女性誌の検証でいってみたものの、やっぱり非常にザンネンな結果でした。お洒落《しゃれ》な空間演出してても、店内にはずーっとショウジョウバエ飛んでたし。

クリームパンを押し込んだ口元が、思わずにやけそうになる。

本当は、きちんとカフェを利用したわけではない。テイクアウトコーナーを物色するふりをしながら、店内の様子を窺《うかが》ってきただけだ。なにも買わずに店先をうろつく、お洒落な空間にそぐわない風貌《ふうぼう》の自分に注がれる、店員の視線が痛かった。

それでもこれだけのシェアを稼《かせ》げたのだから、わざわざ南青山まで足を運んだ甲斐《かい》があったというものだ。

綾は満足して、一旦スマホのブラウザを閉じた。

給水タンクの隣には、掃除用具などが入っている物置があり、その前に灰皿が伏せてある。ビルの清掃員が、このベンチに座って喫煙《きつえん》することがあるのだろう。

綾はふと、高校時代もよくこうして屋上で弁当を食べていたことを思い出した。あの頃も、屋上で煙草《たばこ》を吸っている連中がいた。当初、綾は彼らと鉢合わせることを恐れていたが、実のところ、隠れて煙草を吸っている連中は、綾のことなど端《はな》から眼中になかった。彼らはただ、授業がさぼれて、煙草が吸えれば、後のことはどうでもいいと考えているようだった。

屋上の隅っこで誰にも見つからないように弁当を食べていた当時の自分を思い返すと、綾のへの字口の角が益々《ますます》下がる。

それでも、小学校や中学校に比べれば、遥《はる》かにましな時代だった。

地味で、運動神経が鈍く、反応が遅い。皆と話を合わせられない。そのくせ、成績だけは多少よかったせいか、綾は小学三年生になったときから、「暗いくせに生意気」と、ずっと同じグループの苛《いじ》めの対象にされてきた。栃木《とちぎ》の狭い田舎《いなか》町の公立は、中学にいっても顔ぶれがほとんど変わらない。ホームルームのたび、それまで口もきいてくれなかった幼馴染《おさなな じ》みたちが次々と手を挙げ、その日の綾の至らなかった点を指摘するというのが、一種の娯楽のようになっていた。

〝弓月さんは、今日も挨拶してくれませんでした〟

違う。挨拶しようとしたら、皆で無視して去っていったのではないか。

〝授業中に、ガサガサ音をたてるのはやめてください〟

違う。机に戻ってきたら、ノートが無くなっていたから、探していただけだ。

反論の暇《いとま》を与えぬほど、クラスの主流派の女子たちが、どんどん手を挙げていく。

あのときの彼女たちの眼差しは、忘れようと思っても忘れられない。全員が生き生きと眼を輝かせていた。

中には居心地が悪そうに俯《うつむ》いている級友もいたが、それは圧倒的に少数派だった。担任の先生も困ったような顔をしているだけで、とめてくれたことは一度もなかった。中学時代の男の担任に至っては、一緒になって綾を糾弾《きゅうだん》したほどだ。

あれが人の本性。

寄ってたかって誰かを虐げるのは、なによりも楽しい娯楽なのだ。

どれだけの手段を講じようと、苛めは絶対になくならない。

だから高校に入り、ようやく顔ぶれが入れ替わったとき、綾は己の存在を消すことに全力を尽くした。苛めがなくならない以上、そのターゲットにならないよう、自分を消すしかない。

目立たないように、クラスの主流派に眼をつけられないように、幽霊《ゆうれい》にでもなったかの如く、綾はひっそりと息を潜めて過ごした。休み時間は屋上や図書室に隠れ、授業が終わると一目散に学校を離れた。

日が長くなる夏が嫌いだった。燦々《さんさん》と降り注ぐ陽光の下、青々と広がる田んぼを眺めながら、放課後の長い時間をどう過ごせばいいのかが分からなくて途方に暮れた。

それでも幽霊でいるほうが、皆の暇潰しのために、吊《つ》るし上げにされるよりはずっとましだ。

高校を卒業すると、綾は親元を離れて埼玉《さいたま》の大学に進学した。

今思えば、高校、大学時代は、綾にとって比較的穏《おだ》やかな時代だった。

次に綾がつまずいたのは、就活だ。

就活生なら誰もが手にするＥ Ｓ《エントリーシート》を前にしたとき、綾は茫然《ぼうぜん》とした。特技、アピールポイント、今までなにをしてきたか、自分の長所と短所を三つずつ――。

長年、存在を消すことばかりに心を砕《くだ》いてきた綾は、どの問いにもまともに答えることができなかった。

そして、ＷＥＢテスト。パソコンを通して行われるＷＥＢテストは、友人同士が手を組み、二人以上で取り組む不正が横行していた。手助けしてくれる友達のいない綾は、ＷＥＢテストをなかなか突破することができなかった。

ＥＳとＷＥＢテストで散々ふるい落とされ、それでもなんとかたどり着いた面接でも、綾は自分に策がないことを痛感した。

語学留学、ボランティア、就業体験《インターンシップ》、サークル活動……。謳《うた》うように経歴を並べたてる学生たちの隣で、ひたすらに俯き続けることしかできなかった。

どれだけの面接に落ち、どれだけの無力感を味わったか分からない。

特に、第一志望だった中堅家電メーカーの面接は酷《ひど》いものだった。

声が小さい。姿勢が悪い。人の眼を見て話せ。

部屋に入った途端、中央に座っていた男性の面接官から、なぜか綾だけが次々と叱責《しっせき》された。小中とホームルームで吊るし上げられた嫌な記憶が甦り、綾は喉《のど》を詰まらせた。大汗をかき、頬を引きつらせる綾のことを、顔色の悪い中年の面接官は、人の悪い眼差しで眺めていた。

身も心も疲弊《ひへい》し、一時は栃木の実家に帰ることも考えたが、自分をターゲットにしていたクラスの主犯格が親の商売を継いで未《いま》だに地元にいることを知ると、どうしても踏ん切りがつかなかった。

選考期間が残り少なくなってきた夏季休暇前、綾は今更のように出向いた教務課で、就職の決まった学生たちの多くは、実は選考期間前に内定をもらっているという事実を知らされた。

〝あなた、どうしてインターン制度を受けなかったの？〟

教務課の先生に同情するように見つめられ、綾は言葉を失った。

クラスメイトたちとの距離を置きすぎていた綾は、インターン制度を受けた学生が優遇される企業があること等、〝就活生の常識〟にも疎《うと》かった。

ここへきてようやく綾は、他の学生たちが夏のインターンシップに向けて、三年になった途端に就活を始めていたことを知った。経団連の公表を馬鹿正直に真に受け、四年の春から動き始めた綾の就活は、その時点で既に大きく出遅れていたのだ。

しかも、選考期間前に内定が出たという企業の中には、綾の第一志望だった中堅家電メーカーが含まれていた。

つまり――。

罵倒《ばとう》に近かったあの面接は、既に内定者が出た上での、経団連の公表に表面的に足並みをそろえてみせた、建前でしかなかったということか。

勿論、正規の選考で内定をもらった人もいたに違いない。

それでも、あのとき自分を槍玉《やりだま》に挙げた面接官の侮蔑《ぶべつ》的な眼差しを思い返すと、綾は屈辱《くつじょく》で身体の芯《しん》が震えるのを感じた。

なぜ、こんな理不尽な眼に遭わなければならないのだろう。

反論のできない弱くてみっともない存在なら、思う存分踏みつけたところで、どうということもないと思ったのだろうか。

その晩、綾は就活のために通販サイトで取り寄せた家電メーカーの製品を、次々とゴミ袋に投げ入れた。小さな製品ばかりだったが、どれもバイト代を削《けず》り、生活費を切り詰めて購入したものだ。それでも、もったいないという気持ち以上に、あの面接官の顔がちらつくのが耐《た》えられなかった。深夜に不燃ゴミ置き場までゴミ袋を引きずっていくと、悔しくて涙が出た。

そのときふと、通販サイトに口コミのレビュー欄があることを思い出した。綾はアパートに戻るなり、すぐさまノートパソコンを立ち上げて通販サイトにアクセスした。

そこから先は、無我夢中だった。

使いにくさ、デザインの悪さ、コストパフォーマンスの低さ、耐久性の低さ……いくらでも書くことがあった。端から悪い面のみを見ようとすれば、それはいくらでも、どこからでも見つけてくることができる。

かつてクラスメイトたちが、自分の至らぬ点ばかりをあげつらってみせたように。

すべてに復讐《ふくしゅう》するように、綾は事細かに、商品の欠点をレビュー欄に書き連ねた。

あらゆる口コミサイトを回り、書いて、書いて、書きまくり、ようやく気が済んだときには、すっかり夜が明けていた。こんなに夢中になってなにかをしたのは、随分久しぶりのことだった。

そのとき感じた高揚《こうよう》が、今も自分の身体の奥で燻《くすぶ》り続けている。

寒空の下のベンチにもたれ、綾は再びスマホを起動してネットの海をさまよい始めた。

たくさんの呟《つぶや》き、たくさんの口コミ。それはまるで、銀河に散らばる星屑《ほしくず》のようだ。

吐き散らかされた屑が、ときとして、星座のようになにかを形作ることがある。

夏季休暇が終わり、自分の就活が失敗に終わったことを認めざるを得なくなったとき、しかし、綾は久しぶりに通販サイトを覗《のぞ》き、意外な事実に直面した。

レビュー欄のトップに、自分が書き込んだ口コミが載《の》っている。そこにつけられた、「参考になった」のポイントの多さには、綾自身が面食らった。

〝本当に使った人にしか、書けないポイントが突《つ》いてある〟

〝私自身、この商品に不安があった部分が、詳細に説明されていました。おかげで買わずに済みました。別のメーカーを当たってみます〟

〝ユーザーにとってはありがたい情報ばかりでした〟

他のサイトを回ってみれば、同じように、綾のレビューに「参考になった」や「いいね」のポイントが集まっている。

それは、誰からもまともに相手にされることがなく、されたとしても、理不尽な攻撃ばかりを受けてきた綾が、恐らく初めて受けた肯定的な注目だった。

そのとき綾は、得も言われぬ快感を覚えた。

他人からの承認や注目が、こんなにも甘美なものだとは知らなかった。

以来、綾はあらゆるポータルサイトに、様々なアカウントを使って口コミを書くようになった。

ユーザーは、ありきたりの誉《ほ》め言葉より、実感のこもった辛辣《しんらつ》な批判にビビッドに反応する。ましてやそれが、嫉妬心《しっとしん》を煽《あお》る対象なら尚更だ。

一人では入れない雰囲気のカフェやレストラン。人気アイドルが出演している話題先行の映画。若くて綺麗《きれい》な女性作家が書いたベストセラー小説。

少しでも人が妬《ねた》ましく思う要素のあるものは、叩《たた》けば叩くほど反応がある。

もっとも、根拠のない批判はそれほどの効力を持たない。

たとえ嫉妬ややっかみでも、人はある程度それらしい建前を必要とする。そして、叩いてもいいと見做《みな》される条件がそろえば、あっという間にそこに群がる。

だから綾は、たとえ面倒でも、とりあえず足を運んだり、ざっと目を通したりして、真実味のある粗《あら》を探した。いつも悪意にさらされてきた自分だから、それを取り出すことにだって長《た》けている。歪《ゆが》んでいて結構だ。

だって、それをこんなに待っている人たちがいる。

けなせばけなすほど、「いいね」や「参考になった」のポイントが増えていった。

一度覚えてしまった注目の快感は、麻薬のようなものだった。

そして――。

ほどなく綾がたどり着いたのが、匿名サイト〝ワタキラ〟だ。

〝ワタキラ〟で取り上げられたものは、どのカテゴリーでも辛辣に貶《おとし》められる。

アフィリエイトやコメント欄を一切拒否した、ただ「けなす《ディスる》」だけのブログは、瞬く間に密《ひそ》かな人気を呼ぶようになった。

普通、話題性のあるブログは、書籍化を目論《もくろ》み、途中から日和見的《ひよりみてき》になったり、版元に媚《こ》びたりしがちだが、そうした動きを一切見せず、ブロガーが一貫して正体と連絡先を明かそうとしないところも、ストイックだと受けとめられているようだ。

綾はターゲットを決めると、その近辺のSNSをあさって、揚げ足取りの材料にすることも忘れなかった。人は、より信憑性《しんぴょうせい》のある粗を求めているからだ。誰もが頷《うなず》くポイントを突くことによって、一斉に「いいね」がやってくる。いつしか綾は一部で「謎の辛口ブロガー」の称号を受けるまでになっていた。

綾はそれが面白くて仕方がない。

匿名が溢《あふ》れるSNSや掲示板《けいじばん》は、一皮むけば誰もが心に秘めている怨嗟《えんさ》の嵐《あらし》だ。そしてそれこそが、人の本性というものだ。

実生活では幽霊のような自分でも、怨嗟の吹き荒れるネットの中では女王さまだ。

パソコンやスマホを端末とする噂《うわさ》や情報の海で、ついに綾は、はけ口にされるばかりだった弱くて惨《みじ》めな自分を封印《ふういん》する、強力なアイテムを手に入れた。

以来、綾は毎日、明け方近くまでパソコンやスマホにかじりついてしまう。中毒のようだと思うときもあるが、今となっては到底やめることはできない。

しかしだからこそ、綾は今更クレーマーの言葉などに怯《ひる》まずにいられる。

ああ、そうでしょう。

面白いでしょう。気持ちいいでしょう。やめられないでしょう――。

顔の見えないオペレーターを怒鳴りつける電話の向こうのクレーマーたちに、眼を輝かせて自分を糾弾したクラスの女子や、徹夜でネットサーフィンをしている自分の姿が重なる。

けれどそこまで考えたとき、ふっと、胃の縁から不快感が込み上げた。

見るともなしに見ていたスマホの画面から眼を離し、綾はみぞおちに手を置く。押し込むように食べていた菓子パンの人工的な甘さが、喉の奥から押し戻されてくる。

ペットボトルのお茶を呷《あお》り、綾はむせそうになった。

身体がだるい、頭が重い。胃がむかつく、耳鳴りがする。

我に返ると、既に慢性的になっている様々な不調が甦る。もう何年も、まともに眠っていないせいだ。今の自分が不健康なことは、さすがに自覚している。ここで鏡を見れば、眼も血走っているかもしれない。仕事中は端末から眼を離せないのだから、せめて昼休みくらいは、目蓋《まぶた》を閉じて休むべきなのだろう。

それくらいは分かっている。分かってはいるのだが……。

頭の片隅で繰り返しながらも、綾は惰性《だせい》のようにスマホの画面をタップし続けた。


四月に入ったが、一向に暖かくなる気配がない。

おまけにようやく咲き始めた桜に、数日間、冷たい雨が降りしきった。週末、バイト先の結束力のあるグループが、会社の傍の公園で花見を計画していたらしいが、この雨のせいで結局キャンセルになったという噂だった。

もとより声のかかるわけもない綾にとっては、至極どうでもよい話ではある。

空腹を覚え、綾はだらだらと見続けていたテレビのバラエティ番組から眼をそらした。いつの間にか夜の十時を過ぎている。綾は卓袱台《ちゃぶだい》の上に手をつき、重い体を引き起こした。足を引きずりながら、小さな台所に向かう。

今日こそ、少しはまともなものを食べようと思っていたのに。

今夜こそ、少しは早く寝ようと思っていたのに。

思うばかりで、時間は毎日怠惰《たいだ》に過ぎていく。

結局この日も炊事をする気になれず、綾は薬缶《やかん》を火にかけた。減るのは大量に買い置きしてあるカップラーメンばかりで、気まぐれに買ってみた小松菜やニンジンはとうに萎《しな》びてしまっている。

昼に食べ残した菓子パンの残りがあったはずだと、綾は投げ出しておいたトートバッグを手に取った。

この日、油の浮いたチーズデニッシュを取り出した途端、綾はふいに重い気分に囚《とら》われた。

バイト先のカスタマーサービスセンターで、自分たちアルバイトも含めた全体集会が行われた。親会社の営業不振を受けて、カスタマーサービスセンターでも機構改革が進められることになったという。今はまだはっきりしたことは公示されなかったが、恐らく人員削減《さくげん》が実施されることになるのだろう。

そうなれば、真っ先に切られるのは、アルバイトのオペレーターに違いない。

綾の中に、暗い雲が湧き起こる。

ようやく、自分に似つかわしい職場を手に入れたと思っていたのに。またしても職探しをしなければならないのかと思うと、憂鬱《ゆううつ》で胸が塞《ふさ》がれたようになる。

もう二度と、面接官から面白半分に嬲《なぶ》られるような眼には遭いたくない。

綾はふと、隣のデスクの主婦のことを思い出した。

すぐに潰れるだろうと思っていた純真そうな主婦は、意外にもまだ頑張《がんば》っている。相変わらず、昼休憩や退社時刻になっても電話を切れずに、一人でいつまでもマイクに向かっているが、ここ数日、その様子に少しずつ変化が出てきていた。

特に、今日。

退社時刻と同時に電話を自動音声に切り替えた綾の隣で、主婦はまだ、ヘッドフォンについたマイクに向かってなにやら話し込んでいた。その要領の悪さに半ば呆《あき》れて視線を走らせ、綾は思わず眼鏡の奥の眼を見張った。

〝はい、大丈夫ですよ、お客様。はい、はい……。お客様のせいではございません。ご安心くださいませ……〟

繰り返す主婦の声は、とても穏やかだった。

〝そう言っていただけて……、お役に立てて、とても嬉しいです〟

しかも彼女がそう続けるのを聞いたとき、なぜか綾はぞっとした。主婦の口元に浮かんだ柔らかな笑みから眼をそらし、逃げ出すようにオフィスを抜け出した。

今でもあの落ち着いた声を思い返すと、妙な焦燥感《しょうそうかん》に襲《おそ》われる。

あのとき覚えた得体のしれない不快感は、一体、なんだったのだろう。深く考えようとすると、再び胸の奥からざわざわとしたものが湧いてくる。

鋭い汽笛のような音が狭い台所いっぱいに響き渡り、綾は飛び上がりそうになった。

薬缶のお湯が沸騰《ふっとう》したのだ。

ガスレンジの火をとめ、綾は大きく息を吐く。カップラーメンに熱湯を注げば、人工的な旨《うま》み成分の匂いが胃の縁を刺激した。カップラーメンはたまに食べると美味しい、などと上品ぶる向きもあるが、残念なことに毎晩のように食べていても、刺激的な旨みは案外飽きることがない。むしろ食べれば食べるほど、癖になっていくようだ。

蓋をしたカップラーメンとチーズデニッシュを手に綾が卓袱台の前に戻ってくると、つけっぱなしのテレビではバラエティ番組が終わり、ニュースが始まっていた。

テロ、ミサイル、殺人、詐欺《さぎ》……。

気の滅入るニュースばかりだ。

しかし、どんなに悲惨《ひさん》で危機的な状況であっても、毎晩同じようなことばかりを聞かされていると、段々無関心になっていく。

片手でザッピングしながら、綾はカップラーメンの蓋に指をかけた。

沸騰したお湯を注ぐ場合は、吹き零《こぼ》れにご注意ください。

蓋をあける際には、お湯はねにご注意ください。

切り口で、手を切らないようにご注意ください。

スープに溶け残るものは調味料です。商品に問題はありません……。

直径二十センチほどの上蓋に、細かい文字でぎっしりと注意書きがされている。こうでもしておかないと、言いがかりをつけてくる人が絶えないのだろう。もっとも、どれだけ注意書きを並べたところで、言いがかりがなくなるわけではない。

注意書きのすぐ下に記載されているお客様相談センターのフリーダイヤルの番号を、綾は無言で見つめた。

いつの間にか、どの局でも申し合わせたようにスポーツニュースが始まったことに気づき、ザッピングの手をとめる。蓋をあけたラーメンを一旦卓袱台の上に置き、綾はおもむろにノートパソコンを立ち上げた。

左手で割り箸《わりばし》を割りながら、タブレットモードにした画面をタップする。すぐに、ブックマークされたページが眼の前に現れた。最近、綾が〝ターゲット〟にしている漫画家《まんが》のSNSだ。

藤森裕紀《ふじもりひろき》――。

昨年デビューし、「画力、ストーリー共に、久々の本格派」と人気が出始めている新人だ。

直接ファンや読者に情報を発信できることもあり、SNSを利用している芸能人や漫画家は多い。裕紀もデビューと同時に、ツイッターとフェイスブックを本格的に始めていた。

裕紀のSNSを入念にチェックすることは、今や綾の日課だった。毎晩、執拗《しつよう》にツイートやコメントのチェックを繰り返し、「使えそう」と判断したものは、スクリーンショットを取って保存する。こうしておけば、本人がたまさかそれを削除しても、綾のパソコンやスマホ内には「証拠」が残る。

それがなにの「証拠」になるのかは、それをどう「使う」かによるだろう。

綾は小さくほくそ笑み、裕紀のスクリーンショットを溜《た》めたファイルを開いた。SNS歴が浅いせいか、裕紀のツイートは意外に無防備だった。

〝地元の書店さんでサイン会をひらいてもらえることになりました。初のコミックス、心を込めてサインさせていただきます。お近くの方は是非！〟

一ヶ月前に、書店のURLつきのツイートを見たとき、裕紀が自分の住むアパートからそう遠くない街に住んでいることを、綾は初めて知った。

ラーメンをずるずると啜《すす》り、綾は視線を卓袱台の横のボックスに向ける。服や雑誌や食べかけのスナックが雑然と押し込まれたボックスの一番上に、藤森裕紀が昨年少年漫画雑誌に連載していた漫画のコミックス第一巻が載っている。

何気なく手に取り、ぱらぱらとページをめくってみた。

デジタル制作ソフトの登場で、最近ではアシスタント修業を経ずに、WEB掲載からプロになる漫画家が増えている中、裕紀はベテラン漫画家に三年間師事してきた正統派だと聞く。成程、アナログとデジタルを融合させた作画には迫力があり、ネットに溢れている流行のアニメっぽいイラストとは一線を画している。

デビュー作は、優秀な兄王への反発で冒険の旅に出た気ままな弟王が、いつしか大きな陰謀《いんぼう》と戦いに巻き込まれていく王道ファンタジーだが、どのキャラクターにもリアルな魅力があった。

めくったページの先に、孔雀《くじゃく》の羽根の扇子を揺らす、きらびやかなドレスを身に纏《まと》った美中年が現れる。弟王を導きながらも、今の段階では敵か味方か分からない正体不明の魔導士、ピラカンサス――。

この女装癖《じょそうへき》を持つ謎めいたキャラクターは、特に読者の人気を集めていた。

いつの間にか見入ってしまい、綾はハッと我に返る。再びラーメンを啜ると、スープを吸った麺《めん》はすっかりふやけていた。ぶよぶよした食感の麺を咀嚼しながら、綾は見返しの部分を開いてみた。


田中明子《たなかあきこ》さんへ。今日はありがとう。楽しんでもらえたら嬉しいです。藤森裕紀

決して達筆とは言えない、けれど書き慣れた筆跡が眼に入る。

漫画家のサイン会に足を運んだのなんて、生まれて初めてのことだ。

〝お名前は？〟

しかし、裕紀から屈託《くったく》のない笑顔を向けられたとき、綾はとっさに、日本中のどこにでもいそうな偽名《ぎめい》を名乗った。

お名前は？

明るい裕紀の眼差しを遮るように、綾はコミックスを勢いよく閉じる。

なに、あれ――。

胸の奥から、むらむらと黒いものが湧き起こる。

商業用の愛想笑いのくせに。本当は、人のことなんて、なんとも思っていないくせに。

そう思った瞬間、なぜか柔らかな笑みを浮かべて問い合わせに答えていた、隣のデスクの主婦の姿が浮かんだ。

偽善。

ようやく、ざわつく感情が綾の中で意味を結ぶ。

そうだ、偽善だ。

ずっと身体の奥で燻っていた、得体の知れない不快感の正体はこれだ。

カップラーメンの残りを口の中に押し込むと、綾はコミックスを元の場所に放って、ノートパソコンに向かった。ブラックアウトしていた画面にタッチし、大手通販サイトにつなぐ。

藤森裕紀作品のユーザーレビューのトップページに、星一つのレビューが並んでいる。全部、匿名のアカウントやアドレスから、綾が投稿《とうこう》したものだ。

古臭くて、既視感だらけ。これが正統派なら、既出の名作を読んでいたほうがまし。

思ったとおりの展開で、新しさは一つもなし。

ピラカンサスだの、アガパンサスだの、キャラクターの名前が覚えにくくて、ちっとも頭に入ってこない。

なぜ評価が高いのか、さっぱり分かりません……。

そこに「参考になった」のポイントがいくつもついていることに、綾は暗い満足感を覚えた。

勿論、〝ワタキラ〟でも裕紀の作品は、連載時から散々槍玉に挙げている。

だって――。

これが世界の正しい在り方だもの。この世は所詮《しょせん》、悪意や敵意で成り立っているのだから。

それを味方につけている限り、自分はネットの中では無敵だ。

軽い全能感に酔いながら、綾は改めて藤森裕紀のスクリーンショットを溜めたファイルを開いた。

〝運命を変えてくれたカフェ〟というタイトルの、インタビュー記事が現れる。

詳しい場所は言えないけれど、自分がプロになる覚悟を決めるきっかけを与えてくれたカフェが近所にあるという。そこは、店主が気まぐれで営業する不定休のカフェで、今もインスピレーションが欲しくなると、裕紀はそこへ出向くのだそうだ。

〝静かな空間でリラックスしながら美味しいものを食べていると、明日への活力が湧くんです。僕の作品が、皆さんにとってそういう存在になってくれればいいなと思います〟

インタビューは、そう話す裕紀の言葉で締めくくられている。何度も読み返したインタビュー記事を前に、綾は口元を歪ませた。

カフェの食事ごときで運命が変わる？

「はあ？　バカじゃん……」

綾は呟きながら、新しいタブで裕紀のツイッターページを開いた。

「お」

丁度《ちょうど》ツイートがあがっていることに、思わず声が出てしまう。

〝ようやくネームが終わったので、いつものカフェでちょっと休憩。今夜は桜の花の玄米丸麦ご飯です〟

笑顔の顔文字つきのツイートには、一枚の写真が添付されていた。

油の染みたチーズデニッシュを手にしかけていた綾は、無意識のうちにその写真をじっと見つめた。何品ものおかずが盛られた小さな皿が、お盆の上に綺麗に並べられている。キャベツと厚揚《あつあ》げとエリンギの炒め物、蕪《かぶ》とさやえんどうの味噌汁《みそしる》、山芋《やまいも》のソテー、鶏肉の唐揚げのような揚げ物も見える。それから、画面の端のお茶碗《ちゃわん》に盛られているのが、ツイートにある桜の花のご飯だろう。

薄茶色のふっくらとしたご飯の中に、ピンク色の花が見え隠れしている。

こんなに品数の多い、手の込んだ料理は、もう何年も口にしていない。

綾はごくりと喉を鳴らした。

慌てて我に返れば、カップラーメンのプラスチック容器と、食べかけのデニッシュが眼に入る。美味しそうな料理の並ぶ写真を見てしまった後では口にする気になれず、綾はデニッシュを卓袱台の上に置いた。

しばらく考え込んだ後、綾はタブレットモードを解除して、キーボードを叩き始める。

〝そこがご自慢の心の支えのカフェですか。一見美味しそうですが、なんかよく見ると、味気ないものばっかりですね。もっとしっかり食べれば、少しはましな作品描《か》けるかもですよ〟

一旦区切ると、綾は裕紀のツイートに向けて返信《リプライ》を送った。

裕紀のツイートが投稿されたのは五分前。ひょっとすると彼はまだ、スマホでタイムラインを眺めているかもしれない。自分の返信を裕紀に直接読ませる絶好のチャンスだと、綾の心は逸《はや》った。

〝大体、カフェで運命変わるって、随分単純ですね。でもその程度の人生観だから、ああいう薄っぺらい作品が生まれるのかもしれませんね。万人受けすることは認めます。これからもせいぜい頑張ってください〟

続けざまに返信を送る。タイムラインを確認すれば、裕紀のツイートにつながった自分の返信ツイートが流れてきた。

すかさず、表示回数《インプレッション》をチェックする。まだ一桁《けた》だが、綾が送った裕紀宛てのツイートは、確かに数人のタイムラインに流れている。それを裕紀本人が見ているか否かは定かではないが、綾は微《かす》かな高揚を覚えた。

これで、裕紀から、なんらかの反応があるかもしれない。

もう一度裕紀のツイッターページに戻り、綾は固唾《かたず》を呑《の》むようにしてツイートがあがるのを待った。しかし、新しいツイートはなかなかあがらない。

綾はだんだん苛々してきた。

果たして裕紀は、自分が送った返信を眼にしているのか否か。

ついにはしびれを切らし、今度はもう一つの匿名アカウントから、別人を装った返信を送ってみる。

〝先生、酷いことを言う人のことなんて、気にすることないですよ。応援しています！〟

これに食いついてくれれば、前に送ったツイートへの反応も分かる。

だが、この返信にも、裕紀はなにも応えなかった。もしかしたら、もうタイムラインを見ていないのかもしれない。

綾は未練がましく、裕紀のページを見つめた。

それから、芸能ニュースのゴシップ記事を読んだり、〝ワタキラ〟のシェア数をチェックしたりしながら時間を潰し、綾は何度も裕紀のページを覗きにいった。

けれど、どれだけ待っても、裕紀のツイッターは一向に新しい動きを見せなかった。本当に、自分の返信を読んでいないのだろうか。拒絶《ブロック》さえされていない。

ふいに全能なはずのネット世界でも無力感を覚え、綾はなんだか虚《むな》しくなった。

私、なにしてるんだろう——。

デジタル時計に眼をやり、ぎょっとする。いつの間にか深夜二時近くになっていた。

パソコンに向かっているうちに、あっという間に数時間が過ぎていた。

それなのに、ブラウザを閉じることができない。

なぜか綾は、もう後に引けないような心持ちになっていた。

顔を洗って、歯を磨《みが》かなければいけない。明日の準備をしなければいけない。寝なくてはいけない。

頭ではそう思うのだが、眼が、指が、ネットから、マウスから離れない。

惰性のように悪意と敵意に満ちた匿名掲示板を渡り歩き、うんざりしながら、心のどこかで歪んだ安堵感を覚える。

こんなふうにいつまでも起きているのは、私だけじゃない。

こんなふうにどこまでも腐《くさ》っているのは、私だけじゃない。

合間合間に覗きにいく裕紀のページは、あれ以来、ぴたりと動かなかった。美味しそうな写真を添付したツイートは、既に三時間前のものになっていた。

寝なきゃ……。

このままでは、また夜が明けてしまう。

でも、仕事は別に体力がいるものでもないし、むしろ頭を空にしておいたほうが捗《はかど》るくらいだ。

ただ、その仕事も、いつまで続けられるかが今は怪しい。

結局綾は、その日も明け方までパソコンにかじりついていた。

翌週。バイト先のカスタマーサービスセンターで、ついに機構改革の詳細が公示された。今後、担当者につなぐだけのオペレーターは全面的に削減され、全員が製品説明を受け持つことになる。従って、オペレーターはアルバイトも含め、再研修を受ける必要があるとのことだった。

狭い会議室で、綾は人事担当の面接を受けていた。

「弓月さんは、今年でバイト歴が五年めになるんだよねぇ……」

綾がアルバイトとして採用されたときの人事担当者はとうに異動しているようで、書類をめくっているのは、今まで会ったこともない男性社員だった。

「随分長くバイトしてるのに、どうして今まで、ＳＶの試験や製品説明の研修を受けて、その上にいこうとはしなかったの？」

咎《とが》めるような眼差しを向けられ、綾は押し黙る。

だから面接は嫌いだ。

今までなにをしてきたのか。この先なにをしたいのか。

そんな、自分でも判然としない部分に、無理やり無遠慮な手を突っ込まれてまさぐられる。

「もっと向上心がないと、バイトとはいえ、この先うちでやっていくのは難しいと思うけどなぁ……」

綾が黙っていると、人事の男性は独りごとのように言いながら、書類になにかを書きつけた。

「はい、もういいですよ。面接の結果は後日お知らせしますので、ひとまず自宅で待機してください」

あっさりと告げられ、いささか拍子《ひょうし》抜けする。もっと研修のことや、担当製品の振り分けについて、具体的な説明があるものだと思っていた。

綾が部屋を出て廊下を歩いていると、丁度、隣の会議室からも誰かが出てきた。

「あ、弓月さん」

声をかけられ、綾はぎょっとする。隣のデスクの主婦が、微かに頬を紅潮《こうちょう》させてこちらを見ていた。

「面接って、いくつになっても緊張しますね」

屈託なく笑いかけられて、益々驚く。まさかこちらの名前を覚えられていたとは思わなかった。

無論綾は、彼女の名前など知ろうとしたこともない。

「でも、これから大変ですね。こんな分厚いマニュアル、全部覚えなきゃいけないんですもの」

その言葉に、綾は主婦が分厚いマニュアル本を抱えていることに気がついた。

「私、製品説明なんて、初めてだから……」

主婦が不安げに呟くのを聞きながら、綾は心が冷えていくのを感じる。

そういうことか――。

下請けのカスタマーサービスセンターでは、すべてのアルバイトに研修を受けさせる余裕はないのだろう。今後も採用を続けるアルバイトだけに、マニュアル本が配られているらしい。

要するに、今の面接で、綾はまたしてもふるい落とされたわけだ。

「弓月さん」

綾の沈黙にかまわず、主婦が真っ直ぐな眼差しを向けてくる。

「私、弓月さんの隣で本当によかったです」

は――？

なにを言い出すのかと、綾は身構えた。

この女は、一体なにを考えているのだろう。馴れ馴れしく名前を呼んで、なにを親しげに振舞っているのだろう。

いかにも純真そうな主婦を見返すうちに、綾の中でなにかがざわざわと蠢《うごめ》き始める。

綾の眼鏡の奥の眼差しがどんどん険しくなっていくことに、主婦は気づいていないようだった。

「私、オペレーターの仕事、初めてで、いつも焦っちゃって……」

少し口ごもった後、主婦は照れたような笑みを浮かべる。

「でも、隣の弓月さんがとても落ち着いているから、そのおかげで、随分、助けられました」

瞬間、綾は胸を衝《つ》かれた。自分でも未知の部分に、思い切り手を突っ込まれ、掻き回された気がした。

「……なんですか、それ……」

押し殺したような声が出る。

ネットの中ではあれだけ攻撃的に振る舞えるのに、生身の人間を前にすると、まともに眼を合わせることもできない。

卑屈《ひくつ》な自分をひりひりと感じながら、それでも綾は続けずにはいられなかった。

「それ、一体、なんの皮肉ですか……。私、マニュアル本なんて、もらってないんですけど。要するに、リストラ確定ってことですよね」

力なく言いながら顔を上げ、綾はハッとした。

マニュアル本を胸に抱えた主婦が、可哀そうなほど真っ青になっている。人気《ひとけ》のない廊下に、重い沈黙が流れた。

「ごめんなさい……」

やがて、主婦の唇から震える声が漏れる。

「本当にごめんなさい。私、そんなつもりじゃなくて……、私、知らなくて……」

深々と頭を下げる主婦から視線をそらし、綾は踵《きびす》を返した。

悪気がないことなど、初めから分かっている。

それに、こうなったのは当然だ。

なぜなら、綾は彼女のことも含め、すべてがどうでもよかった。

電話の先の顧客のことも、製品のことも、なにもかも知ったことではなかった。

だから——。自分はここで切り捨てられる。

立《た》ち竦《すく》んでいる主婦を置き去りにして、綾は足早にロッカールームに向かった。

今日のシフトは面接だけだ。一刻も早く、ここを離れよう。

ロッカールームでは、面接を終えた女性たちが賑やかにお喋《しゃべ》りをしていたが、マニュアル本を持っていない綾の姿を見ると、全員申し合わせたように口を閉じた。手早く荷物をまとめ、綾はロッカールームを飛び出す。

表に出て、夕刻の空が随分明るいことに驚いた。つい最近までは、五時半を過ぎれば辺りは真っ暗だったのに。

相変わらず肌寒い日が続いていたが、四月も第二週に入り、確実に日が延びてきている。綾はふと、なにもすることがなく途方に暮れていた高校時代の放課後を思い出した。

一瞬込み上げた寄る辺なさを振り払うように、綾は駅へ向かう足を速める。

自分が傷つくことなどなにもない。

解雇されたところで、オペレーターの職に未練がある訳ではない。ましてや、あんな分厚いマニュアルを覚えなければならないのなら尚更だ。ややこしいクレーマーへの製品説明など、こちらから御免こうむる。

だが、再び職探しをしなければならないことを考えると、綾は一気に憂鬱になった。アルバイトには、退職金も失業手当もない。当面、今以上に生活費を切り詰めなければならなくなるだろう。

むしゃくしゃしながら改札を抜け、いつもより人の少ないホームで電車がくるのを待った。退社時間にはまだ間があるせいか、珍《めずら》しく電車はすいていた。

四人掛けシートの端に腰を下ろし、綾はトートバッグからおもむろにスマホを取り出す。スマホを手にした途端、幾分気持ちが落ち着くのを感じた。

なんの術《すべ》もなかった高校時代と違って、今の自分には逃げ場がある。肯定的に迎えられ、「いいね」と称賛されることさえある居場所が、ネットの海の中にある。

しかし、Ｗｉ－Ｆｉにつないだ途端、液晶に浮かび上がってきた画面に、綾は眉根をぎゅっと寄せた。

大手通販サイトの藤森裕紀作品のユーザーレビューが、入れ替わっている。

いつ見ても、必ずトップにきていた自分の星一つのレビューではなく、作品に好意的な五つ星のレビューが先頭にきている。慌てて確認すれば、「参考になった」のポイントが、いつの間にか逆転していた。

自分よりもポイントを集めているレビューに眼を走らせ、綾は息を詰める。そこには、綾が匿名で投稿したレビューへの言及があった。

一つ星のレビューを書いている人、多分、他のサイトにも同様の書き込みをしている人と一緒ですよね。ユーザー名は変えていますが、書き方からして、恐らく同一人物だと思います。文章は作り込んでいますが、私にはただの揚げ足取りにしか思えません。匿名の方による、クリエイターへの執拗な誹謗《ひぼう》中傷は感心しません。

レビューを書いているのは、そのサイトのレビュアーランキングの上位に君臨《くんりん》する有名レビュアーだった。そこに、自分のレビューを遥かに上回る「参考になった」のポイントがついている。

綾はにわかに喉の渇《かわ》きを覚えた。

勢いよくブラウザを閉じ、次に藤森裕紀のツイッター画面を開く。

数日前、裕紀のツイッターに、敵意をむき出しにした返信を送っておいた。あれ以来、裕紀のツイートにはなんの動きもなかった。

新しいツイートがあがっていることに気づき、綾は意識を集中させる。

〝ネーム、担当編集氏より、OKが出ました。よし！　これから作画ばりばり頑張るぞ！〟

それから、写真つきのツイートがもう一つ。

〝昨夜は、グリンピースご飯と、春野菜のレモンシチューでした

またしても、〝運命のカフェ〟のメニューらしい。鮮やかな黄緑色のグリンピースがたっぷり入った炊き込みご飯と、キャベツや新玉葱《たまねぎ》やじゃが芋《いも》がとろとろに煮込まれたシチューの写真が添付されている。

まるで綾からの返信などなかったかの如く、裕紀は自らの日々に邁進《まいしん》している。

綾の中に暗い思いが湧いた。

なに、それ――。

裕紀のツイートに、マニュアル本を胸に抱えて頰を紅潮させていた主婦の姿が一瞬よぎる。

なに、それ！

どいつもこいつも、なに、こんな世の中で、楽しそうな顔をしているのか。

そんなの嘘《うそ》だ。本物じゃない。

最初は私と同じくらい、不幸そうだったくせに。謝ったり、蒼褪《あおざ》めたりしていたくせに。

怒りと同時に、なぜだか悔しさが込み上げて、綾は奥歯を嚙《か》みしめた。

地元の駅のアナウンスに、ふと我に返る。けれど、綾は席を立とうとはしなかった。この私鉄の沿線に、裕紀の住む街がある。

その街の書店には、綾もサイン会のときにいったことがあるのだ。

地元の駅に到着したが、綾はやはり動かなかった。ぷしゅうっと音をたてて扉が閉まったとき、綾は密かにある決意を固めた。


その街は、南口と北口ではまったく別の顔を見せる。

開発の進んだ南口には、真新しいショッピングモールやタワーマンションが立ち並んでいるが、その反対の北口は、昔ながらの個人商店や低層のアパートがごちゃごちゃと集まった下町だ。

駅に降り立つと、綾は迷わず北口の改札を出た。一ヶ月前、サイン会で出向いた書店の場所は、よく覚えている。寂《さび》れた商店街の中ほどにある、所謂〝街の本屋〟だった。

そんな小さな場所だったのに、意外に多くのファンがきていることに、綾は驚いた。サインを待つ列は、店の表にまで溢れていた。並んでいる客に丸椅子を用意し、温かいお茶と蒸しパンのようなお菓子を振る舞ってくれた女性の姿が脳裏をかすめる。

綾より少し上の――裕紀とは同世代くらいの、清楚《せいそ》で可愛らしい女性だった。今思えば、あの女性は裕紀の恋人だったのかもしれない。

綾の胸の奥が、黒く淀《よど》む。

レジ横に作られた即席のサイン会場で、裕紀は一人一人の名前を聞きながら、丁寧にメッセージつきのサインを書いていた。

〝お名前は？〟

ようやく自分の番がめぐってきて直接裕紀の前に立ったとき、しかし、綾は自分でも驚くような怒りを感じた。向けられた笑みや眼差しに、憎しみさえ覚えた。

溢れんばかりに盛られた野菜の段ボールを並べているスーパーの前を通り、大きな予備校を通り過ぎ、ジャラジャラと騒音をたてているパチンコ屋の前を進むと、書店が見えてきた。

書店の店先には、一ヶ月前に出た裕紀のコミックスの宣伝ポスターが未だに貼ってある。ポスターの横には〝地元漫画家デビュー作〟と、店主の自筆による貼り紙がついている。

そう。この街が裕紀の地元だ。

暮れかけた空の下、綾はトートバッグからスマホを取り出した。スマホの中には、ノートパソコンと同期させたスクリーンショットが溜まっている。

裕紀のインタビュー記事を呼び出しながら、綾は辺りを見回した。目印になりそうなものを、注意深くさぐっていく。

ここが裕紀の地元ならば、彼が自慢にしている〝運命のカフェ〟も、この近くのどこかにあるはずだ。

液晶画面に浮かぶインタビュー記事をゆっくりとスクロールする。

ネットにも情報のない隠れ家のようなカフェは……商店街の外れの……

人が一人やっと通れるような、細い路地の奥にある……

綾は周囲に視線を配りながら、商店街の外れまで歩いてきた。

古い一軒家や、木造アパートが立ち並ぶ一角に、細い路地がある。普通、この先に店があるなど誰も思わないだろう。

でも。

インタビューの記述とはぴったりだ。

路地の突き当たりにある古民家のようなその店は、都内には珍しく、中庭があるという。そしてその中庭には、一本のハナミズキ……。

本人は無意識なのだろうが、言葉の端々やツイートに添付した画像で、裕紀は無防備に色々な情報をさらしている。

綾の口元に、歪んだ笑みが浮かぶ。

甘いよ。藤森裕紀。

互いの顔が見えないネットの海の中には、どんなに小さなことでもスクリーンショットしてストーキングを試みる、気持ちの悪い人間がたくさん潜んでいるというのに――。

なにを隠そう、そのうちの一人が、私自身だ。

ポリバケツや空調の室外機が並ぶ狭い路地に、綾は足を踏み入れた。未舗装の砂利道を歩きながら、虎視眈々《こしたんたん》と周囲を窺う。

ツイッターにたびたび登場する、裕紀ご自慢の〝運命のカフェ〟の所在地を、綾は大手グルメサイトにさらすつもりでいた。口コミ中心のグルメサイトなら、ユーザーが店の情報をあげることもできる。

だが今回は、いつものように、ディスるのではない。

同じ手ばかりを使うのではなく、次は、思う存分誉めちぎってやろうと、綾は企んでいる。

裕紀がツイッターにあげていた美味しそうな料理の写真を添付し、「人気急上昇中の新人漫画家、藤森裕紀さんも常連です」と煽りに煽ってやるつもりだ。

インタビューによれば、そこは常連御用達《ごようたし》で、すべての情報が非公開という胸糞《むなくそ》の悪いカフェだ。そんな気取ったサロンめいた場所を、暇を持て余した野次馬がたむろするネットの海にさらせばどうなるか。

とっておきの隠れ家だった場所でにわかファンに取り囲まれ、困惑する裕紀の様子を思い浮かべ、綾は人の悪い笑みを噛み殺した。ツイッターから情報が漏れたと分かれば、裕紀は店からも責められるかもしれない。そうなれば、一層いい気味だ。

狭い路地は、意外にも奥が深い。スマホを片手に分け入っていけば、殺風景だった砂利道に、ふいに柔らかな色彩が見えた。古い中層の木造アパートの前に、鉢が並べられている。その鉢の中で、ピンクや黄色の小さな花が楚々《そそ》として咲いていた。

花の名前に疎い綾にはなんの花なのかは分からなかったが、こんな雑然とした狭い場所に、それは健気《けなげ》な彩《いろどり》を添えている。

暫《しば》し小さな花々に見入った後、綾は顔を上げてハッとした。

細い路地の突き当たりに、白いものが見え隠れしている。

桜より、もっと大きく、もっと白い花弁が、一斉に羽ばたく鳥のように、焦げ茶色の枝の先に鈴《すず》なりに開いている。

ハナミズキ。

そう思い当たったとき、綾は内心、掌を打った。

勇んで近づいていけば、確かにそこには、中庭を持つ一軒の古民家が佇《たたず》んでいた。

けれど、どう見ても、飲食店には見えない。

満開のハナミズキの下、ど派手な服が所狭しと並べられている。

細やかな刺繍《ししゅう》が見事なチャイナドレス。虹色《にじいろ》のパシュミナショール。きらきら光るスパンコールがびっしりと縫《ぬ》いつけられたロングスカート。

そして、ヒールが二十センチ近くありそうな、竹馬のようなハイヒール――。

一体、誰が、どこへ、こんな服を着ていくのだろう。

不思議に思って眺めていると、ハナミズキの枝に、看板がかかっていることに気がついた。

〝ダンスファッション専門店　シャール〟

その瞬間、綾は気が抜けたようになった。

ダンスファッション専門店？

つまり――。カフェではないということか。

綾は慌ててスマホを起動する。こんなに条件が合っているのに、それでも結局、ここは目的地ではないのだろうか。

いつの間にか日が沈み、あたりは夕闇《ゆうやみ》に包まれ始めていた。スマホを握りしめたまま、綾はすっかり途方に暮れる。

そのとき、バンブーの玄関チャームをカラコロと鳴らし、古民家の中から一人の女性が現れた。

綾は眼鏡の奥の眼を眇《すが》める。

それは、裕紀のサイン会で、並んでいるファンたちにお茶やお菓子を振る舞っていた、あの華《きゃ》奢《しゃ》で可愛らしい女性だった。

栗色の髪を肩先に揺らした女性が、ふと視線を上げる。

「いらっしゃいませ」

立ち尽くしている綾に、女性は温かな声をかけてきた。

「もうすぐ終わりですけど、商品を見ていかれますか」

ここは、この女性の店なのだろうか。それにしては、並べられているど派手なドレスの数々と、眼の前の清楚な女性の雰囲気は、あまりにかけ離れすぎている。

「あ、あの……」

視線を合わせないようにしながら、綾はおずおずと問いかけてみた。

「この辺に、カ、カフェはないでしょうか」

「ああ、マカン・マランのお客さんだったんですね」

マカン・マラン……？

耳慣れない響きに、綾は眼を瞬《しばたた》かせる。

「知らないと、びっくりしますよねぇ」

女性が屈託のない笑みを浮かべた。

この店は昼はダンスファッション専門店で、夜になるとカフェ「マカン・マラン」に様変わりするのだという。

「インドネシア語で、マカンは食事、マランは夜で、つまりは夜食って意味なんですって」

エキゾチックな店名の意味まで女性は解説してくれた。

「実は私も、マカン・マランの常連客の一人なんです」

女性はこの日、たまたま昼の店番を頼まれているだけで、これから本当のスタッフがやってくるらしい。

「私も最初は驚いちゃいました。ここで売ってるドレスはダンスやショーのためのものだから、やっぱり派手ですものね。でも夜のお店はとっても静かで、しかもお料理が本当に美味しいんですよ」

そう言うと、普段は派遣《はけん》のＯＬをしているという女性は朗《ほが》らかに笑った。

「夜のお店は開店が遅いので、もう少し時間が経ってからいらしてはどうですか」

親切に告げてくる女性を、綾は無言で盗み見る。

この人も、随分と無防備な人だ。見ず知らずの自分を警戒することもなく、あれやこれやと色々なことを教えてくれる。

派遣のＯＬと言っていたけれど、素直で可憐《かれん》なこの人は、きっと会社の中でも皆から可愛がられ、理不尽な悪意にさらされたことなど一度たりとてないに違いない。

それに――。もしかしたらこの人は、藤森裕紀の恋人なのかも分からない。

「……ありがとうございました」

綾は下を向いたまま、口の中で呟いた。

「いえ、お役に立てたなら、嬉しいです」

女性の言葉がバイト先の主婦の声と重なり、綾の心は一層軋《きし》んだ。

こちらの本心などまったく気づかぬ様子で店仕舞いを始めた女性に背を向け、綾は一旦その場を離れる。そして、鉢植えの小さな花が並んでいた古びた木造アパートの陰に身を隠した。

女性は手早くドレスやハイヒールを古民家の中に取り込み、ハナミズキの枝にかけられていた看板を外した。それから中庭を簡単に掃き清め、古民家の中に入っていった。

しばらく経つと、再び玄関チャームがカラコロと鳴る。帰り支度を終えたらしく、ショルダーバッグを肩から提げた女性が、門から出てきた。

綾が息を詰めて身を潜めているアパートの前を通り、女性は細い路地を足早に立ち去っていく。

女性が通り過ぎた瞬間、すっかり暗くなった辺りに、微かに甘いフローラル系の香りが漂った。

その残り香が消え、パンプスの足音が完全に聞こえなくなってから、綾はのそりと身体を動かした。

注意深く周囲を見回し、もう誰もいないことを確認する。

視線を上げれば、薄闇の中、ハナミズキが古民家を従えるようにして、満開の花を咲かせていた。

やっぱりここが、目的のカフェだった。

本来のスタッフが留守だったことは、むしろ僥倖《ぎょうこう》だ。おかげで、思う存分、撮影することができる。綾は手にしたスマホを、古民家に向けてかざした。

場所さえ分かればそれでよいのだ。なにも、営業時間まで待つことはない。

誉めるコメントなんて、真実味をもってけなすことに比べれば単純だ。自らカフェを利用するまでもないだろう。

ハナミズキの花越しにアングルを決めると、綾はスマホのカメラのシャッターボタンをタップした。薄闇の中、カシャカシャと音が響き、フラッシュが閃《ひらめ》く。

古ぼけた民家が、できるだけすてきに見えるように。

少しでも、ミーハーたちの興味を引けるように。

横に縦にとスマホをかざしていくうちに、綾は液晶画面を覗くことだけに夢中になっていった。

「誰だ、てめえっ」

背後で大声が響いたとき、綾は文字通り飛び上がった。

振り返り、今度は縮み上がる。街灯の下、角刈《かくが》り頭の若い男が、悪鬼《あっき》のような凄《すさ》まじい表情で、こちらを睨みつけていた。

「てめえ、誰に断って、うちの店の写真を撮ってんだ！」

再び大音声で怒鳴りつけられ、綾は言葉を失う。

うちの店――？

それでは、この人相の悪い男が、ファッション店兼夜食カフェの店主ということか。

唖然《あぜん》としているうちに、男にスマホを奪い取られ、綾は悲鳴に近い声をあげた。

「や、やめてっ」

「うるせえ、おかしな真似《まね》しやがって」

男がスマホを高く掲げる。

ロックをかけていないスマホを奪われ、綾はパニック状態になった。

「返して、返して、返してぇっ！」

「なんだ、お前。ちょっとおかしいんじゃないのか」

スマホを高々と掲げ、男は眉を吊り上げる。

「なんでこんなことしてたのか、言ってみろ」

ただ、写真を撮っていただけ――。

そう言いたいのに、うまく言葉が出てこない。綾は顔を真っ赤にして、スマホを奪い返そうと必死になった。

「だから、なんで、うちの店の写真を撮ってたのかって、聞いてんだよ」

「す……すてきだったから……」

ようやく言葉を押し出したのに、男は益々眼をむいた。

「はあ？　嘘つけ！　こんなぼろっちい家の、一体、どこがすてきなんだよ。何枚も何枚も撮りやがって。お前、新手の不動産会社だろう？　観念して白状しろ」

「ち……、違います」

「騙《だま》されるか。うちはな、過去に何度も、悪質な不動産会社に眼をつけられてるんだ」

「そ、そんなんじゃありません」

「じゃあ、お前、誰だよ」

真っ向から問われ、綾は口ごもる。

「ほら、答えられないじゃねえか」

「っ……」

綾の声が途切れた。

この現実世界において、幽霊の自分には名乗る名前などない。

「ああん？　なに言ってっか分かんねえよ。益々怪しいな。よし、ちゃんと名乗るなら、返してやるよ。ほら、名乗れよ。名乗れってば」

スマホを人質に迫ってこられ、綾は頭に血が上った。

「返してってば！」

ついに綾が金切り声を張りあげたとき、古びた木造アパートの二階の窓ががらりとあいた。そこから身を乗り出した人物が街灯に照らし出された瞬間、綾はひっと息を呑む。

「ジャダさん、一体どうしたんですか」

ぼさぼさ頭にトレーナーを着た男は――。藤森裕紀、その人だった。

新進気鋭の漫画家が、まさかこんな古いアパートに住んでいるなんて。出版不況というのは、本当の話なのだろうか。

場違いなことを思いつつ、綾は裕紀の姿から眼を離せなくなる。

「あれ？」

裕紀の視線が自分に注がれたことに気づき、慌てて下を向いた。

「あなた、確か……、田中さん……、田中明子さんだよね？」

サイン会で名乗った偽名を呼ばれ、綾は本当に息がとまりそうになった。

「なによ、裕紀ぃ。こいつ、あんたの友人？」

裕紀を見上げた角刈り男が、今までとはちょっと違う声を出す。

「いや、友人っていうか……、この間のサイン会にきてくれた人だよね？」

「なぁんだ、じゃあ、あんた、裕紀のファン？」

二人の男から問いかけられ、綾は頑《かたく》なに首を横に振った。

「ち……、違います」

蚊《か》の鳴くような声に、頭上の裕紀が「え？」と耳に手を当てる。

「違うって言ってるけどぉ」

角刈り男が伝えると、裕紀は首を捻《ひね》った。

「おかしいな。初めてのサイン会にきてくれた人を、忘れるわけないんだけど。それに、俺、昔から、人の顔って割と忘れないほうだし」

最後の一言を聞いたとき、綾は思わず我を忘れた。

「嘘つき！」

気づいたときには、キッと顔を上げて叫んでいた。呆気《あっけ》にとられる裕紀を見上げ、綾は尚も声を張りあげる。

「私のこと、全然覚えていなかったくせにっ」

〝お名前は――？〟

自分に問いかけてきた裕紀の屈託のない眼差しが甦り、眼鏡の奥の眼にじわりと涙が滲《にじ》んだ。

「もしかして……」

まじまじとこちらを見つめてくる裕紀の瞳に、驚きの色が浮かぶ。

「まさか、弓月？」

そう呼びかけられたとき、綾はようやく我に返った。途端に、全身から音をたてて血の気が引いていく。

「ちょ、ちょっと待ってて、今すぐそっちいくから」

身を乗り出していた裕紀が顔を引っ込めた瞬間、綾は脱兎《だっと》の如くその場から逃げ出した。

部屋に飛び込むと、綾は敷きっぱなしの布団に倒れ込んだ。

〝まさか、弓月?〟

頭上で響いた裕紀の声が甦り、ずっと抑え込んできた嗚咽《おえつ》が漏れそうになる。綾はシーツに顔を押しつけた。

泣かない、泣かない。私は、泣かない。

やられっぱなしで泣いてばかりの、弱くて無力な自分は、とうの昔に封印したのだ。今の自分は、恐怖の〝ワタキラ〟サイトを運営する、ディスりの女王――。

でも、そんなこと、公に言えるわけがない。

〝じゃあ、お前、誰だよ〟

角刈り男に問い詰められたときの、心許なさが込み上げる。

まだ幽霊でも、匿名のディスりの女王でもなかった頃の自分を、たった一人だけ、気にかけてくれた先輩がいた。

老舗《しにせ》旅館の次男坊だったその人は、中学時代から漫画を描くのが上手い、優しい先輩だった。

暗い、生意気、どん臭いと、狭い集落で特定の女子たちから眼をつけられていた自分のことを、その人はなにかと庇《かば》ってくれた。綾の下駄箱《げたばこ》の靴を毎日のように隠す女子を、見かねて怒鳴りつけてくれたのは、担任の先生ではなく先輩だった。

早くここを出ていきたいと泣いた綾に、黙ってジュースをおごってくれたこともあった。

〝俺もさ、こんなとこ、早く出ていきたいんだよね〟

ある日、校庭の裏の土手で話をしていたとき、先輩がそう呟いたことがある。そのときの先輩の頬には、微かに自嘲《じちょうてき》的な笑みが浮かんでいた。中学一年生だった綾には詳しい事情は分からなかったが、当時は先輩も、なにかに苦しんでいたようだった。

この人も、自分と同じように不幸なんだ。

そう思ったとき、綾はわずかに心が慰《なぐさ》められた気がした。

先輩の卒業が近づいたとき、一度だけ、一緒に記念の写真を撮ってもらった。

しかし先輩は卒業後、全寮制の高校に入学し、本当に集落を出ていってしまった。

それが、藤森裕紀だ。

裕紀の名前が少年漫画週刊誌に大きく載っているのを見つけたとき、綾は本当に驚いた。

元々絵の上手な先輩だったが、プロになった裕紀の画力は頭一つ分抜けていた。内容も、王道ながらキャラクターが魅力的で、毎回、ドキドキさせられる見せ場があった。

その頃、綾は既に〝ワタキラ〟をオープンさせていたが、最初から裕紀の作品をターゲットにしようと思っていたわけではなかった。裕紀を応援する一人のファンとして、コミックスが出れば真っ先に買ったし、サイン会にだって駆《か》けつけた。

だけど。裕紀は、自分を覚えていなかった。

お名前は――？

不特定多数に向けられる愛想笑いを眼にしたとき、綾は誰かに頭を強《したた》かに殴られた気がした。

その衝撃は、すぐさま、むらむらと込み上げてくる不快感に取って代わられた。

最初は自分と同じように不幸そうだったくせに、いつの間にか、別人のような顔をして、平然と日の当たる場所に立っている。

あの、苦しげに眉根を寄せて電話口で頭を下げていた、バイト先の主婦も同じだ。

皆、自分を置き去りにして、晴れやかな場所にいってしまう。そしてそこへたどり着けば、もう、不幸そうな人間を振り返ろうともしない。

だから、自分が彼らを傷つけたとしても、罰《ばち》なんて当たらない。

だって、私は不幸だもの。

弱い者苛めをしてるわけじゃない。私は、幸せそうな人をディスってるだけだもの――。

そう考えた瞬間、綾はがばりと身を起こした。

まずい。

ロックのかかっていないスマホを取り上げられたままであることに、ようやく思いが至る。

あのスマホの中に溜まっているスクリーンショットやブックマークを見られたら、自分が今までなにをしてきたか、おおよその見当をつけられてしまう。

脇の下を、気味の悪い汗が伝った。

綾は寝床を飛び出すと、大急ぎでノートパソコンを起動した。同期しているパソコンから、スマホにロックをかけるのだ。

この日に限って、起動時間が酷く長く感じられる。焦りながら個人データの溜まったパーソナルクラウドを開き、綾は一瞬呆気にとられた。

写真のデータファイルに、どんどん写真があがってくる。誰かが、綾のスマホで勝手に写真を撮っているのだ。

今、この瞬間にもあがってくる写真を、綾は茫然と見つめた。

色鮮やかな、見たこともない飲み物や料理の写真だ。

ぱっと開いた一枚には、硝子《ガラス》のコップに、真紅《しんく》のソーダが注がれていた。ミントの葉が飾られたソーダはルビーのように透き通り、きらきらと炭酸の泡《あわ》を弾《はじ》けさせている。こんなに美しいソーダを、綾は未だかつて見たことも、飲んだこともなかった。

次に開いた一枚には、粒マスタードのソースがかかった、エリンギとさやえんどうのソテーが写っている。エリンギもさやえんどうも艶々《つやつや》と輝いている。

その次に現れたのはパエリアだ。

大振りのマッシュルームに、真っ赤なパプリカ、新鮮で柔らかそうなアスパラガスが豪快《ごうかい》に載った、大きなフライパンいっぱいのサフラン色のパエリア――。

生唾《なまつば》を飲み込んだ瞬間、綾はハッと我に返った。

「やめてっ」

思わず大声で叫んでしまう。

こんなふざけた真似をしているのは、一体、誰だ。あの角刈り男か、それとも、まさか裕紀なのか。

綾は普段滅多に使わない、固定電話の受話器を手に取った。乱暴に、自分のスマホの番号を打ち込む。三回の呼び出し音を待たずに、電話はすぐにつながった。

「もしもし！」

綾は声を荒らげた。相手の顔が見えなければ、自分だって抗議くらいできる。

「勝手に人のスマホに触らないでよ。今すぐやめないと……！」

勢い込んで捲《まく》し立てようとする綾を、深く低い声が遮った。

「待ってたわよ」

角刈り男でも、裕紀でもない。海の底に響くような、中年の男の声だ。

決して威圧的な口調ではないのに、その男の声を聞いた途端、なぜか綾は次の言葉が出てこなくなってしまった。

押し黙った綾の耳元で、男は囁《ささや》くように告げた。

「スマホを返して欲しいなら、明日の夜、お店にいらっしゃい――」

翌日の夜、綾は前日きた商店街を歩いていた。いつの間にか、夜風がそれほど厳しくないことを感じる。四月も半ばに入り、寒さが随分と和らいでいた。

別に、昨夜の男の声に屈したわけではない。

言い訳でもするように、綾は再びここへ出向いてきた理由を反芻《はんすう》する。

どのみち、スマホの中身を見られたのなら、開き直って放っておくという選択肢もあった。裕紀にも、二度と会わなければいいだけだ。

どうせ、自分は〝名無しのディスりの女王〟なのだから。

だが、もう一度新しいスマホを買いなおすことを考えると、正直、その出費が痛かった。補償サービスにも入っていないし、他のキャリアに乗り換えるにしても、解約金を払わなければならない。バイトを失うことがほぼ確定している今、無駄な出費は極力抑える必要があった。

だから、スマホを取り返しにいく。ただそれだけのことだ。

頭で繰り返しながら、しかし、綾は心のどこかで微かに期待していた。

裕紀の運命を変えたカフェ――。

まさかとは思うけれど、そこの料理を食べれば、こんな自分の運命も変わるのだろうか。

バカバカしい。

自分の中に兆《きざ》した期待を、綾は即座に打ち消す。

でも、裕紀のツイッターや昨夜の写真で見た料理は、とにかく美味しそうだった。あんなに手の込んだ綺麗な料理は、もう何年も口にしていない。

次から次へと湧いてくる雑念を振り払い、綾は商店街の外れの細い路地に足を踏み入れた。

人一人通るのがやっとの狭い路地を歩いていくと、やがてハナミズキの白い花が眼に入る。

古いアパートの前を通りかかったとき、綾はそっと裕紀の部屋の様子を窺った。

古びた窓枠の向こうの部屋は、電気が消えて静まり返っている。万一、裕紀がカフェにいたら、どうしよう。

そのときは、スマホをあきらめて、再び逃げ出してしまうかもしれない。嘆息《たんそく》しながら顔を上げ、綾はハッとした。

闇の中、小さな炎《ほのお》が揺らめいている。

それは門にかけられたカンテラの灯《あか》りだった。昨日の夕方訪れたときとは、随分雰囲気が違っている。

半開きの門を押して、中庭に入ってみた。ハナミズキの根元に、小さなスチール製の看板が立てかけられている。

マカン・マラン――。下草の上に置かれた看板には、そう書きつけられていた。

古民家の玄関の前に立ち、綾は一息吸ってから、覚悟を決めて呼び鈴を押した。

部屋の中に、呼び鈴が響き渡る音がする。やがて、廊下をみしみしと踏み、誰かが近づいてくる気配がした。

バンブーのチャームがカラコロと鳴り、重たい木の扉が押しあけられた。その瞬間、綾は呆気に取られて立ち尽くした。

クレヨンで描いたようなアイライン。鳥の羽根のようなつけ睫毛《まつげ》。真っ赤に塗《ぬ》り込まれた唇。

しかしその原形は、どう見てもいかつい中年の男だ。

鮮やかなショッキングピンクのボブウイッグをかぶり、深緑色のナイトドレスに身を包んだ長身の中年男が、孔雀の羽根の扇を胸元で優雅に揺らしている。

ピラカンサス――。

裕紀の漫画に登場する女装癖のある魔導士が、眼の前に立っていた。


照明を落とした店内には、静かなクラシック音楽が流れている。聞き覚えのある美しい曲だが、綾にはそれが誰の曲なのかは分からなかった。

ハナミズキの咲く中庭に面した部屋に、籐《とう》の椅子や、一人掛けの居心地のよさそうなソファや、竹のランプシェードなどが置かれ、さながら、アジアのリゾートのように設《しつら》えられている。

商店街の外れの狭い路地の奥に、こんなカフェが隠れていたなんて。しかも、昼はけばけばしいダンスファッション店の顔をして。

店内に通された綾は、そっと辺りを見回した。

まだ時間が早いせいか、庭に面した席には誰もいない。カウンター席の端で、眼鏡をかけた仏頂面の中年男が、お茶を飲みながら新聞を読んでいるだけだった。

「裕紀なら、今日はいないわよ。朝から、取材で出張にいってるわ」

カウンターの奥に引っ込んでいた、ピラカンサス――もとい女装の中年男が、ビーズの暖簾《のれん》をはらって戻ってくる。百八十は超えていようかという長身が、天井の梁《はり》につかえそうだ。

裕紀の名を持ち出され、綾は頬に血が上るのを感じた。

「スマホを……返してください」

低い声で催促すると、あっさりとそれがカウンターの上に置かれる。

「はい、どうぞ」

あまりの呆気なさに、綾はいささか拍子抜けした。

「悪いけど、うちの店の写真は削除しておいたわ。昨日、私が撮った写真も全部含めてね」

「そ、それじゃ……」

なぜ、料理の写真を見せたのかと尋ねかけて、綾は口をつぐむ。代わりに、眼の端で、カウンター越しの女装の男の様子を窺った。

まさか、裕紀ご自慢の〝運命のカフェ〟の店主が、おかまだったなんて。

漫画のピラカンサスは人気キャラクターだが、それが実際に現れるとなると、話は別だ。テレビ等のメディアを通すことなく、こんなに完璧に女装している中年のいかつい男性を、綾はこの日、生まれて初めて目前にした。

綾の視線に気づいた男が、真っ赤に塗り込んだ唇の端を吊り上げて、にいっと笑う。

瞬間、背筋がぞくりとした。

漫画やテレビと違い、間近に見るその姿は、ある意味恐ろしかった。

静かな部屋の中、カウンターの端の仏頂面の中年男が新聞をめくる音と、ピアノの音だけが響く。沈黙に押し潰されそうになり、綾は口を開いた。

「あ、あの……」

「なにかしら」

「メニューとか、ないんですか」

できるだけ視線を合わさないようにして、そう告げる。だが綾の言葉に、女装の大男は鳥の羽根のようなつけ睫毛を瞬かせただけだった。

「だ、だって、ここ、カフェなんですよね」

反応がないことに、綾は声をわずかに苛立たせる。思えば、今日も朝からろくなものを食べていない。

裕紀がこないと分かれば、一回くらい〝運命のカフェ〟の料理を食べてみたっていいかもしれない。

それで自分のつまらない日々が、どうにかなるなんて思ってもいないけれど。〝ワタキラ〟のいいネタにはなるはずだ。

「できないわ」

しかし、至極淡々と拒絶の言葉が降ってきた。

「え？」

ふいを衝かれたようになり、綾はきょとんとしてしまう。

「だから、できないの。あなたには、作れない」

顎の下に手を当ててしなを作りながらも、おかまはきっぱりと言い放った。

なに、それ――。

綾の心に、ふつふつと不快感が湧く。

この男も、自分を蔑《ないがし》ろにする側の人間か。

「……お客を、選ぶってことですか」

「違うわ。お客が、私を選ぶのよ」

綾は再び言葉を失う。

それって――。一体、どういう意味だろう。

綾が押し黙っていると、おかまがカウンターの上の扇子を手に取った。扇子を開き、孔雀の羽根で胸元を煽ぐ。そうすると、益々ピラカンサスだ。

「それにね、ここは私が昼のお店の片手間に、気まぐれでやってる夜食カフェなの。もとは、ダンスファッション専門店の商品を作ってくれる、お針子《はりこ》さんたちの賄《まかな》いのために始めたのよ。だから、メニューなんて最初からどこにもないの」

「で、でも、常連さんがいるんでしょう？　先輩……漫画家の藤森裕紀や、たくさんの人の運命を、料理で変えてきたんでしょう？」

いつの間にか、綾は縋《すが》るような声を出していた。

その途端、部屋を揺るがすような笑い声が響く。ぎょっとして眼を見張る綾の前で、おかまが腹の底から笑い声を轟《とどろ》かせていた。

呆気にとられる綾をよそに、おかまは長身を折るようにして笑い続ける。

「し、し、失礼」

ついには涙でアイラインを滲ませながら、おかまは苦しそうに掌をひらひら振った。

「それって一体どこから出た話？　料理で運命なんて、変えられるわけないじゃない。いくら私でも、魔法が使えるわけじゃないんだから。そんなこと信じてるなんて、あなた、案外、可愛いのねぇ……」

散々笑われ、綾は腹が立つより茫然とする。

しかし、このとき綾は、結局自分がそれを期待していたことに気づかされた。

現実世界では、なにをしたって自分は虐げられる側にしかいられない。だから、敢えて無駄なあがきはしない。

そうあきらめ切っていたはずなのに、心の奥底では、ネットにはけ口ばかり求めているつまらない毎日を変えたいと願っていた。

「でも……」

ようやく笑いの収まってきたおかまが、少し真面目な顔で綾を見る。

「もし本当に、このお店の常連の誰かが運命を変えたのなら、それは私の料理とは関係ないわ。その人が、自分の頭や手や足で変えたのよ」

じっと覗き込まれ、綾は自分の中のなにかを見透かされている気がした。

思わず視線をそらし、深く俯く。

こんな話は聞きたくない。

「裕紀の部屋ね、いつも、夜中の三時や四時くらいまで明かりがついてるの」

それでも裕紀の話になると、やはり綾は耳をそばだてた。

「きっと、夢中になって描いてるんでしょうね。翌朝は、いつもふらふらよ。それだけ裕紀は真剣勝負をしてるのよ。そんなの見せられたら、嫌でもメニューの一つや二つ、閃くわ。頭を使いすぎる人のための、胃に優しいメニューとかね。ときには、がつんと造血作用のあるものもいいわね。でも残念ながら――」

おかまが綾をじっと見つめる。

「あなたを見ていても、私にはなにも思い浮かばない」

綾は唇を噛んだ。

自分が真剣に生きていないことを、やはりこの奇妙な男は見抜いている。

「私はあなたが嫌いです……って、あれ、あなたのサイト？」

静かに問いかけられ、綾は無言で視線を伏せた。

「裕紀ね、ちゃんと傷ついていたわよ。ここにくるたびに、嘆いてたわ」

それを望んでいたはずなのに、そう聞いても綾の胸は晴れなかった。

「私は気にする必要ないって言ったけどね。だって、あれは批評じゃないわ。批評っていうのはね、思想が伴うものなの。そして、思想は匿名なんかじゃ語れないものよ。もっと責任が大きいの。あなたが書いてるものは、感想ですらないわ。あれは、ただの悪口よ」

「そんなこと……」

言いかけて、綾は口をつぐむ。

そんなこと、おかまなんかに言われるまでもなく、自分が一番よく知っている。

自分が書いていたのは、単なる悪口《ディスり》だ。でも、それのなにがいけない。

だって——。

私は不幸なんだもの。

綾は唇を引き結んだ。

沈黙の中、美しいピアノの旋律が響く。

ピアノの音色に耳を澄《す》ませるように、女装の大男が目蓋を閉じた。

「すてきね。ドビュッシーの『夢』よ」

きらきらと流れるアルペジオが、転調しながら優雅に広がっていく。

「でもね、この曲を作った頃のドビュッシーはまだ若くて、自分の作風をつかみきれずに苦しんでいたと言われているわ」

後世に名を残す芸術家でも、そんな風に苦しむことがあるのだろうか。

綾も思わず、めくるめくような旋律に耳を傾けた。静かで軽やかなその調べは、とても、苦悩しながら作ったものだとは思えない。

ふと綾の脳裏に、髪を掻きむしり、睡魔と闘《たたか》いながらペンを走らせる裕紀の姿が浮かんだ。

「……でも、そんなの、結局は才能がある人の悩みじゃないですか」

綾は不貞腐《ふてくさ》れたように呟く。

たとえどれだけ悩もうが、所詮彼らは、理不尽な悪意にばかりさらされ続けてきた、弱くて無力な自分とは違う。

「あなた、頑固ねぇ」

ピンクのボブウイッグを揺らし、女装の男が微笑《ほほえ》んだ。

「でも、そうね。あなたの気持ちも分からなくはないわ。誰にだって、他の誰かを妬んだり、ひがんだりしたい夜はあるものよ」

そんな夜、悪意と敵意でいっぱいのネットの海は、いつでも自分を受け入れてくれた。

そしていつしか、毎晩、その海で溺《おぼ》れるようになってしまった。

溺れれば苦しいのに、それでもやめることができない。心が爛《ただ》れるばかりなのに、もっと刺激が欲しくなる。

明け方までパソコンやスマホにかじりついている自分を思い、綾は慢性的な疲労感を覚えた。

「そういう夜、私は保存食を作るのよ」

ふいに、おかまが長身をかがめてカウンターの下に潜り込む。次に現れたとき、おかまは両腕にたくさんの瓶を抱えていた。

「どう？　綺麗でしょう。オレンジビネガーに、林檎のローズ煮。ブルーベリーシロップに、レモンカードなんかもあるわ」

鮮やかな橙色《だいだいいろ》に、華やかな薔薇《ばら》色。深い紫《むらさき》に、カスタードクリームのようにもったりとした卵《たまご》色――。

色とりどりの瓶を眼の前に置かれ、綾は眼鏡の奥の眼を見張る。

「果物や野菜を漬けたり、ジャムを煮たり、シロップを取ったり、味噌を仕込んだり――」

歌うように言いながら、女装の男はカウンターの下から次々と硝子の保存瓶を取り出した。

「すぐに食べる必要のない保存食づくりは、夜中の憂さ晴らしには最適よ。恨み、妬み、つらみ、そねみ、ひがみ……。全部、旬の野菜や果物と一緒に、お鍋《なべ》でぐつぐつ煮込んだり、瓶に封じ込めたり、樽《たる》に漬け込んだり、砂糖漬け《コンフィ》にしたりしてしまうの」

色鮮やかな瓶が、ずらりとカウンターに並べられる。

「青梅みたいに毒のあるものでも、漬け込むことで、ちゃんと食べられるようになるのよ。人の毒も同じことよ」

最後に女装の男は、梅の入った一際大きな保存瓶を取り出した。

「見て、これ。全部、私から出た毒」

カウンターいっぱいに並んだ大小の瓶を前に、男がファンデーションを塗り込んだ頰に得意げな笑みを浮かべる。

「……随分、たくさんあるんですね」

綾が皮肉を言うと、女装の大男は大仰な声をあげた。

「あら嫌だ！　私みたいな大きな中年のおかまに、恨みつらみ妬みがないとでも思ってたの？」

おかしそうに笑いながら、おかまは孔雀の羽根の扇子を手に取った。

「私なんて、妬ましいものばかりよ」

扇子で優雅に胸元を煽ぎ、おかまが思わせぶりな流し目で綾を見やる。

「たとえば、あなたのこととか」

「は？」

予期せぬ言葉に、綾は間抜けな声を出した。

「私のなにが妬ましいっていうんですか」

勢い尋ねてしまってから、綾は激しく後悔する。どうせまた、からかわれているに違いない。

「あなたの若さが妬ましいわ」

けれど、おかまは大真面目な顔で答えた。

「それから、つらい治療《ちりょう》の必要のない身体」

つらい治療？

さりげなく続けられ、綾はたじろぐ。

「あなた、不健康そうに見えるけど、別に病気ではないようね。その長い髪も、羨《うらや》ましくて仕方がないわ。それだけ量のある髪があれば、私ならもっとちゃんとケアするけど」

おかまがウイッグをずらした瞬間、綾は言葉を失った。ほんの一瞬ではあったけれど、ほとんど無毛の地肌が見えたのだ。

この人は恐らく――。

綾の胸がズキリと痛む。

進行性の病の治療が脱毛を招くことがあることは、綾も知っていた。

「なんで自分だけがって思うことは、いくらでもあるわよ。いろいろなことが羨ましくて、妬ましくて、眠れないときだってあるわ」

綾はもう、眼をそらすことができなかった。

この世の理不尽さを身に染みて知っているのは、自分よりもこの人だ。

「そういうときこそ、保存食の出番よ。果たせないこの恨み。どうにもできないこのそねみ。ぬぐい切れないこの妬み……。それら全部を、砂糖やお味噌やお塩で、しっかり漬け込んでしまうの」

呪文のようにおかまが囁く。

いつしか綾は、魅入られたようにその言葉を聞いていた。

「おい！」

唐突《とうとつ》に、大声が響く。

びくりとして振り返れば、カウンターの端で新聞を読んでいた眼鏡の中年男が不機嫌そうにこちらを見ている。

「さっきから黙って聞いていれば、お前は自分の恨みやそねみを客に出してるのか」

声を荒らげ、男はメタボ気味の腹をゆすった。

「当たり前じゃない」

おかまは澄まして男のマグカップを指さす。

「さっきからあなたが飲んでるお茶は、私の毒をたっぷり仕込んだオレンジのピール入りよ」

その瞬間、眼鏡の中年男が本当にお茶を噴きそうになった。

「冗談じゃないぞ。おかまの妬みひがみつらみなんぞ、飲んだり食ったりできるか。気色悪い！」

中年男がマグカップをカウンターに叩きつけたとき、バタンと音をたてて部屋の奥の扉があいた。現れた人影に、綾は背筋をこわばらせる。

昨夜の角刈り男が、真っ赤なロングヘアのウイッグをかぶって仁王立ちしていた。

「ちょっと！」

背後に色とりどりのウイッグをかぶったおかまたちをつき従え、今は真っ赤なロングヘアの角刈り男が眼をむく。

「そのおかまとか、気色悪いとかっていう聞き捨てならない台詞《せりふ》は、一体どこにかかるのかしら」

「そんなのお前に決まってるだろ！　お前ら以上に気色悪い連中がいるものか、このおかま軍団めっ」

「なぁんですってぇ！」

負けじと言い返した中年男に、赤いロングヘアを翻《ひるがえ》し、角刈り男が躍りかかった。背後のおかまたちもわらわらと後に続く。

「おい！　御厨《みくりや》、こいつらをなんとかしろ！」

必死に抵抗しながら、男がおかまに声をかけた。

ところが、御厨と呼ばれたおかまは、知らぬふりを決め込んでいる。

「おい、御厨！　聞いてるのか、おい！」

おかまたちに揉《も》みくちゃにされながら、男が奥の小部屋に引きずり込まれていく。小部屋の扉がぱたりと閉まると、あたりは不気味なほどにしんとした。

「あれがうちの大事なお針子さんたちよ。眼鏡のオジサンとの衝突は、まあ、よくあることだから、気にしないで」

完全に固まってしまった綾に、女装の大男は肩を竦めてみせる。

角刈り男が率いるあのおかま軍団が、この店のお針子たちなのか。綾は恐々《こわごわ》と、奥の小部屋を窺った。

「でもね、私たちはおかまじゃなくて、品格を重んじるドラァグクイーンなの。私のことは、シャールと呼んでちょうだい」

シャール——。

ダンスファッション専門店の店名は、そこからきていたのだ。

「私はあなたには、なにも作ってあげられない」

少し悲しそうな眼差しで、シャールは綾を見る。

「でも、その代わりに、これをあげるわ」

まだぼんやりとしている綾の前に、シャールは硝子の保存瓶を置いた。それから、なにかのレシピを書きつけた紙を差し出す。

「覚えておいて」

おずおずと受け取った綾の耳元で、シャールは低く囁いた。

「この世に本当に魔法があるとしたら、それはきっと、自分自身にしか起こせないものよ」

翌日、昼過ぎに起きた綾は、正式にバイト先から解雇通知のメールを受け取った。

手続きのために、もう一度だけバイト先にいかなければならない。綾は重い体を引きずって狭い台所に入り、ふと流しの下に眼をやった。

「わ！」

真っ赤なものが視界に入り、思わず大声をあげてしまう。よく見れば、それは放っておいた瓶だ。

保存瓶の中に、真っ赤なシロップが溜まっている。

昨夜、シャールの店から帰るとき、駅前のスーパーで二パック三百円の格安の苺を買った。それから半信半疑で、もらったレシピ通りに苺を漬けてみた。

手順は、実に簡単だった。果物を洗い、水気をふきとり、同量の砂糖――シャールはキビ砂糖を推奨《すいしょう》していたが、普通の砂糖で代用した――と少量のお酢《す》をふりかけ、瓶の蓋をしっかり閉めて冷暗所に保管する。他には、水もなにも入れない。たったそれだけ。

後は、ほったらかして寝てしまった。それなのに、わずか一晩で、もう瓶の半分ほどのシロップができている。

まるで、魔法だ。

瓶の蓋を外すと、得も言われぬ爽《さわ》やかな香りが鼻孔《びこう》を擽《くすぐ》った。

一舐《ひとな》めして、うっとりする。

それから急に思いつき、綾はバタバタと着替えると表へ飛び出した。コンビニで炭酸水《たんさんすい》を買い、大急ぎで部屋に戻ってくる。

硝子のコップにシロップを入れ、そこに炭酸水を注いだ。

あの写真で見た、ルビーのように透き通った美しい真紅のソーダが眼の前で完成する。

一口含むと、頬の裏で炭酸がぱちぱちと弾けた。甘酸っぱいソーダを飲み下した瞬間、すっと鼻に抜けるような清涼感があった。

苺をそのまま食べるときとはまた違う、新鮮な香りと甘みが口いっぱいに広がる。こんなに爽やかで、美味しいソーダを飲んだのは、生まれて初めてのことだった。

これが、私から出た毒――？

綾は信じられない思いで、保存瓶を揺する。ルビーを溶かしたような液体の中、格安の苺がふゆんと揺れた。

赤は嫉妬の色。

それなのに、こんなにも清々《すがすが》しい。

ゆっくりと味わいながら苺ソーダを飲み干した後、綾は卓袱台の横のボックスに向かった。

きっと、どこかにあるはずだ――。

ボックスの中を散々探し、ついに綾はその一枚を探し当てた。何年も封印し、見ることのなかった写真を見つめ、それから鏡台を振り返る。

鏡の中から、浮腫んだ目蓋をした二重顎の女が、自分を見ていた。

やがて引き結んだ綾の唇が、微かに震え始めた。

裕紀が分からなかったのは当たり前だ。

高校に入ってから、存在を消すために黒縁の伊達《だて》眼鏡をかけるようになった綾は、一人暮らしの不摂生《ふせっせい》で、当時より二十キロ以上も太っていた。

恥ずかし気に裕紀の隣に立っている、瞳の大きなほっそりとした少女は、今ではどこにもいない。

弱い自分を変える努力をしようともせず、〝幽霊〟や〝名無し〟になってしまった綾は、その時点で大切なものを見失っていた。

それは、一番大事な自分自身だ。

「ご……」

震える唇から呻《うめ》くような呟きが漏れる。

「ごめんなさい……」

写真の上に、涙の雫《しずく》がぽたぽたと散った。

いつしか綾は深く頭を垂れていた。

なにかを貶めるという、一番お手軽な方法で希薄なつながりを求めていた自分は、ホームルームで一人の少女を吊るし上げて連帯感を得ようとしていたクラスの主流派の女子たちと、なにも変わらない。

すべてを世の中や他人のせいにした、ただの卑怯《ひきょう》な怠け者だ。

「ごめんね……」

綾はもう一度、写真の中の少女に謝った。

それから綾は涙をぬぐい、ノートパソコンを立ち上げた。

Hiroki-love
自分しか知らないパスワードを打ち込んで、綾は長年続けてきた〝ワタキラ〟ブログを静かに封鎖した。


少し前まで肌寒かったのが嘘のように、汗ばむほど暑い毎日が続いている。桜はすっかり新緑に代わり、既に初夏を思わせる陽光が、窓の外から降り注いでいた。

解雇手続きのために、綾は麴町のオフィスを訪れていた。

「今までお疲れさまでした」

人事担当から素っ気ない記念品を渡され、綾の四年とちょっとのアルバイトは幕を閉じることになった。

この先、どうするかはまだなにも決まっていない。でもまた、自分はオペレーターの仕事を探すかもしれない。

キャリアを生かせるからではない。今度こそ、本当のキャリアを積むためだ。

〝この世に本当に魔法があるとしたら、それはきっと、自分自身にしか起こせないものよ〟

シャールから告げられた言葉の意味が、今では綾にもようやく少しだけ分かるようになっていた。

無条件に自分を受け入れてくれるネットから離れるのは怖かったけれど、落ち着かない夜、綾は果物や野菜のシロップ作りに励《はげ》んだ。苺だけではなく、杏子《あんず》や李《すもも》からも、美しくて美味しいシロップが取れた。夜中にぐつぐつとジャムを煮ることもあった。

風呂《ふろ》上がりに自家製のソーダを飲むようになってから、綾に小さな変化が起きた。

明け方までスマホやパソコンにかじりついていたときは、疲れ切って布団に入ってもなかなか寝つけなかったのに、ソーダを飲んだ夜は、朝まですんなり熟睡《じゅくすい》することができたのだ。

最初は魔法をかけられたように思っていたが、そうではなかった。

シロップを作るときに使うお酢には身体を温める作用があり、それが入眠を深くしていたのだ。

その事実を知ったとき、綾は初めて、魔法には確かな根拠や手順があることを知った。

人もまた、同じことだ。

裕紀が表舞台に出ていったのは、彼がその裏で血の滲むような努力をしていたからだ。

本当の魔法には、たねや仕掛けが必要なのだ。

休憩時間が始まるのを見計らい、綾はロッカールームに向かった。

ブースから戻ってきたオペレーターたちの中にその姿を見つけ、綾は小さく息を吸う。

「高橋《たかはし》さん」

真っ直ぐに顔を上げて呼びかけた。

高橋梢《こずえ》。それが、あの隣のデスクにいた主婦の名前だ。

唯一自分を肯定してくれたその人に、きちんと謝罪をしなければならない。今更なにをと、拒絶されてしまうかもしれないけれど。

勿論、いつかは裕紀にもだ。

儘《まま》ならない世界に対抗する魔法は、自分にしか起こせない。

まずはその第一歩。

魔導士ピラカンサス——もとい不思議な夜食カフェのオーナー、シャールの大きな掌が、自分の背中をそっと押す。

驚いたようにこちらを見ている梢に向かい、綾はしっかりと足を踏み出した。

第二話

藪入りのジュンサイ冷や麦

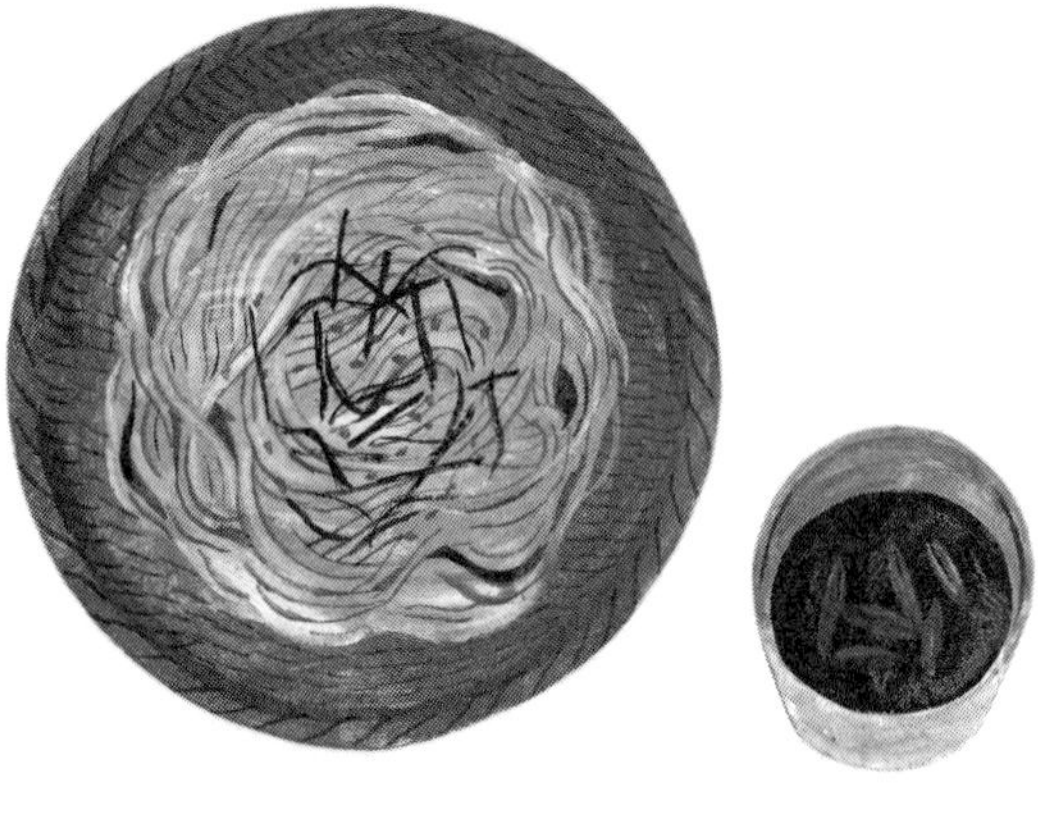

熱したフライパンに、バターを落とす。

じゅうっと甘い湯気が立ち上り、溶けたバターがフライパンの表面でふつふつと小さな泡《あわ》を作る。そこにみじん切りにした玉葱《たまねぎ》を投入し、バターに絡めたら火を弱め、焦《こ》げつかないように木べらで混ぜながら炒める。

ここで焦って強火にしてはいけない。あくまでも弱火で、じっくり、じっくり――。

身体に合わない大きなエプロンをつけた省吾《しょうご》は、みじん切りにしたときは涙が出るほどからそうだった玉葱が、火が通ってしんなりと透き通っていく様をうっとりと見つめた。

省吾は物心《ものごころ》ついたときから、料理をしている母親の手元を見ているのが好きだった。元々身体が小さくて、外で友人たちと遊ぶよりも、家の中で母親の傍《そば》にいるほうが安心する、内向的な性格だったこともある。

絵本やテレビはすぐに飽きてしまうのに、まな板やフライパンの上で形や香りを変えていく食材を眺めることだけは、不思議と飽きることがなかった。

やがて見ているだけでは飽き足りなくなり、いつしか省吾は自分でも包丁《ほうちょう》を握り、トマトを切ったり、キュウリを刻んだりするようになった。初めて野菜炒めを作ったのは小学校低学年のときだが、当時から手を切ったり、火傷《やけど》をしたりしたことは一度もない。

そして十歳になると、省吾は母親から習った料理以外に、外で食べた料理の〝味の再現〟を試みるようになった。

ファミリーレストランで食べた、あのハンバーグ。

中華料理店で食べた、あの焼き餃子《ギョーザ》。

眼の前で調理を見たわけでなくても、それまで母親から習った調理方法と、自らの舌の記憶で、省吾はかなり忠実に、それを再現できるようになってきた。

塩をこれだけ、胡椒《こしょう》を少し。バターを一かけ、砂糖を一つまみ。

味を引き出すために、なにを加え、なにを引くのか。それを考えるのが、省吾は面白くて仕方がない。

かくして省吾は、暇《ひま》さえあれば台所に立っている、かなり変わった小学生になっていた。

この日、再現を試みているのは、夏休みに家族で訪れた海辺のリゾートホテルのブッフェで、シェフが眼の前で作ってくれた玉葱とマッシュルーム入りのオムレツだ。

真っ白なコック帽《ぼう》をかぶったシェフのきびきびした動作と、飴色《あめいろ》の玉葱とマッシュルームをくるんだふわふわのオムレツの舌触りを思い出しながら、省吾は次の手順に移る。

マッシュルームの代わりに、今日はシメジを使うけれど、シメジの微《かす》かな苦みはこのオムレツに合うはずだ。

キノコは野菜と違ってすぐに火が通るから、手早く炒めて、フライパンの端に寄せておく。

もう片側のフライパンの表面に、牛乳を少し加えた溶き卵を流し入れ、卵の表面が少し固まったら、中にくるむ玉葱とシメジを中央に置いて、フライパンの柄をとんとんと叩《たた》きながら巻いていく。くるみ終えたところで火をとめれば、後は余熱に任せるだけだ。

ここで火を通しすぎると、オムレツの食感が固くなってしまう。

フライパンを滑らせてオムレツを皿に移した省吾の口元に、満足げな色が浮かぶ。

とても、いい感じだ。

「できたよ」

両親の待つテーブルに皿を載《の》せると、父が「おおっ」と感嘆の声を漏《も》らした。

待ちきれないように一口食べた母の頰《ほお》に、すぐさま、ぱあっと幸せそうな笑みが広がる。

この瞬間が、省吾は好きだ。

自らもフォークで口に運ぶと、飴色になるまで炒めた玉葱の甘み、シメジの歯ごたえと微かな苦み、半熟《はんじゅく》の卵のとろけるような旨《うま》みが混然となって、舌の上いっぱいに広がった。

思った通り、否《いな》、それ以上の味だ。

「本当に、この間、ホテルで食べたオムレツにそっくりだ。省吾、お前は将来、すごい料理人になるかもなぁ」

あっという間に半分を平らげながら、父が眼を細める。

「もうお母さんよりも上手だもの。ショウちゃんは間違いなく、立派な料理人になるわよ」

母も声を弾ませた。

両親の称賛は素直に嬉しかった。

それに、省吾自身、なんの疑いもなく信じていた。

自分は、きっと料理の道に進むのだと。これからも数多くの人を、自分の料理で笑顔にしていくのだと。

がくりと頭を垂《た》れた反動で、香坂《こうさか》省吾はハッと我に返った。

見回せば、蛍光灯《けいこうとう》の白々とした明かりの下、まだ数人の人たちがじっと順番を待っている。

うだるような暑さの中をやってきて、空調の効いた待合室で気を抜いた途端、つい眠り込んでしまったようだ。

浅い眠りの中で、小学生のときの自分を見たような気がする。

身体に合わない大きなエプロンをかけ、真剣な表情で台所に立っていた。思えば、あの頃が料理をしていて一番楽しかった。

あれから一体、何年が経《た》つのだろう。随分時間が経ったような気もするし、あっという間だったような気もする。

気づくと省吾は二十七歳になっていた。世間的にはまだ若く、いくらでもやり直しがきくといわれる年齢だ。

でも。やり直すといったところで、一体、どこから、なにをやり直せばいいのだろう。

溜《た》め息《いき》をつき、省吾は小さく身震いした。

転寝《うたたね》をしたせいで体温が下がったのか、空調から噴き出す冷気が少し寒く感じられた。

八月に入り、外ではミンミンゼミやアブラゼミが盛大に鳴いている。セミたちの絶唱は、雑居ビルの中にまで響いてきていた。それは、この待合室がしんと静まり返っているせいかもしれない。

重い空気に押し潰《つぶ》されそうになり、省吾はマガジンラックから雑誌を引き抜いた。

ぱらぱらとページをめくり、しまったと思う。雑誌はグルメの特集だった。

天婦羅《テンプラ》、刺身《さしみ》、寿司《すし》、ステーキ……。

どのページを開いても、きらびやかなご馳走《ちそう》が視界に飛び込んでくる。以前なら、写真の隅々にまで、注意深く眼を走らせただろう。そうすることで、ある程度の味を想像することもできた。

けれど、今は——。

写真を眺めているうちに、だんだん気分が悪くなり、省吾は雑誌のページを閉じた。

「香坂さん」

丁度《ちょうど》そのとき名前を呼ばれ、省吾はあたふたと立ち上がる。雑誌をもとのラックに戻そうとして、じっと眼を閉じている女性のヒールのつま先につまずきそうになってしまった。

「す、すみません」

上ずった声で謝りながら、省吾は待合室を後にする。

「香坂さん、どうぞ」

扉をあけた看護師に手招きされて、省吾は診察室の中へ入った。

消毒液の匂いがこもった小さな部屋の中で、カルテをめくっていた主治医が顔を上げる。

「最近どうですか。ちゃんと眠れてますか」

三十代の眼鏡《めがね》をかけた主治医に顔を覗《のぞ》き込まれ、省吾は曖昧《あいまい》に頷《うなず》いた。

「まあ、このところ暑さで寝苦しいから、そういう僕も、あんまり眠れてませんけどね」

主治医はそう言うと、ボールペンの尻で頭を掻《か》いた。小さな窓の外には大きな入道雲が立ち上がり、セミの声は診察室の中にまで響いてくる。

「食欲は戻りましたか」

「……はい」

主治医のいつもの質問に、省吾は虚《うつ》ろに眼を瞬《しばたた》かせた。

「食べられてますか」

「……一応」

「なにか、特に気になることとかありますか」

「……いえ」

正直に言えば、なにを気にするべきなのかも分からない。

省吾の覇気のない様子を、主治医はしばらく眺めていたが、やがて割り切ったような笑みを浮かべた。

「香坂さんは、今までが忙しすぎたんですよ。まあ、今はあまり細かいことは気にせず、ゆっくり休んでください」

いつまで――？

その言葉を、省吾は呑《の》み込む。

省吾が沈黙していると、主治医はくるりと背を向けて、カルテになにかを書き込み始めた。

「後は、いつものお薬を出しますので、また、待合室でお待ちください」

看護師にやんわりと促され、省吾は診察室を出た。

一時間以上待ったにもかかわらず、診察自体は、十分もかからなかった。

それから処方箋《しょほうせん》をもらい、薬局で薬を受け取り、省吾は強烈な日差しが降り注ぐ大通りへ出た。

時計を見れば、正午に差しかかろうとしている。今が一番暑い時間帯だ。

なにもしていなくても、汗が噴き出してくる。できるだけ日陰を選びながら、省吾はバス停に向かった。

バスを乗り継ぎ、アパートにたどり着いたときは、午後一時になっていた。

なにかを食べたほうがいい。そうしないと、本当にばててしまう。

省吾は胃の辺りをそっと押さえる。そのまま手を滑らせると、指が肋骨《ろっこつ》に当たった。子供の頃から小柄で痩《や》せ型だったが、最近ますます痩せてしまった。

かろうじて覚える空腹感を頼りに、省吾は狭い台所に入った。冷蔵庫をあけ、いつ買ったのか分からない野菜を取り出す。

すっかり萎《しな》びてしまった野菜と、磨《みが》き込まれた包丁を前に、省吾はじっと立ち尽くした。あの夢の感触を取り戻そうと、無理やり包丁を握る。

しかし、萎びたピーマンに手をかけた瞬間、包丁がとまった。

自分がなにを作ろうとしているのか、どんな味をつけようとしているのかが分からない。

子供の頃は、パズルのように味を組み立て、またそれを解《ほど》くことが楽しかったのに、今となってはどうしてそんなことができていたのか理解できない。

一体、どうしてこんなことになったのか。

将来、絶対すごい料理人になる――。

口々に感嘆していた両親の言葉を、省吾自身、疑ったことがなかった。高校を卒業すると、すぐに調理の専門学校に入り、そこでも優秀な成績を収めた。

料理の道に進むことに、迷いなど一つもなかった。

それが今では、自炊すら儘《まま》ならない。包丁を握ったまま、省吾はきつく目蓋《まぶた》を閉じる。

どのくらい、そうしていたのだろう。

やがて、省吾は詰めていた息を吐き、眼をあけた。結局この日も料理をあきらめて、買い置きのゼリー飲料に手を伸ばす。

ぼんやりとゼリーを吸う省吾の耳に、ミンミンと鳴くセミの声だけが響いていた。

明るい店内を、子供たちが走り回っている。

パフェをつつきながら世間話に興じる若い母親たちは、自分の子供がじっと座っていられないことなど、別段気にかけてもいない様子だった。

その日の午後、省吾はファミリーレストランで遅い昼食をとっていた。メニューはいつも同じ。おろしポン酢《ず》をかけた、和風ハンバーグ定食だ。

どの年齢層にも食べやすいように作られたオーソドックスなハンバーグを、省吾は機械的に口に運ぶ。こういうあまり主張のない料理なら、かろうじて食べることができた。

普通に美味《おい》しい――。

最近、よく耳にする言い回しは、ファミレスやコンビニで供《きょう》される、こうした最大公約数的な味覚に由来しているのかもしれない。

どうしても自炊のできない省吾は、このところ、ファミレスやファストフード店でばかり食事をしている。〝普通に美味しい〟料理からは、自分でも制御できない焦りや緊張を強いられることがないからだ。

ひとりの子供が省吾のテーブルにぶつかり、お冷《ひや》のコップをひっくり返しそうになった。省吾は慌ててコップを支えたが、斜め前のテーブルに大勢で陣取っている母親たちは、相変わらず自分たちの話題に夢中だ。

省吾は息を吐いて、紙ナプキンで口元をぬぐった。

学校が夏休みに入ったせいか、ファミレスはいつも以上に混んでいる。窓側のテーブル席は、ドリンクバー目当ての若い学生たちでいっぱいだ。

夏休み、か。

省吾はぼんやりと、初めて世話になった割烹料亭《かっぽうりょうてい》での修業時代のことを思い出した。調理学校を卒業後、省吾は巣鴨《すがも》の割烹料亭の見習いになった。

家族経営の小さな料亭だったが、それなりに歴史のある老舗《しにせ》だった。父の職場の取引先の社長がその店を懇意《こんい》にしていて、省吾が調理学校を卒業すると聞き、紹介を買って出てくれたのだ。

日本料理の修業は、とにかく時間がかかるということは、調理学校時代から散々聞かされてきた。兄弟子たちの指示にひたすら追われる、〝追《お》い廻《まわ》し〟と呼ばれる過程だけで、優に数年が費やされるということくらい、覚悟はしていたつもりだ。

でも――。

追い廻しの指示すらもらえず、調理器具の代わりにスポンジやタワシやタオルを持たされ、三年が過ぎても清掃ばかりさせられていたことを思い返すと、省吾は今でも沈鬱《ちんうつ》な思いに囚《とら》われる。

家族経営の料亭で、結局自分は招かれざる客だったのだろう。

カウンターと、小さな座敷があるだけの料亭は、人手が不足しているようにも見えなかった。お客もほとんどが常連で、紹介を買って出てくれた社長も、祖父の代から料亭を贔屓《ひいき》にしているとのことだった。

その上客の紹介を断るわけにはいかず、自分はただ、無理やり受け入れられただけに違いない。

事実、省吾が辞めたいと申し出たときの師匠《ししょう》の態度は、至極あっさりとしたものだった。

そのときの省吾は、ある意味、掟破《おきてやぶ》りのことをしたのに、それについてもなに一つ言及されなかった。あまりに淡々としすぎていて、自主的に辞めると言い出すのを待たれていたのではないかと、邪推したくなるほどだった。

そんな見習い以前の扱いだったにもかかわらず、一つだけ、不思議なことがあった。

正月や盆が近づくと女将《おかみ》が省吾を呼び出し、あれやこれやとたくさんの土産物《みやげ》を持たせようとしたことだ。

不定休の料亭は、年に二度、正月と旧盆の時期だけ、一週間の長い休みを取っていた。その休暇の前、「実家のご両親へ」と、女将が毎年、店の佃煮《つくだに》やら漬物やらを用意してくれた。そこに、必ず自分用のシャツが入っていたことを、省吾はいつも奇妙に思っていた。

それほど普段の自分の姿がみすぼらしく見えていたのだろうか。高級そうな、けれどなんだか時代遅れのワイシャツを持たされるたび、こんなことより、先付や前菜を調理する八寸場《はっすんば》の仕事を早くさせてくれればいいのにと、不満を覚えた。

実のところ、省吾はそれほどまめに実家に帰っていたわけではない。実家がある神奈川《かながわ》県の平塚《ひらつか》は、郷里と呼ぶにはいささか近すぎる。帰ろうと思えばいつでも帰れるだけに、却《かえ》って足が向かなかった。正月はともかく、お盆休みの時期は、一人暮らしのアパートでごろごろ寝て過ごすのが常だった。

「ご両親へ」と渡された佃煮のいくつかは、今でも冷蔵庫の奥に眠っているはずだ。

今年ももうすぐ、旧盆がやってくる。

まさに夏休みを満喫中の学生たちの姿に眼をやり、省吾はぬるくなったお冷を一口飲んだ。

〝香坂さんは、今までが忙しすぎたんですよ。まあ、今はあまり細かいことは気にせず、ゆっくり休んでください〟

先刻の主治医の言葉が耳朶《じだ》を打つ。

仕事らしい仕事をさせてくれなかった料亭を、省吾は二年前に辞めていた。

その辞め方は、料理界の常識でいえば、決して誉《ほ》められたものではなかった。

それでも、省吾はそのとき、長いトンネルをようやく抜けたような高揚感《こうようかん》を味わった。しばらくの間は、一ヶ月近く休みがなかろうが、まともに眠る時間がなかろうが、一向にかまわなかった。

だが、結局こんなことになったのは、やはりあのときの〝掟破り〟のしっぺ返しなのだろうか。

今の自分は、終わりのない夏休みが続いているようなものだ。仕事らしい仕事をしなくなって、既に一年が経とうとしている。

いつまでも、こんな悠長《ゆうちょう》な暮らしをしているわけにはいかない。元々心許なかった貯えも、今や風前の灯火《ともしび》だ。しかし、だからと言って、今更実家に戻るわけにもいかない。

なぜなら両親は、今でも自分を〝すごい料理人〟だと信じ切っているからだ。

ようやく空になった皿を前に、省吾はじっと眼をつぶる。

一時は〝世界的な料理人〟の仲間入りをしたと思われていた自分が、まさか自炊も儘ならない状態に陥っているとは、両親は夢にも思っていないだろう。

特に父は、たまに省吾が帰ると、鎌倉《かまくら》や葉山《はやま》の高級料亭にいこうとむやみに張り切った。

〝お前の舌が肥《こ》えたのは、お父さんが奮発して、子供時代からお前を色々なレストランに連れて行ったおかげだぞ〟

上機嫌で笑う父の顔を思い出し、省吾は虚ろな息を漏らした。

今の状態で、高級料亭などに連れていかれたら、それこそどうしてよいか分からない。

「おさげしてもよろしいですか」

ウエイトレスに声をかけられ、省吾はハッと眼をあける。慌てて頷くと、不機嫌そうな表情のウエイトレスは、ガチャガチャと音をたててあいた皿を運んでいった。

いつの間にかレジスターの横に、空席を待つ行列ができている。そのほとんどが、部活帰りの学生のようだ。斜め前のテーブルでは、とっくに空になったパフェを前に、若い母親たちが相変わらず世間話に興じている。

省吾は荷物を手にすると、重たい腰を持ち上げた。

空調の効きすぎたファミレスから一歩外に出た途端、むっとするような熱気が全身を包み込む。この室内と室外の温度差が、自律神経を狂わせる一因でもあるらしい。

省吾は頭の前のほうが、ずきずきと痛み始めるのを感じた。疼痛《とうつう》というのだろうか。最近、よくこうした頭痛に見舞われる。

食後の薬を飲み忘れたことを思い出し、省吾は自動販売機でミネラルウォーターを買った。冷たい水で、小さな錠剤《じょうざい》を飲み下す。

一時に比べれば、自分は回復している。

心中で己をそう慰《なぐさ》めながら、うだるような暑さの中、省吾は脚を引きずるようにして帰路についた。


アパートに戻ってくると、郵便受けに白い封筒が差し込まれていた。

いつものダイレクトメールとは違う、随分と豪華な封筒だ。

なんだろう――。

手に取って封筒をひっくり返した途端、省吾は差出人の名前に眼を見張った。

芦沢庸介《あしざわようすけ》。

〝世界一のレストラン〟で修業した、日本料理界の革命児。最近では、イケメン板前として、たびたびメディアにも登場している料理人だ。

急いで部屋に入り、省吾は封筒をあけてみた。箔押《はくお》しが施《ほどこ》された美しいカードが滑り出てくる。

オープニングレセプションの招待状だった。

ついに庸介が、以前から宣告していた通りに独立し、高輪《たかなわ》に自分の店「ASHIZAWA」を出すことになったのだ。招待状には、まるでフレンチのシェフのような洒落《しゃれ》た料理服を纏《まと》った庸介の姿が掲載されている。写真の傍《かたわ》らの経歴を読むうち、省吾は再びこめかみの辺りが鈍くうずき出すのを感じた。

そこには、料亭修業中、サンパウロの日本人街《リベルダージ》にある「ジパング」の料理長マサヤ・アルトゥール・ミサカにスカウトされ、「ジパング」が東京でフードプレゼンテーションを行った際、ホールスタッフを担当と、記されている。

飲食業界に携《たずさ》わる人間の中で、「ジパング」の名前を知らない者はいない。欧米《おうべい》のフードライターや美食家《グルマン》たちが投票して決める世界的なコンテストで、「ジパング」は連続四回〝世界一のレストラン〟の称号に輝いた超有名店だ。

写真の中から自信に満ちた笑顔でこちらを見つめる庸介の視線に耐《た》え切れず、省吾は思わず眼を閉じた。

嗚呼《ああ》――。自分となんという違いだろう。

あの体験をこんなふうに消化できる庸介の力強さに、省吾は己を掻き消されるような痛みを感じた。

もし、あそこで踏ん張り切ることができれば、果たして自分にも、こうした未来が切り開かれる可能性があったのだろうか。

一瞬心に浮かんだ渇望《かつぼう》を、省吾は即座に打ち消す。

無理だ。自分にはとてもできない。

掟破りまでして飛び込んだ場所に、自分は結局、最後まで居場所を見出《みいだ》すことができなかった。

固く閉じていた目蓋をあけ、省吾は机の上のボールペンを手に取った。同封されている出欠用の葉書きに、ペン先を近づける。

勿論、出席するつもりなんてない。

頭ではそう思うのに、なぜか省吾の指はボールペンを握ったまま、出席と欠席の間でじっと動かなくなってしまった。

打ちっ放しコンクリートの近代的な建物の前に、人だかりができている。

門の前にはずらりと豪華な生花《せいか》が並び、その一つ一つに、著名文化人や芸能人などの名前が記されたカードが添えられていた。

芦沢庸介が高輪にオープンさせた料理店は、とても日本料理の店には見えなかった。スタイリッシュな外観は、お洒落なデザイナーズマンションのようだ。

サングラスとマスクで顔を隠した省吾は、招待状を手にした人たちが次々と門の中に入っていく様子を、街路樹の陰から眺めていた。

省吾は結局、出欠の葉書きを出すことができなかった。

それなのに、どうして自分は未練がましく、こんなところにいるのだろう。

正直に言うと、オーナーシェフとなった店で庸介がどんな料理を提供するのか、省吾は興味があった。

もっとも今の自分が、それを正当に評価できるとは思えない。試食をしたところで、己を傷つける結果にしかならないだろう。

もう庸介は、自分の手の届かない遥《はる》か彼方《かなた》のステージに立っているのだ。

省吾は小さく息を吐いた。

帰ろう――。この暑い中、マスクまでして、バカみたいだ。

マスクを外し、省吾は未練を断ち切るように踵《きびす》を返しかけた。

「あれ、もしかして、香坂さん？」

そのとき、丁度背後からやってきた女性に、いきなり声をかけられた。

「やっぱり、香坂さんだ」

大きなバッグを肩から提《さ》げた女性が、驚いたように自分を見ている。振り返りざま、しっかり向かい合う形になってしまい、省吾は逃げ場を失った。

くるくると動く大きな瞳の女性には、省吾もどこか見覚えがあった。

「あ、すみません、私、以前、取材をさせていただいた、ライターの……」

女性が名刺《めいし》を取り出そうとバッグをあける。

その瞬間、重たそうな資料が雪崩《なだれ》のように滑り落ちてきた。女性は慌てて資料を拾い上げようとしたが、ファイルが滑り、中身が歩道にぶちまけられてしまう。

折悪く車道をメルセデスベンツが走り抜け、資料が風に煽《あお》られた。

「きゃぁあああっ」

女性が悲鳴をあげながら、巻き上げられた資料を追いかけていく。思わず省吾も歩道にはいつくばって、資料を押さえた。

夕刻になってもアブラゼミがじわじわと鳴く往来で、省吾と女性はひらひらと舞う紙を追いかけて右往左往した。すべての資料を拾い終えたときには、そろって汗だくになっていた。

「これで全部でしょうか……」

「ほ、本当に、申し訳ございません」

省吾がファイルを差し出すと、女性は耳まで真っ赤になって深々と頭を下げた。

「改めまして、私、以前、香坂さんと芦沢さんを取材させていただいたライターです」

膝に額がつくほど深く頭を下げたまま、女性が名刺を差し出してくる。角の丸い名刺には、〝特約記者　安武《やすたけ》さくら〟と記されていた。

「さ、さ、いきましょう。私のせいで、遅れちゃいますね」

頭を上げるなり、さくらは省吾の腕を取った。

「え、いや、その……」

戸惑う省吾を、さくらはぐいぐいと引いていく。

「私のせいで、香坂さんが会場に入れなくなったりしたら大変です」

さくらに引きずられるようにして、省吾はレセプション会場の受付まできてしまった。

受付の黒いスーツを着た女性から招待状の提示を求められ、省吾は口ごもる。このまま断られるなら、それはそれでよいと思った。

「なに言ってんですか。こちら、香坂省吾さんですよ！　あなた、ご存じないんですか」

ところが、ここでもさくらが強引に突破口《とっぱこう》をあけにくる。さくらの迫力に押され、女性は曖昧な笑みを浮かべながら来賓《らいひん》パスを差し出してきた。

「さ、早くいきましょう。芦沢さんのプレゼン、始まっちゃう！」

さくらに伴われ、省吾はおずおずと店内に足を踏み入れた。ロビーに入るなり、笹《ささ》をあしらった、大きな生け花が視界に飛び込んでくる。

「わ！　すごい」

早速さくらがバッグから一眼レフを取り出し、シャッターを切り始めた。大勢の人たちで賑《にぎ》わう店内を、省吾もそっと見まわした。

外観同様、打ちっ放しコンクリートの店内は、料亭というよりバンケットに近い。笹や竹などの和風の植物を配してはいるが、どこか無国籍な雰囲気が漂っていた。

これは、確かに〝ジパング〟だ。

日本を意味していながら、その実、まったく日本的でない。

スタッフに誘導され、省吾たちは大広間に移動した。ここがこの店のメインルームになるのだろう。入り口で飲み物を渡され、今は多くの椅子が並べられた室内に進む。

入り口付近にはムービーカメラを構えたテレビクルーがずらりと並び、〝世界一のレストラン〟に師事したイケメン料理人の独立への、メディアの関心の高さを窺《うかが》わせた。

部屋の奥には壇《だん》が作られ、スタッフがパワーポイントを使ったスクリーンの準備をしている。

「これ、抹茶《まっちゃ》や柚子《ゆず》を使ったスパークリングなんですね。面白ーい！」

シャンパングラスに注がれた創作ドリンクに、傍らのさくらが感嘆の声をあげた。いかにも女性が好みそうな炭酸《たんさん》系の飲み物を、省吾も一口飲んでみる。

普通に美味しい——。

あのよく聞く言い回しが、一瞬脳裏をかすめた。

そのとき、場内の照明が暗くなり、周囲の喧騒《けんそう》がやんだ。壇上にスポットライトが当たり、真っ白な料理服に身を包んだ芦沢庸介が登場する。

背筋を伸ばした庸介が壇の中央に立つと、一斉に拍手が沸き起こった。

「本日は、お忙しい中、『ASHIZAWA』のオープニングレセプションにご来場いただき、誠にありがとうございます」

庸介の朗々《ろうろう》とした声が響く。

同時に隣のスクリーンに、招待状に書かれていた庸介のプロフィールが映《うつ》し出された。

さくらを始めとするマスコミ関係者たちが、真剣な表情でメモを取り始める。

「『ASHIZAWA』は、世界一のレストラン『ジパング』の流れを汲《く》む、まったく新しいコンセプトの和食を提供する日本料理店です。僕はここで、皆さまに、美食以上の〝体験〟をしていただきたいと思っております」

〝美食〟ではなく、〝体験〟。

「ジパング」の料理長、マサヤ・アルトゥール・ミサカが、何度となく口にしていた言葉だ。その穏《おだ》やかだが、毅然《きぜん》とした口調に、省吾は何度も追い詰められた。

ライトを浴び、大勢のマスコミ関係者を前に話している庸介の姿を眺めながら、省吾はふと、戦場のようだった日々を思い返した。

一昨年、世界一のレストラン「ジパング」が、東京の外資系五つ星ホテルで期間限定のフードプレゼンテーションを行ったとき、二人の若い料亭見習い人がホールスタッフに抜擢《ばってき》された。

一人は、当時二十八歳だった芦沢庸介。

そしてもう一人は、まだ二十五歳になったばかりの省吾だった。

二年前、省吾は最年少スタッフとして、庸介と共に「ジパング」のプロジェクトに参加していたのだ。

きっかけとなったのは、外資系ホテルが国籍並びにプロアマを問わずに開催した、創作和食のコンテストだった。本来なら、師匠の承諾《しょうだく》を得ずにコンテストに出場することなど、伝統を重んじる日本料理界では掟破りに値する。

しかし、三年経っても包丁さえ握らせてもらえなかった省吾は、半ば自棄《やけ》になってこのコンテストに応募した。師匠は勿論、女将や兄弟子にも内緒でだ。

コンテストに、省吾は魚介のすり流しをポタージュ風にアレンジした料理で挑んだ。

「椀物《わんもの》」と呼ばれる汁物は、日本料理の要《かなめ》とされる煮方《にかた》の仕事だ。省吾が勤める割烹料亭では、煮方の一番手は今でも師匠が担当している。若旦那である兄弟子ですら、脇鍋《わきなべ》と呼ばれる二番手で、出汁《だし》の最終チェックは任されていない。

清掃ばかりさせられている省吾は、日本料理の神髄《しんずい》である出汁の引き方を少しでも学び取ろうと、師匠の手元に毎日眼を走らせた。

昆布《こんぶ》を煮出す温度、昆布を取り出した後に、大量の鰹節《かつおぶし》を投入するタイミング。温度やタイミングを誤ると、昆布の旨みが失われ、鰹節の生臭さが残ってしまう。

料亭で使う高級な素材は使えなかったが、アパートの狭い台所で、省吾は何度も主人の手技を模倣《もほう》した。

そうして完成させた省吾の鰹の和風ポタージュは、鴨《かも》の治部煮《じぶに》をフレンチ風にアレンジして優勝を射止《いと》めた庸介に次ぐ、審査員特別賞を受賞した。

このとき、コンテストの審査委員長を務めていたのが、「ジパング」の料理長、日系ブラジル人のマサヤ・アルトゥール・ミサカだった。

マサヤは師匠と同じ還暦《かんれき》過ぎとは思えない、血色のいい、若々しい男性だった。世界的な料理人であるマサヤから「素晴らしい」と称賛され、料亭での半人前扱いにずっと燻《くすぶ》っていた省吾は、息を吹き返した気分になった。

表彰式の後、省吾は庸介と共に別室に呼ばれ、マサヤから直々に打診《だしん》された。三ヶ月後、期間限定でホテルに出店する「ジパング」の、ホールスタッフにならないかと。

世界的レストランの料理長からのスカウトだ。

元々修業していた料亭から独立するつもりだった庸介はもとより、八寸場に立つことすらできていない省吾にとっては、夢のような話だった。

省吾は勇んでこの誘いに飛びついた。曲がりなりにも三年間世話になった料亭に、後足で砂をかけるような真似《まね》をすることになるのにもまったく頓着《とんちゃく》しなかった。

これでようやく、見習い以前の扱いから脱出できる。やっと、清掃ではなく、料理人らしい調理ができるのだ。誘いに乗らないほうがおかしい。

意気揚々と辞職を申し出た省吾を、師匠はあっさりと受け入れた。

そのとき省吾は、やはり自分は、家族経営の老舗料亭では招かれざる客だったのだとつくづく感じた。

今度こそ、新天地で思う存分、料理の腕を発揮《はっき》してみせる。省吾はそう意気込んだ。

事実、マサヤは、伝統的な割烹料亭の料理長のように、修業を重んじてはいなかった。実践《じっせん》に次ぐ実践。それがマサヤのやり方だった。

省吾と庸介はホールに入るなり、すぐに得意な一品料理を作るようにと命じられた。

省吾は再び丁寧に出汁を取り、賀茂茄子《かもなす》の揚《あ》げ煮を作った。じっくりと出汁を含ませた茄子の揚げ煮に、車海老《くるまえび》のそぼろ餡《あん》をたっぷりとかけ、木の芽を散らした。

省吾が差し出した炊き合わせを口にするなり、マサヤはにっこりと笑った。

〝最高に美味しいよ〟

安堵《あんど》しかけた省吾に、しかし、マサヤは淡々と続けた。

〝でも、これはただの茄子《エッグプラント》だ〟

最初はなにを言われているのか分からなかった。

素材と季節感を存分に生かすのが、日本料理の基本ではなかったのか。

戸惑う省吾を、庸介は笑った。「ジパング」を伝統的な割烹料亭だとでも思っていたのかと。

〝考えてもみろよ。マサヤ・アルトゥール・ミサカは、日本で修業したわけでもない、日系ブラジル人なんだぞ。その店で、正統派の炊き合わせなんか作ってどうするんだ〟

そこで初めて、省吾は自分の浅はかさに思い至った。

〝世界一のレストラン〟という称号を聞くばかりで、省吾自身、「ジパング」がどんな料理を出す店なのか、身をもって体験したことがなかったのだ。

〝だが、マサヤ・アルトゥール・ミサカが、世界的に認められた天才的な料理人であることだけは、間違いのない事実だ。そのマサヤのおめがねにかなったんだから、俺たちは自信を持っていい。そもそも、「ジパング」が正統派の日本料理店かどうかなんてことは、この際どうでもいいんだ〟

省吾を見つめ、庸介はきっぱりと言い切った。

〝一番大事なのは、「ジパング」が世界一のレストランだってことだ〟

世界一のレストラン――。

しかし、その基準とは果たしてなんだろう。

世界で活躍するフードライターと美食家たちの投票と聞くが、そこに参加しているのは、ほとんどが欧米の人たちだ。

ライトを浴びながら挨拶《あいさつ》を続ける庸介と、熱心にメモを取っているさくらの姿を、省吾はそっと見比べた。

ジパング。西洋人の眼を通した、架空《かくう》の日本。

現実の日本に居ながら、そこに憧憬《どうけい》の眼を向ける自分たち。

「ジパング」の料理を知らなかった省吾は、やがて、サンパウロの本店のスタッフたちが到着したことで、マサヤが求める奇抜な調理スタイルを思い知ることになった。

スタッフが持ち込んできたのは、亜酸化窒素ガスで食材を泡状にする機材や、瞬間冷凍装置など、およそ、調理器具とは思えないものばかりだった。

〝僕が提供したいのは、単なる美食ではなく、興奮に満ちた体験であり、まったく新しい発見なんだ〟

三ヶ月後のフードプレゼンテーションを前に、ようやくそろったスタッフたちに向かい、マサヤは落ち着いた口調でそう告げた。その日から、マサヤの穏やかな笑顔とは裏腹の、過酷な格闘の日々が始まった。

スタッフは、日系ブラジル人を始め、中国人、韓国人、ポルトガル人と、多岐《たき》にわたっていた。日本語が通じないスタッフも多く、英語がまったくできない省吾はそれだけで途方に暮れた。

それでも、包丁さえ握らせてもらえなかった料亭とは違い、とりあえず料理を作ることができるのだ。省吾はそう己を奮い起こし、毎日、試作品作りに励《はげ》んだ。

しかし、基本から逸脱《いつだつ》できない省吾の料理は、「ジパング」のオープニングメニューとしては認められることがなかった。

〝これは最高にうまい、ただの大根《ラディッシュ》だよ〟

何度も試作品を突き返される省吾をよそに、庸介は本国のスタッフたちと共に、どんどん新しい調理法に挑戦していった。松茸《まつたけ》や伊勢《いせ》海老などの高級食材をムースにし、京野菜をフリーズドライにして粉砕《ふんさい》する。省吾の眼に、それはもう、調理というより実験にしか映らなかった。

いつしか省吾は、ここでも自分の居場所がないことに気がついた。

上客の紹介だから仕方なく引き受けられたかつての職場同様、ここでも、〝日本人だから〟とりあえず厨房《ちゅうぼう》に居させてもらっているだけのような気がしてきた。

なんとかしなくては――。

焦った省吾は、必死に庸介に追いつこうとした。庸介に倣《なら》い、粉砕した食材に鮮やかな着色料を仕込んだ。ハマグリを亜酸化窒素ガスでムースに変えた。甘海老を瞬間冷凍し、クラッシュした。

オープニングに向け、全員が必死だった。特にラストの一ヶ月は、料理長のマサヤを始め、省吾たちスタッフ全員、ほとんど不眠不休で働いた。

今までに体験したことのない、エキセントリックでエネルギッシュな毎日だった。

そんな狂騒の日々を乗り越え、期間限定でオープンした「ジパング」には大勢の著名人が駆《か》けつけた。

一人七万円という高額のコースにもかかわらず、あっという間に予約が取れなくなっていく様子を、省吾は半ば茫然《ぼうぜん》と眺めていた。

「日本料理の再構築」「まったく新しい体験と発見」とマスコミの評価も上々で、料理長のマサヤの他、ホールスタッフを務めた庸介や省吾もたびたび取材に駆り出された。

もっとも、インタビューに答えていたのは専ら庸介一人で、省吾はその隣にただぼんやりと座っていただけだった。

期間限定の出店が終わり、スタッフと共に本国に帰るとき、マサヤは省吾と庸介の肩に手を置いて告げた。この経験を、今後のそれぞれの道に生かしていってほしい、と。

そのマサヤの言葉に、庸介は見事に応えたことになるのだろう。

真っ白な料理服に身を包んだ庸介の晴れ姿を見つめながら、省吾は微かな胸の痛みを覚える。

経験を生かすどころか、完全な放心状態となってしまった自分と違い、庸介はそれをしっかりと咀嚼《そしゃく》して、自身のものにしたのだ。

庸介の挨拶に区切りがついたところで、ライトが一段明るくなった。

壇上に設《しつら》えられたテーブルに料理サンプルを運んできたのは、テレビでもよく見かける若手女性タレントだった。傍らのさくらがすかさず一眼レフを構え、室内が真っ白になるほどフラッシュが焚《た》かれる。

鱧《はも》とキャビアをメインにした八寸。鮑《あわび》のお造り。ひろうすのお椀。伊勢海老の具足煮《ぐそくに》――。

鮑のお造りの半分はムース状になっていたが、並んだ料理が比較的正統派の日本料理であることに、省吾はなんだかほっとした。

試食会が始まるのかと思ったが、料理はそれ以上出てこなかった。

そこから先は、スクリーンに映し出される料理をもとに、庸介と女性タレントがトークを繰り広げる展開となった。

「先程、一口いただいたんですけど。本当に美味しくてぇ」

飾りのように置かれただけの料理を前に、女性タレントが大げさにその美味しさをアピールしてみせる。

「なんかもう、新食感っていうか、ふわふわっていうかぁ」

甲高《かんだか》い声で繰り返すタレントの語彙《ごい》は、酷《ひど》く貧しい。聞いていても、なに一つ伝わってくるものがない。

けれど、誰もそれを奇異に感じている様子はなかった。隣のさくらも、背後のテレビクルーたちも、料理ではなく庸介と女性タレントの姿ばかりを追っている。

やがてトークショーが終わり、庸介と女性タレントが退場すると、あっけなく場内が通常の照明に戻った。省吾は思わずきょとんとする。

まさか、これで終わりなのか。

「試食とか、ないんですかね……」

おずおずと問いかければ、カメラ内のデータを確認していたさくらが「うーん」と眉を寄せた。

「最近、レセプションはこういう感じのが増えてますよ。料理の写真も、宣材を使うことが多いですし」

つまり、マスコミは主催者側が提供する写真と資料をもとに記事を作るということなのか。

しかしそれでは、どの雑誌でも同じような記事になってしまうのではないだろうか。

「あ！」

そのとき、さくらが弾《はじ》かれたように立ち上がった。

「すみません。あっちで囲み取材が始まったみたいなんで、ちょっといってきます」

さくらは大きなバッグをひっつかみ、他の記者たちに負けじと駆け出していってしまった。

一人残された省吾は、ぼんやり周囲を見回す。出口付近では、スタッフがお土産を配り始めていた。

もう誰も、壇上のテーブルに置かれた料理を気にかけていない。省吾は席を立ち、並べられた料理に近づいてみた。

煮方を目標としていた省吾は、庸介がどんなお椀を作ったのか興味があった。特に、豆腐から作るひろうすのお椀は腕が問われる献立だ。薄葛《うすくず》仕立てのひろうすのお椀には、旬のさやいんげんと茗荷《みょうが》の千切りが添えられていた。仕上がりは、とても綺麗《きれい》だ。

「あの……」

料理を下げにきた若いスタッフに、省吾は思い切って声をかけた。うさん臭そうな視線を向けられ、恐縮する。

「私、以前、芦沢さんと一緒に働いていたものです」

「はあ」

まだ大学生のような若いスタッフは、興味がなさそうに省吾を見返した。

「大変失礼ですが、このお椀、一口試食させていただいてもよいでしょうか」

途中で声が消え入りそうになる。やはり、こんなこと、頼むのではなかった。たとえこのお椀が美味しくても不味《まず》くても、結局自分は傷つくに違いない。

「別にいいんじゃないすか」

しかしあっさりとそう返され、省吾のほうが面食らった。

「え……」

「どうせこれ、ただ下げろって言われただけだし。下げたら捨てるだけですから、別に構わないと思いますよ」

それだけ言うと、若いスタッフは他の料理を下げ始めた。

省吾は八寸に飾りのように添えられていた塗《ぬ》り箸《ばし》を取り、すっかり冷めてしまっているお椀に震える唇を寄せる。薄葛をひいた吸い物を一口含んだ瞬間――。

省吾はすっと血の気が引くのを感じた。

味がしない。まるで白湯《さゆ》を飲んでいるようだ。

日本料理の要の出汁の味が感じられない。

震える手から、箸と椀が落ちた。

床を転がる椀の音が遠く聞こえる。

再発したのだ。

ここ最近、順調に回復しているように思えたのに。ファミレスやコンビニ弁当のようなオーソドックスな味なら、受けつけることができていたのに。

しかし、本格的な日本料理の繊細な味つけが、自分には最早分からないのだ。

呼吸が浅くなり、どっと汗が噴き出す。

立っていられなくなり、省吾はその場に蹲《うずくま》った。

目蓋をあけると、白い天井が見えた。

額の上に冷たいおしぼりが載っている。省吾は自分が、長椅子の上に寝かされていることに気がついた。

「あ、香坂さん、大丈夫ですか！」

身じろぎをした途端、覆いかぶさるようにしてさくらが覗き込んでくる。その顔をぼんやり眺めているうちに、省吾は徐々に先刻の記憶を取り戻した。

自分は久々にパニックを起こし、そのまま意識を失ってしまったらしい。

「す……、すみません」

焦って身を起こそうとすれば、まだ視界がぐらぐらと揺れた。

「無理しないほうが。救急車を呼んだほうがいいですか」

「いいえ、大丈夫です」

つき添ってくれていたらしいさくらに、省吾はかろうじて頭を下げる。ロッカーの並ぶリノリウム張りの部屋は、どうやらスタッフルームのようだ。

突然倒れた自分は、庸介にも迷惑をかけてしまったに違いない。額のおしぼりを外し、省吾は大きく息をついた。

「本当に、救急車を呼ばなくて、大丈夫ですか」

心配そうに声をかけてくるさくらに、省吾は首を横に振る。

「大丈夫です」

身体的な異常ではないのだ。

「実は、僕……」

省吾が口を開きかけたとき、勢いよくスタッフルームの扉があいた。

「香坂、お前、貧血を起こしたって？」

登壇していたときと同じ、白い料理服に身を包んだ庸介が、大股《おおまた》で部屋の中に入ってくる。

貧血――？

一瞬、省吾は眼を瞬かせた。だが、突然倒れたりしたのだから、そう取られるほうがむしろ自然だと思い至る。

「もう、大丈夫です」

省吾は曖昧に頷いた。

「すみません、芦沢さん。せっかくのレセプションの日に、こんなことでご迷惑をおかけしてしまって……」

「別にそれは構わないよ」

庸介は向かいの椅子にどさりと腰を下ろし、長い脚を組んだ。

「お前が会いにきてくれたことのほうが、俺は嬉しいし」

その言葉に、省吾は小さく顔を俯《うつむ》ける。こうして向かい合うと、かつて同じホールに立っていた先輩が、益々《ますます》遠くに感じられた。

「このたびは、本当に、おめでとうございます」

自分の声が卑屈《ひくつ》にならないように、省吾は努めなければならなかった。

「おう、ありがとう」

反対に、庸介はどこまでも自然体だ。その態度や口調から、庸介が己の成功に微塵《みじん》も疑いを抱いていないことが感じられた。

「お前は、最近どうしてるのよ」

一番恐れていた問いかけに、省吾は耳を塞《ふさ》ぎそうになる。口ごもると、さくらからも視線を感じた。

「僕は、今……。ちょっと、体調を崩していて……」

その先を続けることができなかった。スタッフルームに、重い沈黙が流れる。

「そうだ！　あのクソバイト！」

沈鬱な空気を掻き消すように、突然、庸介が大声をあげた。

「お前に、味無しのサンプルを食わせたんだって？」

「えっ」

省吾は弾かれたように顔を上げる。

味無し？

庸介がなにを言っているのかがとっさには分からなかった。

「味無しって……」

思わず繰り返すと、庸介が乾いた笑い声をあげた。

「トークショー用のサンプルのために、わざわざ出汁なんて引かねえよ。ただでさえお椀は手間も時間もかかるのに」

「じゃあ、あのお椀……」

「お前も飲んですぐ分かっただろ？　あれは、ただのお湯に薄葛を溶いただけだ」

それでは――。

薄葛仕立ての汁に出汁の旨みを感じなかったのは、自分の味覚のせいではなかったということなのか。

省吾は全身から力が抜けていくような気がした。

「なに、魂《たましい》が抜けたみたいな顔してるんだよ」

呆然《ぼうぜん》としている省吾を、庸介は面白そうに眺める。

「相変わらず、融通が利かない奴だな。最近じゃ、撮影用の料理には味つけなんてしないってのが、この業界の主流なんだよ」

日々たくさんの取材に追われている庸介は、以前、省吾と共にさくらのインタビューを受けたことなど、まったく覚えていないようだった。

完全にさくらを省吾の連れだと思い込んでいるらしく、マスコミの前では絶対にさらせない類いの本音まで、庸介は平然と口にし始めた。

「大体、レセプションに集まってくるライターふぜいに、料理の本当の味なんて分かる訳ないだろう。連中には、俺の経歴とこちらで用意したプレス資料だけで、記事を書いてもらえばいいんだよ」

あまりに明け透けな言い草に、省吾はさくらを見てしまう。パイプ椅子に浅く腰掛けたさくらは、無言で自分の手元に視線を落としていた。その拳《こぶし》がぎゅっと握られている。

「いいか、香坂。お前も少しは胸を張れよ」

庸介が、省吾の肩を叩いた。

「俺たちはな、世界一のレストラン『ジパング』の料理長、マサヤ・アルトゥール・ミサカのプロジェクトに参加した、日本でただ二人の料理人なんだぞ。この経歴さえあれば、いくらでもスポンサーを探せる。お前だってその気になれば、いつでも自分の店を持てるはずだ」

強い眼差しに射竦《いすく》められ、省吾は返す言葉を失った。

「俺はな、この世界で一億円プレーヤーになろうと思っている」

押し黙った省吾を前に、庸介は不敵な笑みを浮かべる。

「大体、日本料理の料理人だけが、一人前になるのに十年以上もかかるっていうこと自体、時代遅れなんだよ。香坂だって、兄弟子たちにこき使われるだけの追い廻しには、辟易《へきえき》としただろう？　昔の丁稚奉公《でっちぼうこう》と違って、こっちは調理学校だって出てるっていうのにさ」

追い廻しどころか、包丁さえ握らせてもらえなかったことを考えると、省吾は項垂《うなだ》れるしかなかった。

「フレンチやイタリアンでは、三十代で独立するオーナーシェフがごろごろいるのに、日本料理だけがいつまでも敷居を高くしてやがる。でもそんなことじゃ、日本料理を目指す料理人がそのうちいなくなるぞ」

庸介は鼻から息を吐いて、腕組みをする。

「だから、俺は、そういう古色蒼然《こしょくそうぜん》とした日本料理界に、新しい道を示そうと考えている。料理評論家の中には、『ジパング』なんて日本料理でもなんでもないとこき下ろす連中もいるがね、俺は異端で結構だよ。なにを言われようが、大衆が選ぶのは、『ジパング』であり、この俺だ。『ジパング』効果のおかげで、『ASHIZAWA』は、既に半年先まで予約でいっぱいだ。それこそがなによりの証拠だろう。俺はね、スポーツ選手同様、料理人も、若いうちからバンバン稼《かせ》ぐべきだと思っている」

店をフラッグにして、大手食品メーカーと提携し、商品開発もしていくつもりだと庸介は語った。

「世界一の胡麻《ごま》豆腐から、世界一のおせちまで、タイアップが取れるものならなんだってやる。なんと言っても、俺には〝世界一〟というキャッチフレーズがついてるんだ。そこに実体なんかなくたっていいんだよ。バンケット事業もどんどんやるつもりだ」

庸介の言っていることが、正しいのかどうかは分からない。

けれど、その力強さに、省吾は終始圧倒された。

「ジパング」の狂騒の日々の中で、省吾は唯《ただ》すり減っただけだったが、庸介はそこでつかんだものを、強《したた》かに利用していこうとしている。

庸介が滔々《とうとう》と語るビジネスプランに、省吾はなに一つ口を挟むことができなかった。

「困ったことがあったら、いつでも連絡してこいよ」

最後はそう言ってくれたが、省吾は自分が庸介に連絡することは、今後ないだろうと思った。

なぜなら、庸介の語るビジョンは省吾にとって、とても自分が目指すものだとは考えられなかったからだ。

しかし、それでは、自分は一体なにを目指しているのだろう。

そう自問すると、省吾は無策な自分を感じた。眼の前に広がる茫洋とした荒野には、なんの道標も見えなかった。

さくらと共に店を出たときには、周囲はすっかり暗くなっていた。

「すみません。僕のせいで、こんなに遅くなってしまって……」

ずっとつき添ってくれていたさくらに、省吾は深く頭を下げた。

「今日はもう直帰《ちょっき》なんで、大丈夫です」

さくらは笑みを浮かべたが、その表情には少しだけ陰りが見えた。

無理もない。あれだけ明け透けな話を聞かされたのだ。

それからしばらく、互いに無言のまま駅までの道を歩いた。都会の夏は、夜になっても蒸し暑い。まだどこかの街路樹で、アブラゼミがじわじわと鳴いていた。

「香坂さんこそ、もう本当に平気なんですか」

やがてさくらが、まだ心配そうに声をかけてくる。

「はい。ご心配をおかけしました。実は……」

一瞬ためらったが、省吾は思い切って打ち明けることにした。

「僕、心療内科に通っているんです」

それは、両親にも伝えていない話だった。

「『ジパング』で働いた後、一時的ですが、僕は食べ物の味が分からなくなってしまったんです」

省吾の言葉に、さくらの足がとまる。

さくらを見返し、省吾は自嘲《じちょうてき》的な笑みを浮かべた。

「僕は、芦沢さんと違って、マサヤ・アルトゥール・ミサカにそれほど認められていたわけではなかったんです」

なにを作っても、「ただの茄子だ」「ただの大根だ」と料理を突き返された過去が脳裏をよぎる。

「『ジパング』の厨房にいたとき、僕は途中から、自分がなにをしているのかが、分からなくなってしまいました」

伊勢海老をムースにし、京野菜を粉砕することが、調理だとは思えなかった。

「それでも無理やり働いて、必死に働いて……。そして、ようやくホールスタッフの任を解かれたら、ある日突然、なにを食べても味を感じられなくなっていたんです」

そのときの恐怖が甦《よみがえ》り、省吾の指先が震えた。

あんなに怖かったことはない。味覚の欠如《けつじょ》など、料理人としては致命的だ。自分はもう、二度と料理ができないのだと絶望した。

「散々検査を受けた後、結局、心療内科で自律神経失調症と診断されました。もう一年近く通院を続けて、今ではかなり良くなってきています」

話を聞いていたさくらが、突如ハッとした顔をする。

「それじゃ、もしかして、味のついていないサンプルを試食して……」

「はい。汁物を飲んだら、まるで出汁の味がしないんで、すっかり再発したのだと思い込んで、パニックを起こしてしまいました」

省吾は眉を寄せて苦笑した。

「バカですよね。考えてみれば、ウエルカムドリンクの味は、ちゃんと分かったのに。まさか、壇上の料理に味がついていないとは思わなくて……」

「当たり前ですよ」

さくらが省吾の言葉を遮る。

「私だって、撮影用の料理が味つけされていないものだとは知りませんでした」

先刻の庸介の明け透けな物言いにさくらが傷ついていたことに思い至り、省吾は口を閉じた。

重そうなバッグを肩にかけなおし、さくらが再び歩き始める。

「……すみません……」

その後ろを追いかけるようにして、省吾は頭を下げた。

「香坂さんが、謝らないでください」

さくらの歩調が幾分緩《ゆる》くなる。

「それに、芦沢さんが言ってたことは本当ですから。私みたいな特約記者っていうのは、要するに、雇《やと》われのライターなんです。クライアントが求めるようにしか、記事は書けません。味なんて分からなくても、グルメ特集だったら、その趣旨《しゅし》に合わせて書くしかないんです」

いつしかさくらの足がとまった。

「だから食べてもいない料理のことを、プレス資料をもとに、いくつも書いたりするんですよ。結局、私たちも、いい加減なんです。飲食店のスポンサーが雑誌の広告主になっている場合なんて、尚更です。その店の料理がたとえ不味くたって、本当のことは書けません」

そういうメディアの記事に踊らされて、予約の取れない人気店が次々と誕生しては、また次々と消えていくのだろうか。

省吾は頭の片隅でちらりとそう考えた。

「今のメディアは、玉石混交《ぎょくせきこんこう》です。特にネットニュースが主流になってから、その傾向は顕著《けんちょ》になりました。スポンサー絡みのバイアスのかかった記事や、ページビューを稼ぐためだけのゴシップまで、フェイクに近いニュースが巷《ちまた》に溢《あふ》れています」

さくらは睨《にら》むようにして上を見る。雲の多い空には、満月に近い月がぼんやりと浮かんでいた。

「溢れかえっている情報の中には、実体のないものもたくさんあります。そうした情報が、真実の如何《いかん》を問わず、興味本位にSNSでどんどん拡散されて、おかしなブームを引き起こすことだってあります。本当に怖い時代です。私自身、その片棒を担いでいるのかもしれません」

月を見上げる横顔が、苦しそうに歪《ゆが》む。

「でも、私、このままでいたいとは思ってません」

さくらが省吾を振り返った。その頬が、雲間から差し込む月明かりに仄白《ほのじろ》く照らされる。

「今はきっと、修業みたいなものです。たくさんのものを見て、聞いて、感じて、傷ついて、悔しい思いもたくさんして……。その全部が、自分にとっての本物を見つけていくための修業です。すぐには無理でも、いずれきっと、スポンサーやクライアントの意図ではなく、自分の頭で考えて判断したものを、書いていこうと思っています」

その言葉に、省吾は清掃ばかりさせられていた割烹料亭での日々をだぶらせた。さくらの澄《す》んだ眼差しが、省吾には羨《うらや》ましかった。

「安武さんは、強いですね」

我知らず呟《つぶや》いてしまう。

「僕は、我慢できなかった。僕、『ジパング』にスカウトされる前、老舗の料亭で下働きをしていたんです。でも、三年経っても包丁も握らせてもらえなくて、それで辛抱できなくなって、師匠に内緒でコンテストに出たんです。コンテストで受賞したときは、夢みたいでした。そのコンテストの審査委員長をしていたのが、『ジパング』の、マサヤ・アルトゥール・ミサカだったんです。それなのに、結局『ジパング』でも、居場所を見つけられなくて、どこへ行っても、役立たずで……」

省吾の声が消えそうにかすれた。

「僕は一体、なにをどうしたいんだろう」

しっかりと自分の目的を語れる庸介やさくらを前に、省吾は自分が情けなくて仕方がなかった。

「強くなんてないですよ」

ふいにさくらが自分を覗き込む。その顔の近さに、省吾はちいさく息を呑んだ。

「私だって、自分のこと、ずっと奴隷《どれい》みたいに感じてました。踏み潰されてもいくらでも替えの利く働き蟻《あり》と変わらないって、ずっと虚《むな》しかったんです。なんだか、色々なものが足りなくて、自分がどこまでも空っぽに感じられて……」

さくらが真っ直ぐな眼差しで省吾を見た。

「でも、ある人が言ってくれたんです。苦しかったり、つらかったりするのは、あなたがちゃんと自分の心と頭で考えて、前へ進もうとしている証拠だって」

いつしかさくらの大きな瞳に、強い輝きが宿る。

「その人が教えてくれました。誰もが自分の人生の女王様なんだって――。それを聞いて、私、眼から鱗《うろこ》が落ちたんです。たった一度の人生、奴隷に甘んじるのも、女王になるのも、きっと自分次第なんだって……。あ、でも、香坂さんは男性だから、女王様じゃなくて、王様ですね」

王様――？

省吾が胸の中で繰り返していると、さくらが掌《てのひら》を打った。

「そうだ！　今から香坂さんもいきましょうよ」

「いくってどこへ」

突然の提案に、省吾は驚く。

「本当に、美味しいものが食べられるところです」

「食べ物屋さんなら、僕はちょっと……」

「食べ物屋さんであって、食べ物屋さんじゃない。雑誌どころか、ネットにすら情報のない、私が自分の伝手《つて》と足で見つけた、正真正銘《しょうしんしょうめい》の隠れ家です」

「でも、もう遅いですし……」

「大丈夫です」

尻込みする省吾に、さくらはにっこりと微笑《ほほえ》んだ。

「だってそこは、夜食カフェですから」

その街は、都心からそう遠くない郊外にあった。

まごまごしているうちに、省吾はさくらに連れられ、見知らぬ駅のホームに降り立っていた。

新線ができてから急速に開発が進んだ街らしく、南口は大きなショッピングモールに隣接し、その向こうにはタワーマンションがそびえている。

「香坂さん、こっちですよ」

しかし、さくらが意気揚々と向かったのは、その反対側の出口だった。

北口を出ると、駅の構内から見えた南口の印象とはまったく異なる、寂《さび》れた町並みが広がっていた。店先に段ボールを積んだスーパーの先には、昔ながらの商店街が延々と続いている。

「さ、早くいきましょう」

なんだかさくらは、急にそわそわし始めた。

「今夜も営業してるといいんだけど……」

「えっ」

聞き捨てならない一言に、省吾は耳をそばだてる。

こんなところまで人を連れてきておきながら、今更、なにを言っているのか。

「不定休のお店ということですか。だったらあらかじめ、予約とか、確認とか、すればいいんじゃないでしょうか」

非難めいた声が出たが、さくらはたいして気に留めていない様子だった。

「うーん……、説明が難しいんですけど、予約とかはできないし、縁がなければたどり着けないお店なんです」

さくらの返答に、省吾は呆《あき》れた。

それって、一体どういうお店なのだ。

「でも、大丈夫！　私、香坂さんなら、絶対に縁があると思うんです」

無責任に言い放つさくらの後ろ姿を見つめ、省吾は密《ひそ》かに嘆息《たんそく》する。

しかし、ここまできた以上は仕方がない。

速足のさくらを追いかけるようにして、省吾はシャッターが下りた商店街を歩いた。まだ煌々《こうこう》と明かりのついている予備校を通り、ジャラジャラと音をたてているパチンコパーラーの前を過ぎると、商店街の外れに出た。

そこから先は年季の入った一軒家や、木造のアパートが立ち並ぶ、普通の住宅街だった。とても、飲食店があるような雰囲気ではない。

ところがさくらは、人一人がやっと通り抜けできるような細い裏路地に入っていこうとしている。

「こんなところなんですか」

思わず尋ねれば、さくらが得意げな顔をした。

「そう、こんなところなんです」

ポリバケツや空調の室外機が並ぶ砂利道を進んでいくと、やがて奥に、一軒の古民家が見えてきた。その門に、まるで目印のように、カンテラの橙色《だいだいいろ》の明かりがぽっと灯《とも》っている。

「ああ、よかった！」

揺らめくカンテラの明かりを見つけるなり、さくらが大きな安堵の声をあげた。

「シャールさん、気まぐれだから、ときどき営業してないことがあるの。でも香坂さんも、やっぱりマカン・マランに縁があったということですよ」

シャールさん？　マカン・マラン？

耳慣れない言葉に、省吾は一瞬、きょとんとする。

古民家には小さな中庭があり、真ん中に、丸い緑の葉を茂らせたハナミズキが立っていた。その根元に、スチール製の小さな看板が無造作に置かれている。

マカン・マラン――。看板の上に、書き文字が見えた。

ただの古民家にしか見えないが、やはりここは店らしい。

弾むような足取りのさくらに続き、省吾は中庭に足を踏み入れた。その瞬間、澄んだ音色が耳を擽《くすぐ》った。羊歯《しだ》やクワズイモが旺盛に葉を伸ばす草むらで、蟋蟀《こおろぎ》が鳴いている。

蒸し暑い夜に、ほんの一瞬、涼風が吹き抜けた気がした。

その〝シャールさん〟が、さくらを励まし、元気づけてくれた人なのだろうか。

シャールという名が、本名なのか、綽名《あだな》なのかは分からない。けれどその響きから、省吾はどこかエキゾチックで美しい妙齢の女性の姿を想像した。

「私も久しぶりだから、シャールさんに会うのがすごく楽しみ！」

わくわくした様子で、さくらが呼び鈴を押す。

少し間を置いた後、みしみしと廊下を歩いてくる足音が響いてきた。重たそうな木の扉が開き、バンブーチャームがカラコロと鳴る。

「シャールさん！」

玄関の扉が開いた途端、さくらが感極まったような声をあげた。

しかし。

玄関の向こうに現れた人物に、省吾はあんぐりと口をあけた。

真っ赤に塗られた唇に、鳥の羽根のようなつけ睫毛《まつげ》。

ビーズの縁飾りがついた薄絹のショールが、ふわりと揺れる。

それだけ聞けば、エキゾチックな女性を想像した自分の予想は当たっているような気もする。

だが、肝心なところがまったく違った。

「あら、さくらちゃん、いらっしゃぁああい。久しぶりじゃないの」

野太い声が、低く響く。

虹色《にじいろ》のターバンを頭に巻き、ナイトドレスの上に薄絹のショールを纏っているのは、身長百八十センチを超すかと思う、巨大な中年男だった。

お、おかまだ――。

省吾はさくらについてきてしまったことを、激しく後悔した。

ここは、おかまバーだったのだ。

そういう店があり、また、そういう店を好む女性がいることも、なんとなくは知っている。でも自分がそうした場所に馴染《なじ》めるとは思えない。

おかまバーのママの中には、人生の教訓を聞かせてくれる人もいると聞く。真っ当なご意見番として活躍している人を、テレビで見ることもある。

でも、自分は無理だ。

別に偏見《へんけん》がある訳ではないけれど、そんな場所では落ち着けない。

省吾はじりじりと後じさった。その瞬間、玄関先にまで茂っていた羊歯の葉に足を滑らせ、尻餅をつきそうになる。

「危ない!」

途端に、強い力で手首をつかまれた。おかまに引き起こされ、筋肉質な胸に抱きかかえられそうになる。

「ふぁあああああっ」

情けない悲鳴をあげた省吾の手首をつかんだまま、おかまがおもむろに口を開いた。

「あなた、ちょっと添加物を取りすぎじゃないかしら」

「は……?」

面食らった省吾に、おかまが続ける。

「若いのに随分体温が低いわ。それに顔色もよくないし」

いつしかおかまは脈をはかるように、省吾の手首に自分の親指を当てていた。

「血流も悪いみたいね。あなた、普段外食が多いんじゃない？　チェーン店とか、ファストフードとか」

手首を離し、おかまが省吾を覗き込む。

「それから、もしかして、ときどき頭痛がしない？　頭の前のほうが、ずきずき痛むみたいな」

あまりに正確に言い当てられて、省吾は絶句した。

「やっぱりね」

省吾の表情を読み、おかまが頷く。

「あなた、化学調味料や、白いお砂糖を取りすぎて、体が陰に傾いてるのよ。こめかみの辺りが痛むのは、陰性の頭痛の特徴よ」

人差し指を立て、おかまが滔々と語り始めた。

「チェーン店やファストフード店のお料理や、コンビニのお弁当には、実は結構な量のお砂糖が使われていることが多いの。白いお砂糖を取りすぎると、脳の血管が膨張《ぼうちょう》して、頭痛の原因になることがあるのよ。陰性過多の人は、機能食品に使われてる果糖にも注意が必要ね。どうせ果糖を取るなら加工品じゃなくて、新鮮な果物で、ミネラルや酵素と一緒に取るようにしてちょうだい」

おかまの博学に、省吾は圧倒される。

自分も調理学校である程度の栄養学を習ってきているが、ここまで本格的に説明できる人はそういない。

「さ、いらっしゃい。とりあえず、陰性の頭痛を鎮《しず》めるお茶を調合してあげる」

薄絹のショールを翻《ひるがえ》し、おかまは板張りの廊下を歩き始めた。

勝手知ったる様子で廊下に上がるさくらに続き、省吾も慌てて靴を脱ぐ。おかまは途中で厨房らしい扉の向こうに消えたが、省吾はさくらと共に、突き当たりの部屋に入った。

間接照明に照らされたその場所は、カウンターがあり、一見、バーのようだった。けれど、バーはバーでも、そこは省吾の想像とは大分違った。

籐《とう》の椅子や、居心地の良さそうな一人掛けソファの置かれた店内はとても落ち着いている。

真鍮《しんちゅう》の蛙《かえる》が捧げ持つ蠟燭《ろうそく》の炎《ほのお》が揺らめくカウンターの端では、眼鏡をかけた仏頂面の中年男が新聞を広げ、中庭に面した一人掛けソファでは、白髪の老婦人がお茶を飲みながら、細い針で鮮やかなブルーの糸を編んでいた。

二人とも、〝おかまバー〟を好む客には見えなかった。

部屋の中には、不思議な音楽が流れている。

郷愁を誘う笛と、銅鑼《どら》のような響きが組み合わされた、静かで慎《つつし》み深い、けれどどこか荘厳な音色だった。

「ああ、すてき……。ガムラン・ドゥグンを聞くと、マカン・マランにきたんだなって思う」

さくらがうっとりと眼を細める。

「ガムラン・ドゥグン?」

「ええ。インドネシアのスンダ地方に伝わる宮廷音楽なんですって」

マカン・マランという店名もインドネシア語なのだと、さくらは教えてくれた。マカンは食事、マランは夜を表すという。

言われてみれば、この店の雰囲気は、インドネシアのバリ島の隠れ家リゾートのようだ。それに、さくらは確か、ここを夜食カフェだと言っていた。

「柳田《やなぎだ》先生、こんばんは」

隅で新聞を読んでいる中年男に声をかけ、さくらはカウンターのスツールに腰をかける。省吾もおずおずとその隣のスツールによじのぼった。

メタボ気味の中年男はちらりとさくらを見たものの、「ああ」と「おお」の中間のような唸《うな》り声をあげただけで、すぐに新聞に視線を落とした。

すこぶる愛想が悪いが、さくらは別段気にしている様子もなかった。

「うわぁ、綺麗！」

カウンターの上にたくさん積まれたスカーフに気づき、さくらが感嘆の声をあげる。

色とりどりのスカーフには、先程のおかまが纏っていたショールと同じようなビーズの縁飾りがついていた。

「ねえ、さくらさん、綺麗な縁飾りでしょう？　それね、トルコの伝統手芸でオヤっていうのよ」

窓際のソファで針を動かしていた白髪の女性が声をかけてくる。

「今ね、私もシャールさんやクリスタさんに教わって、挑戦してるところなの。こうやって、細い針で、ビーズを通しながら糸を編んでいくのよ」

「ええ！　比佐子《ひさこ》さん、見せて、見せて」

途端にさくらはスツールを下りて、老婦人のほうへすっ飛んでいってしまった。

「スカーフやショールの縁飾りに使うだけじゃなくて、モチーフだけを単体で編んで、アクセサリーにすることもできるの。糸だけで編んでも充分すてきだけど、きらきらしたビーズを使うのを、ボンジュックオヤって言うんですって」

「わあ、細かい！　比佐子さんって本当に器用」

祖母と孫ほどに歳《とし》の違う二人が女学生同士のようにはしゃいでいる姿を、省吾はぼんやりと眺める。どうやらここにいるお客たちは、既に顔馴染みのようだ。もっとも、お喋《しゃべ》りをしている女性をよそに、中年男はむっつり黙って新聞を読みふけっている。

この雰囲気を、なぜか省吾は知っている気がした。

ふと、懐《なつ》かしさのようなものが胸をよぎる。

「お待たせ」

省吾が懐かしさの正体を探ろうとしていると、野太い声が響いた。カウンターの奥の暖簾《のれん》をはらい、巨大なおかまが眼の前に現れる。

「さ、まずはこれを飲んでみて」

筋肉質の身体にナイトドレスを纏ったおかまが、蓋つきのマグカップを差し出してきた。カウンター越しにおかまと直接向き合うことになり、省吾は緊張を覚える。

肝心のさくらはまだ老婦人と盛り上がっていて、戻ってきてくれそうにない。

「どうしたの。毒なんて入ってないわよ」

おかまがからかうように片眉を吊《つ》り上げた。蠟燭の揺らめく炎に照らされ、厚化粧に彩《いろど》られたその顔は、まるで異界の魔女のようだ。両の耳には、アザミを思わせる大きなイヤリングが揺れている。

省吾は半ば怯《おび》えながら、なんとかマグカップを受け取った。

蓋をあければ、香ばしい匂いが鼻孔《びこう》を擽る。一口飲むと、すっと鼻が通るような爽快感《そうかいかん》があった。飲みやすいが、微かな苦みが舌に残った。

「蕎麦《そば》茶……ですか」

だが、省吾が知っている蕎麦茶とは少し違う。

「半分正解よ。蕎麦の実と、ひえと、ヨモギをブレンドしたお茶なの。蕎麦の実やヨモギには、陰性に傾きすぎた身体を中庸《ちゅうよう》に戻してくれる働きがあるのよ」

苦みの正体はヨモギだったのかと、省吾は納得した。もう一口飲むと、確かに胃の縁が温まる気がした。

「夏でも身体は冷えるのよ。陰性過多の人は、余計に気をつけなきゃ。あなた、若いのに、随分顔色が悪いわ」

おかまが心配そうに、省吾の顔を覗き込む。

「頭痛の予防のためにも、しばらく白いお砂糖を控えたほうがいいわね。外食はやめて、簡単なものでいいから自炊をしてみて。お砂糖の代わりに、カボチャやニンジンや玉葱みたいな多糖類を食べると症状が治まるはずよ」

省吾は曖昧に頷いた。おかまの指摘はもっともだったが、今の自分に自炊ができるかは定かでなかった。

「さくらちゃん、あなたには肌荒れ防止のハト麦のお茶よ」

おかまの呼びかけに、さくらが嬉々《きき》として戻ってくる。

「でもさくらちゃん、随分肌が綺麗になったわね」

「シャールさんの言いつけを守って、一応、アルコールやスナック菓子は控えてますから」

省吾の隣のスツールにかけ直しながら、さくらは照れくさそうに笑った。

マグカップのお茶を手に、省吾はそっと周囲を見回す。

本当に不思議なお店だ。

仄暗い店内はバーを思わせるが、誰もお酒を飲んでいない。全員がお茶の入ったマグカップを前に、思い思いにくつろいでいる。

温かなお茶を飲みながら、引いては寄せる波のように繰り返すガムランの調べを聞いていると、省吾の緊張もゆるゆると解けていった。オーナーが巨大なおかまであることも、いつしか気にならなくなってきた。

「今日はジャダさんはどうしたんですか」

「お針子《はりこ》仲間のショーがあって、それを手伝いにいってるの。もうそろそろ戻ってくるはずよ」

おかまがさくらに答えた途端、カウンターの端で新聞を読んでいた眼鏡の中年男が、鼻から大きく息を吐いた。

「この際、一生戻ってこないといいんだけどな」

「あら、そんなこと言って、あなた、本当は寂しいんでしょ」

「そんな訳あるか！」

おかまのからかい口調に、中年男が声を荒らげる。

「御厨《みくりや》、大体、お前があのヤンキー上がりを甘やかすから——」

「やめて」

おかまがぴしゃりと中年男を遮った。

「何度言ったら分かってもらえるのかしら。私は、ここではシャールなの」

「だから、呼べるか！」

「あなたも意固地ねぇ」

「俺が意固地なんじゃなくて、お前がどうかしてるんだっ」

丁々発止と言い合う二人の姿を眺めていると、さくらがそっと耳打ちしてきた。

「柳田先生とシャールさんは、中学時代からの同級生なんです。柳田先生は、その母校で学年主任をされてるの」

中学校の学年主任と、おかま――。

その組み合わせだけでも充分驚きだが、五十過ぎに見える柳田と、シャールと名乗るおかまが同年齢というのにも、省吾は絶句した。

確かにその物言いや仕草は円熟しているが、引き締まった体躯《たいく》のおかまは、とてもメタボオヤジと同い年とは思えない。

「ねえ、シャールさん。この綺麗なスカーフは、昼のお店の新しい商品ですか」

二人の言い合いに割り込むように、さくらが声をあげた。

「ああ、それは売り物じゃないのよ」

あっさりと言い合いを切り上げて、おかまが戻ってくる。

「もうすぐ藪入《やぶい》りだから。その準備をしてたの」

「藪入り？」

「そう。来週から旧盆でしょう。昔はね、お正月やお盆のお休みを、藪入りって言ったのよ。お盆のことは、後《のち》の藪入りとも言うわね。藪入りで帰郷する従業員のために、昔から、シャツとか衣類を新調して渡す習慣があるの。ちょっとしたプレゼントね」

さくらに説明するおかまの言葉に、省吾は耳をそばだてた。

正月や旧盆の休みの前に、店のお土産と共に、いつも新しいシャツを持たせてくれた割烹料亭の女将の姿が甦る。

「どうしてシャツなんですか」

思わず省吾はそう問いかけていた。

色とりどりのスカーフを手に、おかまがゆっくり振り返る。

「〝お仕着せ〟っていう、江戸時代からの習慣よ。奉公人が故郷に帰るときに、恥ずかしくない格好をさせたいというのが、江戸っ子店主の矜持《きょうじ》だったんでしょうね。江戸時代には着物だったものが、今ではシャツになったんじゃないかしら」

お仕着せ――。

その響きが、省吾の胸の奥にことんと落ちた。

「お仕着せなんて言うと、なんだか押しつけがましいものを感じるかもしれないけれど、当時は四季の施しと書いて、四季施《しきせ》とも言ったのよ。今でいう、ボーナスみたいなものだったんでしょうね」

美しいビーズの縁飾りのついたスカーフを一枚一枚たたみながら、おかまがゆったりと微笑む。

「まあ、うちみたいなお店じゃ、お針子たちにボーナスも出せないから、せめてスカーフやアクセサリーを、お仕着せの代わりにしようと思って……」

「へえー、藪入りなんて、ちっとも知らなかった。色々な習慣があるんですね」

　さくらが感嘆の声をあげた途端、カウンターの端の柳田が、再び割り込んできた。

「なんだ、最近の若いもんは、藪入りも知らんのか。藪入りと言えば、有名な落語《らくご》の題材にもなっているだろうが」

「柳田先生、落語なんて聞くんですか」

　聞き返したさくらに、中学の学年主任だという柳田は、「ふん」と腹を揺らす。

「三遊亭金馬《さんゆうていきんば》師匠の『藪入り』と言ったら、名作だぞ。〝……なあ、おっかぁ、野郎、よく辛抱したなぁ……〟」

　ばさりと新聞を伏せるなり、柳田はいきなり声色を変えて、落語を語り始めた。

「〝奉公はつらいと言って、飛び出してきやしねえかと思って、いい心配をしていたが、やっぱり俺の子供だなぁ……〟」

　身振り手振りの熱演に、傍らのさくらがくすくすと笑う。

　最初は呆気《あっけ》にとられたが、いつしか省吾も柳田が熱く語る落語に引き込まれた。窓際の席の老婦人までが、針仕事の手をとめて耳を傾けている。

　長く奉公に出ていた一人息子の帰郷を描《えが》く「藪入り」という落語は、現在にも充分に通じる親子の人情噺《にんじょうばなし》だった。

　特に久々の倅《せがれ》との再会に興奮した親父が、「まずは品川《しながわ》の海を見せて、横浜にいって、江ノ島《えのしま》にいって……」と張り切り、果ては「京大坂《きょうおおさか》へいって、讃岐《さぬき》の金毘羅《こんぴら》さまから、九州の炭鉱《たんこう》を見せて」と一日で日本半周の計画を立ててしまう件《くだり》は、可笑《おか》しいながらに、省吾を色々な料亭に連れていこうとする実の父を思わせた。

　倅のあまりの成長ぶりに、親父は戸惑い、泣き、笑い、感激のあまり、上を下への大騒ぎをするが、やがて倅の所持金が多すぎたことから、倅が悪事に手を染めたのではないかと勘違いし、今度は怒り、暴れる。けれど最終的にはそれがペスト予防の鼠《ねずみ》を捕まえた懸賞金だったことが分かるという筋書きだ。

親子の愛情ゆえに誤解や行き違いが起きるのは、江戸の世も平成の世も、たいして変わりがないようだ。

「〝この後ともに、ご主人を大切にしなよ。……これもやっぱり、忠《ちゅう》のおかげだ〟」

忠義の忠と、鼠の鳴き声をかけたところで、落ちがついた。

最初の仏頂面からは想像もつかない柳田の熱演に、省吾もさくらも拍手した。

「さすがね」

一緒に拍手しながら、カウンターの奥のおかまがおもむろに口を開く。

「この人、中学時代、落研《おちけん》だったのよ」

「えっ！」

意外極まりない柳田の過去に、省吾とさくらが顔を見合わせたそのとき――。

バンブーチャームの響きと共に、突如玄関の扉が開き、どやどやと大人数が廊下を歩いてくる音が響いた。

「いやぁあああ、なんなの、この蒸し暑さ。いくら夏だからって、もう夜なんだから、ちょっとは遠慮しろってていうのよ。ハサミで空気を切り取って絞ったら、多分、じゃあって水が出るわよ。これじゃあ、食欲もうせて、ばてるのも当たり前よぉ」

大声でぼやきながら部屋に入ってきたのは、真っ赤なロングヘアのウイッグをかぶった三十前後の男だった。その背後に、色とりどりのウイッグをかぶったおかま軍団が控えている。

ようやく巨大なおかまに慣れ始めていた省吾の腰が、一気に引けた。これこそが、当初省吾が恐れた、〝おかまバー〟の情景だ。

すっかり蒼褪《あおざ》めた省吾の耳元で、さくらが囁《ささや》く。

「シャールさんの妹分のジャダさんと、お針子さんたちですよ。このお店は、実は昼間はオーダーメイドのダンスファッション専門店なんです。夜のマカン・マランは、元々はお針子さんたちの賄《まかな》いから始まってるんですって。あ、それから」

ことさら声を潜めて、さくらが耳打ちした。

「ここの人たちを、絶対におかま呼ばわりしちゃ駄目ですよ。ジャダさんに、半殺しにされますから。ここの人たちは、全員、おかまじゃなくて、品格のあるドラァグクイーンなんです」

ドラァグクイーン――？

耳慣れない言葉に、省吾はきょとんとする。その瞬間、連獅子《れんじし》のような赤い髪をした男と、まともに視線がぶつかってしまった。つい先程、柳田が「ヤンキー上がり」と話していたことを思い出し、省吾は背筋を震わせる。

「誰、そのもやしっ子。もしかして、さくらっちの彼氏？」

「違います」

失礼なほどの素早さで、さくらが否定した。

「じゃ、あんた、誰？」

ジャダの眼が、すっと細くなる。

「ぼ、僕は……」

省吾がしどろもどろに答えようとした刹那《せつな》――。

「きゃぁああああああああっ！」

全員が仰天するような絶叫が響き渡った。ジャダとドラァグクイーン軍団が、あっという間にカウンターのスカーフに群がる。

「なんて、可愛いのぉ」「すてきすぎるぅ」「これって、トルコのオヤスカーフよね」

もう省吾のことなど眼中にもない様子で、ジャダを始めとするドラァグクイーンたちは、きゃあきゃあとはしゃぎながら、色とりどりのビーズの縁飾りがついたスカーフを手に取った。

「これこれ、皆、落ち着いて。オヤの色や形には、それぞれちゃんと意味があるのよ。全員にぴったりなスカーフを用意しておいたから、後で体質改善のお茶と一緒に、プレゼントさせてちょうだいね」

シャールの優雅な口調に、ドラァグクイーン全員から歓声が沸き起こる。

カウンターの隅では、再び新聞を広げた柳田がこれ見よがしに鼻を鳴らした。

「まったく……。こいつらが帰ってきた途端にうるさくなったな」

「ああん？　なんだと、オヤジィ！」

眼をむいて突っかかっていこうとするジャダを、シャールが掌を打って制した。

「はいはい、そこまで。せっかく皆がそろったんだから、そろそろお夜食にしましょう」

「でも、オネエさん、あたし、最近あんまり食欲ないのよ」

ジャダの背後で、ドラァグクイーン軍団も頷く。

「今日はそういう人でも大丈夫なお夜食を用意してあるの。ちょっと待っててちょうだい」

大きな耳飾りを揺らし、シャールはカウンターの奥へ消えていった。

夜食――。

あれだけ栄養学に通じたシャールが一体どんな料理を作るのか、省吾は少なからず興味を持った。同時に、小さな気詰まりも込み上げる。

だが周囲を見れば、もう誰も新参者の自分を気にしていない。ジャダと数人のドラァグクイーンは、窓辺の老婦人を囲んでボンジュックオヤの技法について意見を交わし始めていた。

柳田は新聞に戻り、傍らのさくらは夜食を待ちわびている。

それぞれが自由にくつろぐこの空気を、やっぱり自分は知っている。

思いを巡らせ、省吾はハッと息を呑んだ。

「お待たせ」

そこへ、シャールが大きな笊《ざる》を持って現れた。

竹で作られた笊の上には、海苔《のり》と紫蘇《しそ》と白胡麻を散らした涼し気な冷や麦が盛ってある。

「全粒粉《ぜんりゅうふん》の冷や麦なの。今日はこれを、たっぷりのお薬味《やくみ》と、ジュンサイの麺《めん》つゆで、つるつるっといただきましょう」

全員から、溜め息のような歓声が上がった。

透明なゼリーに包まれたようなジュンサイが浮かぶ、少し色の濃いつゆも美しい。

「ジュンサイを包んでる透明なものは、ムチンよ。ムチンは胃の粘膜《ねんまく》を強化してくれるから、暑さ負けの食欲減退によく効くの。唾液腺《だえきせん》ホルモンの分泌《ぶんぴつ》も促してくれるのよ」

たくさんの小皿には、万能葱、茗荷、生姜《しょうが》、パセリ、とろろ昆布といった薬味が用意されている。

「食欲のある人には、たかきびの春巻きもあるわよ」

さやいんげんとたかきびをからりと揚げた春巻きには、櫛《くし》形のレモンが添えられていた。

早速春巻きに箸を伸ばすさくらの横で、省吾はまず、ぷるぷるとしたジュンサイの浮かぶ麺つゆをそっと口に含んでみた。

瞬間、強い旨みが鼻にまで抜けて、省吾は眼を見張る。

唾液腺が刺激され、顎のつけ根がきゅうっと痛くなった。

「これ、真昆布《まこんぶ》を使ってますね。しかもすごくいい昆布です。間違いなく、天然ものでしょう」

養殖と天然では、昆布の旨みには格段の差が出る。

続けて、二口三口と飲み下した。

「後、鰹節も、本枯《ほんか》れ節《ぶし》だ。真昆布と本枯れ節で取った一番出汁がしっかり利いてます」

鰹節には、荒節《あらぶし》と本枯れ節があり、煮た鰹を燻《いぶ》して乾燥させた荒節を二回以上かび付けし、熟成させたものを本枯れ節と呼ぶ。

昆布の王様、真昆布と本枯れ節の鰹の一番出汁は、最上級ともいわれる。

「それに干《ほ》し椎茸《しいたけ》を加えてますね。そのバランスも絶妙です。ジュンサイは味に癖《くせ》がないから、出汁の邪魔にならないし、食感も面白い」

夢中で口走りながら、今度は麺をつけて食べてみる。

口いっぱいに鰹と干し椎茸の香りが広がり、後から昆布の旨みがじわじわと利いてくる。全粒粉の冷や麦とジュンサイの爽《さわ》やかな喉越《のどご》しも抜群だ。

「うん！　うまい！」

叫んでからハッとした。

シャールもジャダも柳田も、驚いたように自分を見ている。

「ちょっと……」

シャールが頰に指を当てた。

「さくらちゃん、この子、一体何者なの？」

「あ、ごめんなさい。紹介が遅れました。こちら、世界一のレストラン『ジパング』でホールスタッフを務めていた、料理人の香坂省吾さんです」

さくらが言い終わる前に、「うんまぁあああああああっ」と、シャールが部屋中を揺るがすような野太い雄叫《おたけ》びを上げる。

「さくらちゃん、あなた、そういうことは初めに言ってちょうだい。私、プロの料理人さんの前で、思い切り、釈迦《しゃか》に説法しちゃったじゃないの！」

蒼褪めたシャールが、ムンクの叫びのように両頬に手を当てた。

「ごめんなさいね。私みたいな素人《しろうと》料理人が、プロの方に、偉そうに自炊なんか勧めちゃって」

取り乱すシャールに、省吾は慌てて首を横に振る。

「いえ、僕なんて、ちっともたいした料理人じゃないですよ。それどころか、僕はこの一年近く、まともに料理をすることができなかったんです」

今日初めて会ったばかりの、年齢も境遇もまったく違う人たちに、省吾は自分の現状を正直に打ち明けた。

料亭での修業に耐え切れず、勝手にコンテストに応募したこと。

「ジパング」のホールスタッフを務めた後、味覚を失ってしまったこと。今もまだ、療養中であることを、包み隠さず口にした。

話し終わる頃には、あらかたの料理が無くなり、葛のゼリーが振る舞われていた。

初めて会った人ばかりなのに、皆が最後まで、真剣に話を聞いてくれた。

「……でも、あなた、すっかり治ってるじゃない」

食後のお茶を淹《い》れてくれながら、シャールがゆっくりと口を開く。

「出汁を飲んだだけで、あれだけ素材のことが分かるなんて、やっぱりあなた、プロの舌を持つ料理人よ」

「でも、僕は、どこでも通用しなかったんです」

割烹料亭でも、「ジパング」でも、省吾は自分の居場所を見つけることができなかった。

「結局、僕は落伍者《らくごしゃ》なんですよ」

「それは違うわ」

苦しげに告げた省吾を、シャールがきっぱりと否定する。

「あなたは単に、自分がなにをしたいのかが、分かっていなかっただけのことよ」

アザミのイヤリングを揺らし、シャールは深く頷いた。

「それにね、居場所なんて、どこかに無理やり見つけるものじゃないのよ。自分の足でしっかりと立っていれば、それが自ずとあなたの居場所になるの。要するに、あなたがどこに立ちたいかよ」

一人一人にお茶を配りながら、シャールが微笑む。

「色々な料理人がいていいのよ。最先端を目指して冒険する人、それをビジネスにする人、私のような片手間の素人料理人、伝統の味を守る職人さん。一億円プレーヤーを目指すという、あなたの先輩が間違ってるとは言わないわ。そういう人も、勿論必要なんでしょう。でも、本当に大切なのは、自分がなにを一番守りたいかよ」

その言葉を、省吾だけでなく、傍らのさくらもジャダもじっと聞いていた。

「でも私なら、『ジパング』よりも『ASHIZAWA』よりも、あなたが元いたという、割烹料亭にいってみたいけれどね。だって、そこの女将さんは、藪入りのたびに、あなたにシャツを贈ってくれたんでしょう？　そういう伝統を大事にしているお店は、昔からの暖簾をしっかり守ってきた、真っ当なお店だと思うのよ」

省吾の脳裏に、藪入りのお仕着せをしてくれた女将さんや、頑固に煮方の一番手を譲ろうとしなかった師匠の姿が浮かんだ。

そこには奇抜なものや、大勝負の気配はないが、昔からの味をお客さんに提供しようとする、凜《りん》とした気配があった。

ああ、そうだ――。

省吾は軽く眼を閉じる。

この店でそれぞれにくつろぐ人たちを見たときに思い出したのは、カウンター席と、小さなお座敷しかない、割烹料亭だったのだ。

料亭には、一人でふらりと入ってカウンターで晩酌《ばんしゃく》をしている常連もいれば、お座敷で懐石《かいせき》料理のコースを楽しむ家族連れもいた。

そのどちらにも、心からくつろいで食事を楽しむ余裕が満ちていた。

昔から変わらない、伝統の味を守る店があるからこそ、そこで安心して食事を楽しめる人たちがいたのではないだろうか。

早く八寸場の仕事がしたいと焦るばかりだった頃にはとても気づけなかった真っ当さに、省吾は初めて思いを馳《は》せた。

省吾は静かに目蓋をあけた。

孔雀《くじゃく》の羽根の扇を揺らすシャールが女王のように見守る中、もう、それぞれの席で自由にお茶を楽しむ、マカン・マランの人たちの姿があった。

翌週。省吾は久々に、巣鴨の商店街を歩いていた。

元気なお年寄りたちの間をすり抜け、見慣れた暖簾の前に立つ。

引き戸を開けると、まだ時間が早いせいか、師匠が一人で調理場に立っていた。丁度、出汁を仕掛けるところのようだった。

「師匠、ご無沙汰《ぶさた》してます。その節は、勝手なことをして、すみませんでした」

省吾は師匠の前に立ち、深々と頭を下げた。

どのくらいそうしていたのだろう。

ふと、師匠の低い声が響いた。

「少しばかり、お仕着せが過ぎたのかもしんねえな……」

その呟きに、省吾はわずかに頭を上げる。

「しかし、相変わらず細いな」

師匠が穏やかな眼差しで自分を見ていた。

「そんな細っこい身体じゃ、調理場は務まらない。いい料理人になるには、腕力や体力も必要だ。タワシやタオルで、あちこちを擦っていれば、少しは体力もつくんじゃねえかと思ってたんだがな。そりゃあ、こっちのお仕着せが過ぎたってもんだ」

初めて師匠の思いに触れ、省吾の瞳に涙が滲《にじ》む。

思えば、省吾は店に入ってから、師匠からも兄弟子からも虐《いじ》められたことはなかった。清掃の手をとめて出汁の仕掛けや手技を盗み見ていても、それを隠されたり、どやされたりすることは一度もなかった。

「師匠……。本当に、すみませんでした……」

膝頭に頭がつくほど深く体を折り、省吾はもう一度自分を雇ってもらえないかと懇願した。

シャールの店から帰った後、省吾は自分なりに、己がなにをしたかったのかを考えた。

一体、自分はどんな料理人になりたかったのか。

改めてそう自問したとき、甦ってきたのは、小学生の自分が作ったオムレツを美味しそうに食べる両親の笑顔だった。

そうだった。

省吾はたくさんの人を笑顔にするために、料理人になりたかったのだ。

その自分が働く場所は、くつろいで料理を楽しむことができる、真っ当な店でなくてはならなかった。

居場所は誰かに作ってもらうものではなく、自身の心で定めるものだ。

「師匠、どうか、お願いします」

師匠は長い間黙っていた。

やっぱりもう、駄目なのだろうか。

省吾がそう思い始めたとき、ふいに眼の前に、佃煮の包みが差し出された。

「え……」

戸惑う省吾に、師匠がぶっきらぼうな声をかける。

「明後日から盆休みだ。うちの従業員を、手ぶらで帰省させるわけにはいかないんだよ」

うちの従業員――。その響きが、省吾の胸を熱くした。

「盆が明けたら、調理場に入れ。言っとくが、また、追い廻しからだ」

「はい」

省吾は強く頷く。顔を上げると、涙が一筋頬を伝った。

「ありがとうございます」

姿勢を正した省吾に、佃煮の包みを手にした師匠が照れたような笑みを浮かべる。

「持ってきな。藪入りだ」

第三話

風と火のスープカレー

カーテンの隙間から吹き込んでくる風が、随分と冷たい。

白湯《さゆ》を飲みながら文庫本を読んでいた中園燿子《なかぞのようこ》は、スリーブレスのワンピースから出ているむき出しの腕を抱いた。つい最近までうだるような猛暑が続いていたが、旧盆を過ぎた頃から急に気温が下がり、それからずっと、季節外れの梅雨《つゆ》のようなぐずついた天候が続いている。

麻《あさ》のショールを肩にかけ、燿子はソファから立ち上がった。ベランダに通じる窓辺に寄れば、生臭い潮《しお》の匂いが鼻を衝《つ》く。

空はこの日も厚い雲に覆われ、セミの声も聞こえない。例年なら残暑にあえぐ九月だが、今年は寂《さび》しいくらいに秋めいている。

沿岸に建つ高層マンションの二十階からは、灰色の東京湾が見えた。十四年前、結婚と同時にこのマンションに引っ越してきたときは、ここからの眺望に眼を奪われた。

下町で育ち、その後、一人暮らしをするようになってからも、燿子はこんな高層階で暮らしたことがなかった。三歳年下の夫の経済力に驚くと同時に、これで、すべての憂鬱《ゆううつ》から解放されるのだと思った。

当初は分からなかったのだ。

悪天候時の高層階の風の強さの恐ろしさも、吹き込む潮風によって家具が極端に傷《いた》むことも、大きな地震が起こればエレベーターのすべてがとまってしまうことも、このマンションが、実は夫の経済力によるものではなく、義父母から一人息子への結婚祝いであったことも。

ふいにみぞおちの辺りから、こもったような熱が込み上げ、燿子は目蓋《まぶた》をぎゅっと閉じた。つい先程まで肌寒さを感じていたのに、胸元や額に汗が滲《にじ》む。

燿子はショールを取り払い、ベランダに出た。潮を吸った重たい風を全身に浴びる。

また、ホルモンのバランスが崩れているのだ。昨年から、燿子はたびたびこうしたのぼせ《ホットフラッシュ》に、悩まされるようになった。

振り返ると、ミラーガラスに自分の姿が映《うつ》っている。

アイボリーのコットンワンピースから出ている長い手脚には、無駄《むだ》な贅肉《ぜいにく》が少しもない。腰も細くくびれ、肩にかかる漆黒《しっこく》の髪には艶《つや》がある。

同世代の女性に比べれば、確かに自分は若々しく、まだ美しいのかもしれない。実年齢を口にした途端、大げさに驚かれることも多い。

だが、どれだけ若く見えても、身体の内面的な変化だけはどうしようもない。ホットフラッシュは、脳が催促する女性ホルモンの分泌《ぶんぴつ》に身体が応えられなくなったときに起きる、一種のエラー現象だと聞く。

燿子はもうすぐ四十七歳になる。まだ閉経《へいけい》はしていないが、充分に、更年期《こうねんき》と呼ばれる年齢だ。

じっとりと湿った風を受け、燿子は曇天《どんてん》の下の濁《にご》った海を見つめた。最初こそ開放的に思えた眺めは、しかし、年々狭くなってきている。湾岸は相変わらずの開発ラッシュで、ここ数年、近くにいくつものタワーマンションが建てられた。

今もあちこちに、巨大なキリンを思わせるクレーンが立ち並び、日がな一日建築工事の音がする。その合間に見える東京湾は、海というよりも灰色の水溜《みずた》まりのようだ。

もし、この海がどこまでも青く、周囲に邪魔な建物がなかったら。

手すりにもたれ、燿子はふと夢想する。

耳障りな工事の騒音と、絶え間ない車の走行音ではなく、南国の鳥の囀《さえず》りと、潮騒《しおさい》の音しか聞こえなかったら――。

逃げ出したい。

ふいに、切迫した思いが胸に込み上げる。

なにもかも放り出して、今すぐどこかへ旅立ってしまいたい。

燿子の思いに応えるように、厚い雲の間からジェット機が姿を現した。羽田《はねだ》空港へ向かうジェット機は、かなりの低空を飛んでいる。少し遅れて、ごおっと鈍いジェット音が周囲に響いた。

逃げてしまえばいい。

航空会社のマークまでがはっきりと見えるジェット機の機体を凝視《ぎょうし》し、燿子は思う。

今なら、本当はどこへでもいける。自分はもうすぐ、自由になるのだから。

なのに、その一歩が踏み出せないのはなぜだろう。

昔、同じオフィスで働いていた会社の先輩のように、小さなスーツケース一つで、気楽にどこへでも出かけていけばいいのだ。

ジェット機の姿がタワーマンションの陰に隠れてしまうと、燿子は小さく溜《た》め息《いき》をついた。

休みが取れた途端、スーツを脱ぎ捨てて空港に駆《か》けつけ、空席のある飛行機に乗り込み、宿泊先も決めずに旅立ってしまうあの先輩のような真似《まね》は、自分にはできない。

一歩を踏み出す前に、燿子はつい考えてしまう。

女が一人で旅に出かけて、本当に楽しめるだろうかと。

お金に糸目をつけなければ、豪華なリゾートに泊まることはできる。けれど、自分は耐《た》えられるだろうか。

レストランで、プールサイドで、パートナーもなく、たった一人でディナーを食べたり、本を読んだりしている、もう若くもない女に注がれる眼差しに。

好奇か、哀《あわ》れみか、蔑みか。恐らく、そのすべてが込められている視線の中で、果たして自分は心からリラックスすることができるのか。

そう考えると、結局どこにも逃げ場はない気がする。

しばらくぼんやりと風に当たっていたが、やがて燿子は手すりから離れた。いつの間にか火照《ほて》りが治まり、再び肌寒さが忍び寄る。

ベランダの窓を閉めながら、燿子は我知らず自嘲《じちょうてき》的な笑みを浮かべた。

要するに、自分は傷つくのが怖いのだ。

いつも、そう。

傷を受けることを恐れ、色々なことを先送りにし、自分ではなにも選ばない。

周囲から示された選択肢の中から、一番割のよさそうなものを受け取るだけ。

思い返せば、推薦《すいせん》入学で大学に入ったときから、燿子はずっとそうだった。専攻も、指導教員から提案された学科を大人しく受けただけだ。

誰かを好きになっても、自分から告白したことは一度もない。たとえ他の人が気になっていても、告白された相手が心底嫌でなければ、その人とつき合った。

そのほうが、万一失敗しても傷は浅くて済むからだ。

自分は〝いい子〟の仮面をかぶっているだけ。本当は、事なかれ主義の臆病者《おくびょうもの》だ。

だから、こんなことになっても仕方がない。

部屋に戻った燿子は、投げ出されたショールを拾いながら、対面式の大きなキッチンを眺める。すき焼きやしゃぶしゃぶといった鍋物《なべもの》から、巨大なパエリアや、本格的なフランス料理のフルコースまで。燿子はここで、本当にたくさんの料理を作った。

広告代理店に勤めている夫の恭一《きょういち》は、週末になるたび、大勢の友人たちを呼んでホームパーティーを開いた。最初は単純に新居を見せびらかすために。そして途中からは、夫婦二人だけでは、週末の間がもたなくなってきたために。

広すぎるリビングのあちこちには、今もシンセサイザーや、アコースティックギターや、パーカッションが放置されている。

資産家の両親を持つ夫と結婚して初めて、裕福な家で育った人たちは大抵なにがしかの楽器の演奏ができることに、燿子は気づかされた。

ワインを片手に、器用に楽器をかき鳴らしたり、優雅にダンスを踊ったりしている恭一の友人たちを見ると、燿子はいつも複雑な気分になった。

あくせく働いている一般市民の向こうには、権益のゼリーにくるまれているような、こういう人たちがいたのかと。

恭一と知り合ったのは、共通の知人の結婚式の二次会だった。生まれたときから特権階級に属する恭一が、なにをきっかけに、年上の自分に猛アタックをするようになったのかは、今となってはよく覚えていない。

恭一と結婚したとき、燿子は既に三十三歳だった。

それでも当時の自分には、恭一のミーハー心を擽《くすぐ》る、ちょっとしたステータスのようなものが備わっていたのかもしれない。

飾り棚の上に置かれている結婚式の写真に、燿子は視線を移した。

胸元にミニバラのレースがちりばめられた、オーダーメイドのウエディングドレスに身を包んだ自分は、我ながら美しい。

色白のうりざね顔に、くっきりとした二重目蓋の大きな瞳。艶のある漆黒の髪。

若い頃、燿子はその美貌《びぼう》を、幾多の女優に譬《たと》えられた。

しかも、燿子はただ美しいだけの女ではなかった。

与えられた選択肢の中から、できるだけ間違いのないものを受け取るという消極的な生き方をしてきたにもかかわらず、燿子は常にそこで充分な成果を挙げた。

積極性にこそ欠けていたが、燿子は真面目で優秀でもあったのだ。

推薦入学した大学でも、交換留学生に選ばれ、一年間をカナダのトロントで過ごした。

大学卒業後は、教授の紹介で大手証券会社に入社。営業補佐を経た後、入社三年目に男女雇用機会均等法の後押しを受けて外国証券部へ異動になった。それだけでも異例の昇進だったが、その後、アメリカでdot-com bubbleと呼ばれるＩＴバブルが始まると、英語力を買われ、ニューヨーク支社の駐在員に抜擢《ばってき》された。

美人で優秀。それが、燿子の定評だった。

やがてＩＴバブルが崩壊し、日本へ戻ってきたとき、燿子は三十歳になっていた。

その頃から、自分の定評に〝負け犬〟というキーワードが加わっていることに、燿子は気がついた。

ある女性のエッセイをきっかけに、どれだけ美しくても、どれだけ仕事ができても、三十を過ぎて夫なし、子なしの女は〝負け犬〟であるという風潮が、日本中を席巻し始めている時期だった。きちんと読めば、そのエッセイは敢《あ》えて〝負け犬〟という言葉を用いることで、自立する女性たちへエールを送っていることが分かるのだが、当時の世相は、それを文字通りの蔑称《べっしょう》として使っていた。

つまり、三十を過ぎた辺りから、燿子は高嶺《たかね》の花と憧れられる存在から、〝負け犬〟と蔑まれる存在へと変わりつつあったのだ。

しかし、だから恭一の求婚に応えたのかと問われれば、それは違う。

あのとき、自分はやっぱり逃げ出したかったのだ。

当時、燿子は生まれて初めての大きなショックに見舞われた。それを思い返すと、燿子は今でも心身が引き裂《さ》かれるような痛みに襲《おそ》われそうになる。

受けとめ切れない衝撃をどうにかやり過ごすために、燿子は結婚に逃げた。

結婚だって人生の一大事だったはずなのに、それを差し置いてでも、とにかくそこから逃げたかった。

要するに、自分はまたしても、眼の前に差し出された割のよさそうな選択肢を、ただつかんでしまっただけなのだ。

燿子は結婚と同時に退職し、専業主婦となった。寿《ことぶき》退社と羨《うらや》ましがられることこそあれ、燿子のキャリアを惜《お》しんでくれる人は、家族を含めて誰一人としていなかった。

交換留学生に選ばれたときより、ニューヨーク支社の駐在員に抜擢されたときより、ウエディングドレス姿を見せたときのほうが、両親は涙を流さんばかりに喜んだ。

だから燿子も、これでよかったのだと自らを納得させた。

要領の良さと、順応性の高さには自信がある。学校や職場同様、今度もきっとうまくいくはずだ。

多少軽薄ではあるけれど、気前がよくて愛嬌《あいきょう》のある恭一と、それなりに楽しい家庭を築いていけるに違いない。

それに――。

このまま時間が経《た》ってくれれば、あの痛みもきっと忘れることができる。

最初はそう考えていた。

経済力のある優しくて年下の夫が、ただの甘ったれたお金持ちの坊ちゃんであることに気づいたのと、眺望の美しい湾岸のマンションの暮らしづらさに気づいたのは、一体、どちらが先だったろうか。

子供がいれば多少は違っていたのかもしれないが、燿子は妊娠しなかった。

結婚して数年で、恭一はホームパーティーの日以外は、あまり家に寄りつかなくなった。その頃より、恭一のシャツから他の女の香水が匂うようになり、しかもその残り香は日によって、シトラス系だったり、フローラル系だったりした。

実際、子供がいないという現実が、それほど燿子を傷つけることはなかったが、なぜか恭一はそれを理由に自分の女癖《おんなぐせ》の悪さを隠そうとはしなくなった。

一度だけ、やんわりと意見したところ、子供を産めない妻を責めていないのだから、それくらいは口出ししないで欲しいという意味のことを暗に告げられて、愕然《がくぜん》とした。

まるで、燿子に欠陥《けっかん》があると言わんばかりの口ぶりだった。

燿子自身はそうでもなかったものの、もし子供を熱望する女性がこの言い草を耳にしたら、どれほどのダメージを受けるかは計り知れない。そんなことすら想像できない恭一の未熟さを思い知ったとき、端《はな》から曖昧《あいまい》だった夫への愛情は、はっきりと冷めた。

もう完全に寝室を別にするようになってからは、恭一は平然とホームパーティーに自分の浮気相手を呼ぶようになった。香水の匂いからそれが明らかになっても、燿子もなにも思わなかった。今まで離婚をしなかったのは、その情熱すらなかったからだ。

すべてを割り切った燿子は、自由に使わせてもらっているカードで、美容や習い事の、所謂《いわゆる》自分磨《みが》きに励《はげ》んだ。

ゼリーにくるまれた人たちに負けじと、高い学費を払ってフルートを習ったり、高級レストランが主催する料理教室に通ったりした。

そこで習った、やたらに凝《こ》った料理をホームパーティーで披露し、その腕前が「すてきな奥様」「理想の美人妻」と、またしてもあてにならない評判を呼んだ。

考えてみれば、よく十四年間も、こんな結婚生活が続いたものだ。

結婚式の写真から視線を外し、燿子はソファに戻る。すっかり冷めてしまった白湯のコップをサイドテーブルに置き、ソファの上で膝を抱えた。

でも、もうそれもお仕舞いだ。

現在、燿子は恭一から離婚を切り出されている。

優柔不断な恭一が、浮気にも口を出さず、家事も完璧で、義父母への当たりもよく、マンションの管理組合の会合だの、地域の交流だの、すべての些末《さまつ》な面倒ごとを一手にこなしてきた、ある意味では便利な妻だった自分と別れる決意をしたのは、何人目かの愛人に子供ができたからだった。

とっくに愛情は冷めているので、今更心は傷つかない。充分な慰謝料《いしゃりょう》さえもらえれば、それでいい。

失敗はしたけれど、自分は間違っていなかった。

なぜなら――。

今回の傷は、あのときよりもずっと浅い。

ソファにもたれて伸びをすると、燿子は文庫本の続きを読み始めた。


大きな窓の向こうに、皇居のお濠《ほり》と緑が見える。

部屋のあちこちに置かれたアロマディフューザーからは、サンダルウッドの落ち着いた香りの蒸気が立ち上っていた。

その日、燿子は外資系ホテルの一室で、アーユルヴェーダのセミナーに参加していた。

アーユルヴェーダとは、サンスクリット語で「生命の科学」を意味する。日本では民間療法のイメージが強いアーユルヴェーダだが、インドでは専門に研究する大学もある、れっきとした医学だという。

同じマンションに住む主婦たちに誘われて、燿子は先月からこのセミナーに参加している。日頃、白湯を飲み始めたのも、この講座がきっかけだ。アーユルヴェーダでは、白湯には老廃物《ろうはいぶつ》を流す効果があると考えられている。

たった十回で、かつての自分の月給が吹き飛ぶほどの高額にもかかわらず、五つ星ホテルのバンケットルームで行われるアーユルヴェーダ講座は毎年大変な人気を誇り、今回はマンションの管理組合の会長を務める相沢圭伊子《あいざわけいこ》の伝手《つて》で、特別に抽選枠を確保できたということだった。

集まっているのは、予算と時間に余裕のある、美容とアンチエイジングに関心の高そうなマダムばかり。メイクも髪型も服装も抜かりがなく、つけているアクセサリーや、持っているバッグからも、経済力の高さが見て取れた。

中でも、花柄プリントのワンピースを着て、講師の真ん前に陣取っている圭伊子は、迫力の滲んだ存在感を放っていた。

最上階の湾岸ビュー。マンションの中でも最高カテゴリーの部屋に暮らす圭伊子は、暇《ひま》を持て余す裕福な専業主婦たちの中心的存在だ。

燿子はちらりと視線を上げ、巻き髪の垂れた圭伊子の後ろ姿を眺めた。

バブル世代を自認する圭伊子はとうに五十を過ぎているが、糸を入れて吊《つ》り上げているという噂《うわさ》の輪郭《りんかく》に、歳《とし》相応のたるみはない。だが、後ろ姿というのは残酷《ざんこく》なものだ。背中にむっちりとついた肉は、どこから見ても中年のそれだった。

不自然な美顔より体型維持に気を配っている燿子は、麻のパンツの上に贅肉が載《の》っていないことを確認し、内心ほっとする。同時に、そんなことを気にしている自分が急につまらなく思えて、軽く唇を結んだ。

燿子は本来、会社員時代に鍛《きた》えた人当たりのよさを発揮《はっき》して、いつも圭伊子を中心に結託している専業主婦たちとはうまく距離を取るようにしている。ブランドの新シーズンがくるたび、互いの経済力をひけらかすように、表参道《おもてさんどう》のブティックを行脚《あんぎゃ》する仲間に入りたいとは思わなかった。

だが今回、古代インドに伝わる古典医学、アーユルヴェーダのセミナーと聞いて、初めて食指を動かされた。誘ってくれたのが、マンション組合で知り合った奥様連中の中でも、比較的話が合う、隅田英恵《すみだはなえ》だったこともある。

元銀行員だったという英恵とは、同じく金融関係の職場に身を置いていたこともあり、すぐに親しく言葉を交わすようになった。

〝私は燿子さんと違って、ただの窓口業務だよ〟

そう謙遜《けんそん》するが、上流階級を気取ったスノッブな匂いを漂わせている人たちと違い、燿子にとっては気負わずに話ができる、数少ない相手でもあった。

だがその英恵は、今日のセミナーを欠席している。もしかすると体調でも悪いのかもしれない。後で連絡を入れておこうと、燿子はバッグの中の携帯《スマホ》に眼をやった。

「では、次のページを開いてください」

この日、燿子たちは「ドーシャ」と呼ばれる、生命エネルギーについての講義を受けていた。

「夏から秋にかけては、火《ピッタ》が優勢になる季節です」

毎年インドで研修を受けているという同世代の講師の女性が、穏《おだ》やかな声で説明を続ける。メモを取りながら、燿子はテキストのページをめくった。

ドーシャには、風に象徴されるヴァータ、火に象徴されるピッタ、水に象徴されるカパという三つの生命エネルギーがある。

アーユルヴェーダでは、この三つのドーシャによって、身体や心が形づくられていると考えられている。つまり、風、火、水のドーシャのバランスが取れているのが、最も理想的な心身の状態ということになる。

第一回目のセミナーで、燿子たち受講者は綿密な問診を受け、自分の体質について、どのドーシャが優勢かを分析された。問診は、身体的特徴から、性格、嗜好《しこう》、行動、生理現象にまで亘《わた》り、最後は、本場インドから招聘《しょうへい》したアーユルヴェーダの師による脈診まで行われる、かなり本格的なものだった。

問診の結果、燿子は風と火が優勢の、ヴァータ・ピッタという体質であることが判明した。

風《ヴァータ》には軽やかさや変動性、火《ピッタ》には熱さや鋭さ、水《カパ》には冷たさや重たさという特質がある。

詳細にわたる診断書を読んだとき、自分の順応性の高さは風に由来し、勤勉さや生真面目さは火に由来しているのだと、燿子は妙に納得した。そして己に欠けているのは、すべてを結合させ、それを維持する水の重さなのだとも、寂しく自覚した。

だから自分は、器用に動き、それなりに成果を出しながらも、いつもそれを定着させることができないのだろう。

ふと、昨夜も遅く帰ってきた恭一の顔が浮かんだ。

その瞬間、一気に気分が重くなる。

昨夜恭一は、妙なことを提案してきた。〝離婚式〟を開きたいと言うのだ。見栄っ張りな恭一は、なんとしてでもこの離婚を円満に見せたいらしい。

大方、愛人を孕《はら》ませた結果の離婚であることを、周囲に誹《そし》られたくないのだろう。

夫婦仲が冷え切っているのに、毎週のようにホームパーティーを開いていた恭一の作り笑いを思い出し、燿子は奥歯を嚙《か》んだ。

如才《じょさい》ないように振る舞っているくせに、一皮むけば、甘ったれた小心さが露呈《ろてい》する。

〝別に、親や親戚が列席するような堅苦しいものじゃなくて、友人知人を呼ぶだけでいいんだからさ。事実、俺たち、別に修羅場《しゅらば》になったわけでもないし、最後まで、本当に円満だったじゃない〟

悪びれた様子もなく告げてきた恭一の厚顔を思い返すと、燿子の心に暗い怒りの炎《ほのお》が閃《ひらめ》いた。

円満なんかじゃない。

修羅場にしなかったのは、あんな男のために、疲弊《ひへい》するのが嫌だったからだ。

しかしそこまで考えると、結局〝あんな男〟を逃げ道に選んだ己の意気地のなさに思いが至り、燿子は悄然《しょうぜん》とした。

結局のところ、自分もまた恭一と同じ、甘ったれた小心者なのだ。

「ピッタが優勢な方。特に、ヴァータ・ピッタの方たちは、この時期の過ごし方に注意が必要です」

講師の言葉に、燿子は現実に引き戻される。

「ピッタが増えすぎると、火照りや、頭痛の原因になります。重い場合は、出血性の病になることもあります」

昨年も今と同じ残暑の時期が、一番、ホットフラッシュに悩まされた。恐らく今、自分の身体は火《ピッタ》が過剰になっているのだろう。

にわかに喉《のど》の渇《かわ》きを覚え、燿子はポットに用意された白湯を飲んだ。

「ピッタを増やす一番の原因は、怒りと悲しみです。ピッタが過剰になれば、益々《ますます》、怒りや悲しみが刺激されて、悪循環を引き起こします」

燿子の脳裏に、乾いた風に煽《あお》られながら、めらめらと砂漠を焼いていく炎のイメージが浮かぶ。

「ピッタを鎮静《ちんせい》させるには、まず、怒りや悲しみや恐れを手放す必要があります。その他にも、胸やけを起こすような脂っぽい食べ物、アルコール、生臭い魚、酸味の強すぎる果物などを避ける方法があります」

怒り、悲しみ、恐れを手放す――。

講師が推奨《すいしょう》するピッタを抑制する方法をメモに取りながら、燿子は内心その難しさを感じた。


「中園さん」

二時間に及ぶ講義が終わると、燿子は圭伊子に呼びとめられた。

ロビーのラウンジでお茶を飲んでいくので、同席しないかという誘いだった。普段なら、うまく断って抜け出すのだが、燿子はこの日、なぜか一人で帰る気になれなかった。

「少しだけなら」と前置きした上で、マンションの管理組合の奥様連中と一緒にエレベーターに乗った。もしかすると、常に皆をまとめ上げようとする、いかにも水《カバ》な圭伊子の資質に、このときだけは魅《ひ》かれてしまったのかもしれない。

しかし、婦人雑誌から抜け出してきたようなブランドで身を固めたマダムたちと一緒にテーブルを囲むと、燿子はすぐに、気後れを感じた。

燿子もお洒落《しゃれ》に気を使っているし、容貌も劣っているとは思わない。だが、元々平均的な家庭で育った燿子は、まったく社会経験がなかったり、親族会社でしか働いたことがなかったりという生粋《きっすい》の〝奥様〟たちとは、どうしても馴染《なじ》めないものを感じてしまう。

せめて英恵がいてくれればよかったのにと、燿子は華やかにお喋《しゃべ》りをしている面々をそっと見回した。

圭伊子の隣には、最近〝湾岸ビュー〟に越してきた、マンションの管理組合最年少の平川更紗《ひらかわさらさ》が並んでいる。両肩をむき出しにした、大胆なカットソーを着た更紗は、まだ二十代だと聞く。細い肢体《したい》に、胸だけが不自然なほど大きい更紗は、以前モデルをしていたらしい。

親と子ほど年齢の違う圭伊子と更紗は、一見、和気藹々《わきあいあい》とお喋りをしていた。

けれど、よくよく聞いていると、二人の会話の端々に微妙な棘《とげ》が含まれていることに、燿子は気づき始めた。

糸やヒアルロン酸注射で顔を吊り上げている圭伊子の笑顔は元々不自然なのだが、時折、それだけではない引きつりが走る。

更紗は、ほとんどが四十代以上の奥様連中に交じっているにもかかわらず、臆するところがまったくなかった。無邪気さを装いつつ、明らかに圭伊子を挑発するような物言いをしてみせる。

そのたび、圭伊子はすっと眼を細め、真っ赤に塗《ぬ》った唇を歪《ゆが》ませた。

「中園さんて、いつも綺麗《きれい》よね。肌に染みとか一つもないし、やっぱり、トラネキサム酸とか、ビタミンAとかCとか、飲んでらっしゃるの？」

いきなり圭伊子から矛先を向けられ、燿子は軽く息を呑《の》む。

圭伊子をはじめとする全員が、自分を見ていた。

「いいえ、日焼けどめをこまめに塗るくらいで、特別なことはなにも……」

「でたぁーっ」

燿子が言い終える前に、更紗が素っ頓狂な声をあげる。

「綺麗な人に限って必ず繰り出す、〝なにもしてません〟攻撃ぃーっ」

掌《てのひら》を打ってひとしきり笑うと、更紗は「でもぉ」と全員を見回した。

「ヒアルロン酸注射とか、ボトックスっていうのも大変みたいですよね。あれって、しょっちゅうメンテしてないと、結局元に戻っちゃうんですってね。一度始めると、どんどん量が増えて、最後は顔面崩壊って噂もありますしぃー」

怖っと叫んで、両腕を抱いた更紗の隣で、圭伊子が険しい表情を浮かべている。他にも何人か、顔に注射を打っているらしいマダムたちが不快そうに目配せを交わしていた。

燿子は俯《うつむ》いて、一杯、二千円近いお茶を口にする。人恋しさに負けて、つい、仲間に加わってしまったが、これなら一人で帰ったほうが、まだ穏やかに過ごせそうだ。

やがて、賑《にぎ》やかに喋っていた更紗が化粧室に立つと、奥様連中の間に白けたような雰囲気が広がった。

「なんか、ごめんなさいね」

圭伊子に鷹揚《おうよう》な調子で謝られ、燿子は慌てて首を横に振る。

「あの子、旦那さんと二十も歳が違うんですって。この間、エレベーターホールですれ違ってびっくりしちゃったわよ。まるで親子」

圭伊子の冷笑に、次々と追随の声があがる。

「トロフィーワイフってやつよね。旦那はバツ２って噂だし、あの子も、一体、いつまで飾ってもらえるやら」

「元モデルって言っても、所詮《しょせん》はグラビアでしょ」

「口を開けば、お里の悪さがばればれ……」

意地の悪い含み笑いが続いた。

「ところで、中園さん」

再び圭伊子に向きなおられ、燿子は内心ひやりとする。

「隅田さんのこと、なにか聞いていらっしゃる？」

「え……」

圭伊子の問いかけは、燿子には思いもよらないことだった。

英恵がどうかしたのだろうか。

「隅田さん、なにかあったんですか」

反対に聞き返すと、圭伊子は明らかにあてが外れたような表情を浮かべた。

「隅田さんね、この講座、やめるらしいの」

圭伊子の代わりに、燿子の隣のマダムが口を開く。

「なんかね、旦那さんの会社、どうやら経営が危ないらしくて。マンションも近々引き払うっていう噂」

耳元で囁《ささや》かれ、燿子は思わず眼を見張った。

「中園さん、隅田さんと親しそうなのにね」

圭伊子がぽろりと零《こぼ》した言葉を、燿子は聞き逃さなかった。

それで、自分をお茶に誘ったというわけか。

「せっかく、圭伊子さんが苦労して、人気講座の抽選枠を押さえてくださったのにねぇ」

いかにもお追従という感じに、隣のマダムが肩を竦《すく》めた。

「まあ、隅田さんのところ、元々マウンテンビューだしね」

マウンテンビュー――。それは、湾岸のタワーマンションで、一番低い内陸側のカテゴリーを意味する。

「ごめんなさい。私、なにも聞いてなくて」

愛想笑いを浮かべつつ、燿子は内心、自分はなにを謝っているのかと思った。

「もともと隅田さんとは、あんまりプライベートに立ち入った話はしませんし」

こんなふうに言い訳までしてみせる、自分の卑屈《ひくつ》さが嫌だった。

「あら、じゃあ一体……」

思わずという感じで言いかけて、圭伊子が口をつぐむ。恐らく、それでは普段、なにを話しているのかと聞きたかったのだろう。

ふいに燿子は胸苦しさを感じた。みぞおちの辺りから、不快な熱が這い上がってくる。

水は水でも、この人たちを結びつけているのは、ねっとりとした重量感のある濁った水だ。

噂、嫉妬《しっと》、自慢——。そういうべったりとした粘着質なもので、互いを縛り合っている。

「ごめんなさい、ちょっと」

耐え切れなくなって、燿子は膝からナプキンを外して席を立った。胸元に汗が滲み、本当に眩暈《めまい》を起こしそうだった。

カフェスペースを出て化粧室に向かう途中、エレベーターホールの隅に人影が見えた。

細いピンヒールを履いた更紗が、飾り窓の向こうのお濠をじっと見下ろしている。

ミニスカートからむき出しになった長い脚は、圭伊子や他のマダムたちが、どれだけ手間やお金をかけても決してかなわない、本物の瑞々《みずみず》しさに溢《あふ》れている。

そこには、燿子自身、とうに失った生粋の若さがあった。

だが、たった一人で佇《たたず》んでいる更紗の横顔は、酷《ひど》く寂しげだ。

まだ二十代で、タワーマンションの最高カテゴリーの部屋で暮らし、倍近く歳の離れた近隣の奥様連中と対等にやり合わなければならない更紗は、それなりの重圧にさらされているのかもしれない。

一瞬、燿子は頼りなげな姿に同情を覚えた。

細い肩を見つめていると、視線を感じたのか、更紗がふと顔を上げた。燿子に気づいた途端、更紗は急におどけたような表情になる。

「あれ？　中園さん。どうしたんですか」

「私もちょっと、化粧室に」

燿子は化粧室の扉を指さした。

「またまたー、逃げてきたんじゃないですかぁ」

先程までの寂しげな様子を掻《か》き消すように、更紗は片眉を吊り上げてみせる。

「圭伊子さん、あれでしょう？　今日お休みしてる隅田さんの〝おうちの事情〟を知りたくてたまらないんでしょう？　だったら直接聞けばいいのに、変に上品ぶってるから、怖いんだよね。陰でこそこそ、噂ばっかりしちゃってさ。あのグループ、席外したら最後、なに言われるか分からないから」

蓮《はす》っ葉《ぱ》に言い捨てて、更紗は口をつぐんだ。

大方、圭伊子たちから陰でどんな風に評されているのか、更紗は自覚しているのだろう。

更紗がどこか縋《すが》るように自分を見ていることに気づいたが、燿子はなにも言うことができなかった。

燿子が黙っていると、更紗が再び口を開く。

「でも、中園さん、どうして講座に参加する気になったんですか」

普段、グループに近づかない燿子が、今回に限って仲間入りしたことを、更紗は単純に疑問に感じているようだった。

「元々、漢方とか、ハーブとか、アーユルヴェーダとか、民間療法的なものに興味があったの」

燿子の答えに、更紗は「ははーん」と唸《うな》って腕を組む。

「そう言えば、中園さんって、お料理上手なんですよね」

「そんなことないけど」

「嘘《うそ》、嘘。週末のたびに、旦那さんがお友達呼んで、ホームパーティー開いてるんでしょう？それじゃ、ここで習ったお料理とかも、お家でじゃんじゃん作ったりしてるんですか」

更紗に問いかけられて、燿子は自分でも戸惑った。

見栄えの良いものならともかく、本当に身体のためを思った料理を、ホームパーティーで作ろうと思ったことは一度もない。

「平川さんは、作ってるの？」

話題を変えたくて、燿子はそう聞き返した。

「私ぃ？」

更紗が眼を丸くする。

「作る訳ないですよ。そもそも私、家事とか全然しないですもの」

明け透けに笑いながら、更紗は掌をひらひらと振った。指先につけられた長いつけ爪は、その言葉に嘘がないことを物語っている。

「それじゃ、平川さんはどうして講座に通ってるの？」

燿子が続けると、途端に更紗が口ごもった。

それまでの明るい表情が、嘘のように暗くなる。

「あ、でも別に、アーユルヴェーダは料理だけじゃないものね」

更紗の様子に不穏なものを感じ、燿子は慌てて言いつくろった。

「理論を勉強しておけば、色々なことに汎用《はんよう》できるし……」

ふいに更紗が強い調子で、燿子の言葉を遮る。

「仮面夫婦にも、ですか」

燿子は先程まで火照っていた顔から、すっと血の気が引くのを感じた。

更紗の暗い眼差しの中に、酷く攻撃的なものが蠢《うごめ》いている。

一刹那《せつな》、燿子と更紗は、互いに無言で睨《にら》み合った。

しかし、すべてはほんの一瞬の出来事だった。

「なーんて！」

更紗がおどけた声を張りあげる。

「嘘ですよ。嘘、嘘！　中園さんのところ、あんまりご夫婦の仲が良いから、そういうやっかみが出るだけですよ。やだやだ、そんなふうに黙らないでくださいよぉ」

気軽な調子で、更紗は燿子の肩を叩《たた》いた。

「じゃあ、私、そろそろ戻りますね。二人して戻らないでいると、またいろいろ勘繰られちゃうかもしれないから」

そう言うなり、更紗はくるりと踵《きびす》を返す。ピンヒールの音が遠ざかっていくのを、燿子は背後に聞いていた。

若い更紗がなにを抱えているのかを、燿子は知らない。庇護《ひご》を求めるように縋ってきた眼差しに、気づかないふりをしたのは燿子のほうだ。

だが、一つだけ明らかになったことがある。

仮面夫婦――。

それが、陰で囁かれている自分の噂だ。

無理もない。

あれだけ毎週、ホームパーティーを開いていながら、マンションの管理組合の会合や、近隣の集まりに、恭一は一度も顔を見せたことがないのだから。

夫婦二人きりで外出する機会も、めっきり減っていた。その辺りを密《ひそ》かに観察されていたのかもしれない。

燿子は肩で息をつくと、化粧室の扉を押した。

明るい照明の中、冷たい水で手を洗う。ふと、洗面台の鏡に映る自分の表情の険しさに息を詰めた。指の腹で眉間のしわを解《ほぐ》し、無理やり口角を上げてみる。

大丈夫。自分は、まだ美しい。

人の不幸探しで暇潰《ひまつぶ》しをしている有閑《ゆうかん》マダムたちとは違う。

自分には、大企業のニューヨーク駐在員を務めたキャリアだってある。

しかし、薄い笑みを浮かべた白い顔は、本当に仮面のように見えた。

燿子の瞳の奥で、乾いた荒野《こうや》を焼き尽くそうとする暗い炎がめらめらと揺れた。

離婚式を承諾しよう。

唐突《とうとつ》に、燿子は心を決めた。

軽薄な夫の計画に乗って、圭伊子や更紗を始めとするマンション中の人たちにも声をかけて、盛大に式を執り行おう。

こんな場所で、誰にも素顔なんて見せる必要はない。

最後まで、仮面をかぶり続けてやる。

翌週、燿子は一人で郊外の駅に降り立った。

その街にきたのは、随分久しぶりだった。以前は鄙《ひな》びた郊外だったのに、新線の急行がとまるようになってから、急に駅前の開発が進んだようだ。

こんな郊外にも、湾岸と同じタイプのタワーマンションが建っていることに、燿子は驚かされた。だが燿子は、開発の進んだ南口とは反対の改札に向かった。

北口を出ると、昔ながらの商店街が続いている。

日傘《ひがさ》をさし、燿子は所狭しと段ボールが並んでいるスーパーの前を歩き始めた。ずっとぐずついた天候が続いていたのに、この日は、朝から猛烈な暑さだった。

なりを潜めていたセミたちが、ここぞとばかりに鳴き始めている。そのほとんどが、残暑ゼミと呼ばれるツクツクボウシだった。

ところどころシャッターの下りた寂れた商店街を歩いていくと、大きな予備校が見えてきた。以前きたときには、この向かいに店があったのだ。

昨夜、メールで送られてきた移転先の地図を頼りに、燿子は足を運ぶ。

どんどん進んでいくと、完全に商店街の外れに出た。この先は、古い一軒家や、中層のアパートしかない。

本当にこんなところに店があるのだろうか。

燿子は不安になったが、地図を読み間違えているわけではないようだ。半信半疑のまま、燿子は細い路地裏に入った。

未舗装の砂利道に、細いヒールを取られそうになる。燿子は転ばないように注意しながら、恐々《こわごわ》と狭い路地に足を踏み入れた。

ふと視界の先に、ピンク色のものが揺れた。

紫外線予防のサングラスをずらし、燿子は眼を凝らす。殺風景な裏路地に、秋桜《コスモス》の鉢が並べられていた。蒸し暑い空気の中、秋桜は華奢《きゃしゃ》な茎を真っ直ぐに伸ばしている。

秋桜に誘われて歩いていくと、ふいに路地の突き当たりに、古民家のような一軒家が現れた。中庭に、大きなハナミズキの樹が立っている。

ハナミズキの樹にかかっている看板を見て、燿子はほっと胸を撫《な》で下ろした。

〝ダンスファッション専門店　シャール〟

この看板は、昔とちっとも変わっていない。

大ぶりの百合《ゆり》の花をプリントしたミニドレス。ビーズがたっぷり縫《ぬ》い込まれたビスチェ。どっしりとした別珍《べっちん》のロングスカート――。

中庭に並べられている、ど派手な服も変わらない。

燿子はバッグの中から手鏡を取り出し、手早く身だしなみを整えた。時折メールでやり取りをすることはあっても、直接顔を合わせるのは随分と久しぶりだ。

その人の眼に、老けて映るのは絶対に嫌だった。

リップグロスを塗りなおしてから、燿子は呼び鈴を押した。

「はぁあああーい」

部屋の奥から低い声がする。

みしみしと廊下を踏んでくる音が響き、重たい玄関の扉があいた。

心づもりはしていたはずなのに、そこに現れた人物の姿に、燿子はやはり、どきりと胸を波打たせる。

先の秋桜を思わせるピンク色のボブウイッグ。クレヨンで描《か》いたようなアイライン。真っ赤に塗り込まれた唇。

だが、どれだけの厚化粧を以《もっ》てしても、その奥のいかつさだけは隠し切れない。

「燿子ちゃん、久しぶりね。嬉しいわぁ」

玄関の向こうには、身長百八十センチを超える巨大な女装の男――ドラァグクイーンのシャールが、筋肉質な体軀《たいく》にモスグリーンのドレスを纏《まと》い、堂々と立ちはだかっていた。

「シャールさん、ご無沙汰《ぶさた》してます」

動揺を悟られまいと、燿子は努めて平静な笑みを浮かべる。

「相変わらず美人さんねぇ。ちっとも変わってないわ。さ、さ、入ってちょうだい」

シャールは眼を細めて、燿子を部屋の中に招き入れた。

古い板張りの廊下を踏んで、奥の部屋へと通される。そこは、居心地のよさそうな一人掛けソファや、籐《とう》の椅子や竹のテーブルが並べられていた。

落ち着いた雰囲気の家具とは対照的に、部屋の中には賑やかなハウスミュージックが流れている。

奥のカウンター席では、水色の制服を着た角刈《かくが》り頭の若い男が、リズムを取りながらなにか食べていた。

「ちょっと、ジャダ。お客さんがきたから、もう少し音を下げてちょうだい」

「へーい」

シャールの呼びかけに、男がスプーンをくわえたままで振り返る。

「わ、綺麗な人！」

サングラスを外した燿子を見るなり、ジャダと呼ばれた男は眼をむいた。

「誰、あんた。もしかして、どっかの女優？」

スプーンを振り回しながら、むいむい近づいてこようとする眼つきの悪い男に、燿子は思わず後じさる。

「こら、お客さんを脅《おど》かすんじゃないの」

すかさず、シャールが背後から角刈りの後頭部を強《したた》かにはたき倒した。分厚い掌をまともに食らい、男が「つぁあああ」と叫んで蹲《うずくま》る。

「さ、燿子ちゃん、窓側の席に座っててね。今、お茶を用意してくるから」

まだ涙目で呻《うめ》いている角刈り男を歯牙《しが》にもかけず、シャールは優雅な足取りでカウンターの奥へ消えていった。

燿子は恐々と、窓側に置かれた一人掛けソファに腰を下ろす。肌に吸いつくような感触が心地よく、ふと全身の力が抜けた。

窓の外は、ハナミズキの緑が眩《まぶ》しい。その枝にとまっているのか、「つくづく惜しい、つくづく惜しい」と、ツクツクボウシが去っていく夏を大音量で嘆いている。

高層階で暮らしている燿子は、久しぶりに、地面が近い安堵感《あんどかん》を味わった。

「ねえ、ちょっと」

ふいに声をかけられ、燿子は視線を上げた。

ハウスミュージックの音量を下げてきた角刈り男が、腕組みをして燿子の眼の前に立っている。

「あんた、オネエさんとどういう関係？」

「……古い知り合いです」

「古いって、一体いつから？」

詰問《きつもん》口調に、燿子は口ごもった。

「これ、ジャダ」

そこへ、マグカップをお盆に載せたシャールが戻ってきた。

「あんたはもう少し丁寧な、ものの尋ね方ができないの？」

燿子にマグカップを手渡しながら、シャールは男を嗜《たしな》める。

「だぁあってぇええ、気になるじゃなぁああい」

「燿子ちゃんはね、私がファッション専門店を始めたばかりのときの、最初の大口のお客さんよ」

そう言って、シャールはカウンターの下から古いカタログを取り出した。

「まだあなたがくる前に、うちにウエディングドレスを注文してくれたのよ」

「へえ、そんな前のカタログなんてあったの？」

ページを覗《のぞ》き込むなり、角刈り男はひっくり返った声をあげる。

「きゃー、綺麗ーっ！」

カタログの中には、胸元にミニバラのレースをちりばめた真っ白なウエディングドレスに身を包んだ、十四年前の燿子の姿があった。

「当時は今みたいに固定客がつく前だったから、私も色々不安だったのよ。でも、そんなときに、ウエディングドレスを作らせてもらって、本当に嬉しかったわ」

懐《なつ》かしむように、シャールが眼を細める。

燿子は無言で、十四年前の自分の姿を見つめた。どんなに変わらないと言われたとしても、こうして比べてみれば、やはり自分は歳をとった。

盛りの薔薇《ばら》のようだった自分は、このとき、どんな思いを抱えてカメラの前に立っていたのだろう。桜色の唇を結んだ白い顔からは、なんの感情も読み取れない。

「このドレスを作らせてもらったおかげで、私もやっと自信がついてね。その後は、段々固定客がつくようになって、注文も増えたから、それで、あんたたちみたいなお針子《はりこ》さんたちにも、きてもらえるようになったってわけ」

「へぇええ、じゃあ、燿子ねえさんがいなかったら、あたしも雇ってもらえなかったってことなのね」

いつの間にか、「燿子ねえさん」になっていることに、燿子は戸惑う。

「燿子ちゃん、この子は、あたしの妹分で、お針子もしてくれてるジャダ」

「今は世を忍ぶ、仮の姿の運送員ですけどねー」

シャールの紹介に、ジャダは照れたように角刈り頭を撫でた。

仮の姿ということは、この男もシャールと同じように、ドレスを纏うドラァグクイーンなのだろう。

「ジャダは元々ヤンキーだったから、意味不明に圧が強くてごめんなさいね」

「オネエさんたら、そうやってあたしの黒歴史を駄々《だだ》洩れにばらさないでよ」

「まあ、黒歴史だったの？」

「やあねぇ、当たり前じゃなーい」

シャールとジャダの賑やかな言い合いに、燿子は心の奥底の感慨を押し殺す。

せっかく久々にやってきたのだ。

この場所では、できるだけ自然体でいたいと思う。

それに、シャールたちの他愛《たわい》もないやり取りは、最近の自分にはご無沙汰なものだった。

探ったり、試したり、比べたり。そんなことが中心になってしまっているつき合いに比べたら、
二人のドラァグクイーンの心置きのなさは羨ましい。

燿子は今更のように、自分が無用のストレスにさらされていたことを自覚する。

他人の粗探《あらさが》しで暇潰しをしている有閑マダムたちの中で、若い更紗が必要以上の攻撃性を帯びるのも、仕方がないのかもしれない。

〝仮面夫婦にも、ですか〟

ふいに更紗の硬い声が甦《よみがえ》り、燿子はそっと視線を伏せた。

「それで、なに？　今度は、スイートテンドレスとかを、作ろうって魂胆《こんたん》なわけ？　美しく装って、旦那をあっと言わせる作戦とかぁ？　妬《や》けるわねぇ」

ジャダが冷やかすように声をかけてくる。

「いえ。私、来月離婚するんです。その離婚式用のドレスを作っていただきたくて」

燿子は淡々と答えた。実際、それは、燿子をさして傷つけるものではなかったからだ。

しかし。

その瞬間、ジャダの顔からさあっと血の気が引く。妙なポーズのまま、ジャダは完全に固まってしまった。

「あたし……、もしかして……、じ、じじじ、地雷《じらい》踏んじゃったかしら」

蒼褪《あおざ》めたジャダは、だらだらと冷や汗をかき始める。

その狼狽《ろうばい》ぶりに、なんだか燿子のほうが気の毒になってきた。

「大丈夫ですよ。私、気にしてませんから」

「ご、ごごご、ごめんなさいっ……！」

上ずった声をあげ、ジャダはぺこりと頭を下げる。

「オネエさん、ランチ、ご馳走様《ちそうさま》っ。あたし、配送があるから、またくるわねー」

そして尻ポケットから取り出した制帽《せいぼう》をかぶり、どたどたと足音を立てて部屋から飛び出していってしまった。

「あらまあ、かしましいこと」

カタログをしまっていたシャールも、眼を丸くしている。

「ごめんなさいね。あの子、ちょっと、感情の起伏が激しいけど、悪い子じゃないのよ」

「いえ……」

燿子は首を横に振った。

他人の不幸を蜜《みつ》のように味わおうとする輩《やから》に比べれば、そこに気まずさを覚えるジャダの素朴さは、むしろ愛らしい。

「でも、燿子ちゃん、あなた本当に大丈夫なの」

メールでのやり取りで、すべての事情を知っているシャールが気遣うように燿子を見る。

「ええ。うちは円満離婚ですから。友人たちを招いて、いい離婚式にするつもりです」

燿子の語尾がかすれた。離婚自体は今更なんとも思わないが、シャールの前でもこんなことを言ってみせる自分が嫌だった。

ずっとつけ続けていた仮面は皮膚《ひふ》に密着し、いつの間にか外れなくなっている。

シャールは無言で燿子を見ていたが、やがてすっと立ち上がった。

「じゃ、燿子ちゃん、採寸しましょうか」

「はい」

シャールに促されて、燿子は奥のお針子部屋に入った。

お針子部屋には、制作途中のたくさんのドレスが、トルソーに掛けられていた。緋色《ひいろ》のベルベットに、金糸や銀糸で豪華な刺繡《ししゅう》を施した民族衣装風のドレスに、燿子は眼を奪われる。その袖口やスカートの裾をぐるりと縁取る、金色の縁飾りがなんとも美しい。

他にも、縁飾りをそのままモチーフに使ったネックレスやピアスが所狭しと並べられていた。

「これ、綺麗ですね」

真珠色《しんじゅいろ》のスパンコールを編み込んだモチーフを、燿子は手に取って眺めた。波のように編み込まれた糸の先に、スパンコールがきらきらと揺れる。

「それね、トルコの伝統手芸で、オヤっていうの。細い糸を、針で編み込んで作るのよ。刺繍とレース編みの技術が融合してできたような手芸ね。違う色の糸を編んだり、ビーズやスパンコールを使ったりすることで、無数のバリエーションが生まれるの。最近の私のお薦《すす》めよ」

手早く燿子を採寸しながら、シャールが説明してくれた。

「元々は、ムスリムの女性たちの、スカーフの縁を飾るお洒落として発展してきたものだそうよ。それからね、オヤには、色や形によって、様々な意味があるの。大家族制度の中で、なかなか自分の思いを口にできない女性たちが、オヤを通して自分の気持ちを分かってもらおうと、メッセージ代わりに使ったんでしょうね」

オヤは単なる手芸ではなく、オスマントルコ時代から「女性の言語」として発展を遂げてきたのだと、シャールは語った。

花や果実や蝶《ちょう》をかたどった、色とりどりのモチーフの一つ一つに意味がある。

言葉にできない感情を、針と糸に託した古《いにしえ》のムスリムの女性たちに、燿子は思いを馳《は》せた。

「はい、終わったわ。凄《すご》いわね、燿子ちゃん。十四年前と、ほとんど体形が変わってないわよ。前の型紙を取っておいてよかったわ」

シャールは上機嫌で、古い型紙を取り出している。

「燿子ちゃんは歳をとらないのね」

「そんなことないですよ。私、来月に四十七になります」

「あら、私なんて、もう五十よ。半世紀ってすごいことよね」

シャールがおどけてしなを作った。

だが燿子は、この人が大病を経て、今のような姿になったことを知っていた。きっとシャールにとって、歳をとっていくことは、忌《い》むべきことではなく、慈《いつく》しむことなのだろう。

「シャールさん」

唐草模様《アラベスク》のようなオヤを見つめ、燿子は呼びかけた。

「私の今度のドレスにも、オヤを使っていただけませんか」

「勿論よ。私もそれをお薦めしようと思っていたの。胸元やスカートの縁をオヤで飾ったら、きっとエキゾチックですてきなドレスになるわ」

シャールが満面の笑みを浮かべる。

「オヤのモチーフの見本帳を見せてあげる。ものすごく種類があって、見てるだけで、楽しいわよ。お茶を飲みながら、どの色とモチーフを使うか、ゆっくり選んでちょうだい」

燿子はシャールと連れ立って、中庭に面した部屋に戻った。

シャールが持ってきてくれた見本帳は、まるで辞典のような厚さだった。ずしりと重い本の表紙を開くと、五百八十五種類ものモチーフが、全ページにぎっしり並んでいる。

クロッカス、カーネーション、薔薇、ダリアといった花から、ウサギ、七面鳥、ガチョウ、鼠《ねずみ》といった動物や、銀河、太陽、星、月といった天体系のものもある。中には、険しい岩の道、牛の小便、蚊《か》など、いささかカテゴライズしづらいものまであった。

一つ一つ丁寧に見ていると、どれだけ時間があっても足りない感じだ。

そっと窺《うかが》うと、カウンターでシャールが同じように、燿子が土産《みやげ》で持参したアーユルヴェーダの教本を読みふけっていた。

書物にじっと眼を落とす横顔に、壮年男性の精悍《せいかん》さが滲んでいる。

軽い既視感を覚え、燿子は眼が離せなくなった。

そのとき、ふと視線が重なった。

「燿子ちゃん、これ、面白いわねー」

シャールが屈託《くったく》のない声をあげる。

「シャールさん、そういうの、絶対好きだと思ったんです」

動揺を悟られまいと、燿子は穏やかに微笑《ほほえ》み返した。

「あなた、今、この講座に通ってるんでしょう？　相変わらず、勉強熱心ね」

「いえ……」

シャールの感嘆に、燿子は言葉を濁す。

講座自体は面白いが、実際には裕福なマダムたちの手慰《てなぐさ》みだ。

「確かに講義は面白いですけど、アーユルヴェーダって、日本では国家資格が取れるようなものではないんです」

「あら、でも、こういう理論や知識は、補完代替医療の分野で充分生かしていけると思うわ。特にこの、自分の体質が分かるチェックシートっていうのがいいじゃない。身長高い、胸板厚い……」

シャールはいくつかの項目を読み上げた。

「私はどうやら、火と水の性質が強い、ピッタ・カパ体質ってやつね」

水を温めてお湯に変える、火と水のイメージは、美味《おい》しいお茶を淹《い》れてくれるシャールにぴったりな気がした。

「ちなみに、燿子ちゃんはどうなの？」

「私は、風と火です」

「風は軽やかで、臨機応変なのね」

シャールはうんうんと頷《うなず》きながら、再び書物に戻っていった。

一瞬心に湧き起こった既視感を鎮め、燿子はシナモンの香るスパイシーなお茶を口にする。

お茶のリラックス効果も借りながら、燿子は多彩《たさい》なオヤの世界に意識を集中させた。オヤには、縫い針で編むイーネオヤ、かぎ針で編むトゥーオヤ、ビーズを編み込むボンジュックオヤなど、様々な手法があり、眺めているうちに、いつしか本当に魅了される。

長い時間をかけ、燿子は自分のオヤを決めた。

「さて、どのように致しましょうか、お客様」

シャールが芝居がかった仕草で、わざと慇懃《いんぎん》に頭を下げてみせる。

「黄色の糸で、撫子《なでしこ》のモチーフをお願いします」

そう告げたとき、しかし、シャールは一瞬真顔になった。

「本当に、それでいいの？」

低い声で聞き返され、燿子は思わず視線をそらす。

「黄色は朗《ほが》らかな色だし、撫子は、日本女性を象徴する花だから……」

語尾が震えそうになるのを、燿子はかろうじてこらえた。

「いいわ」

ふいに、ぶ厚い掌が燿子の肩に置かれた。

見上げれば、シャールが静かに微笑んでいる。

「まかせてちょうだい。来月までに、最高のドレスを仕上げてあげる」

十月に入ると、ようやく暑くも寒くもない、過ごしやすい日が続くようになった。

燿子は生姜《しょうが》を煮詰めて作ったトフィーをつまみながら、ソファで雑誌を読んでいた。トフィーは、果実やナッツのシロップをハードキャンディー状に固めたものだ。アーユルヴェーダのトフィーは、イングリッシュ・トフィーと違い、小麦粉やバターを使わない。

ブラウンシュガーと生姜だけで作ったトフィーは口の中でさくさくとほどけ、白湯との相性もよかった。

海外の美しいリゾートを特集した雑誌のページをめくりながら、今度は葉山《はやま》や鎌倉《かまくら》の海辺にでも住んでみようかと考える。卓上のスマホを手に取り、燿子は実際に、いくつかの物件にアクセスしてみた。

渋っていた離婚式を承諾したせいか、夫の恭一は、充分な慰謝料の支払いと、毎月の生活費の仕送りを約束してくれていた。今は離婚を心配している両親も、新居を見せれば少しは安心するかもしれない。

いくつかのページをブックマークしてから、燿子はスマホを卓上に伏せた。

ふと視線を上げると、テーブルの向こうに重ねてある離婚式の招待状の束が眼に入る。恭一がわざわざデザイナーに発注して作った、透かし彫りの入った不必要に豪華なものだ。どこまでも見栄っ張りな恭一の軽薄さに、燿子は口元に冷めた笑みを浮かべた。

ここ数年、夫はいてもいなくても同じような存在だった。一人になったところで、今更生活が変わる訳でもない。

むしろ、周囲に見張られているようなタワーマンションでの日々より、自然の豊かな静かな場所で暮らすほうが、快適かもしれない。

たとえば、中庭つきのこぢんまりとした一軒家とか。

燿子の脳裏に、ハナミズキが緑の葉をいっぱいに茂らせていた、古民家の佇まいが浮かんだ。

そのとき、誰かが呼び鈴を鳴らす音がした。

インターホンのモニターを確認し、燿子はハッとする。玄関先に、一人で立っている隅田英恵の姿が見えた。

「ごめんなさい、突然」

急いで玄関の扉をあけると、英恵は申し訳なさそうに笑ってみせた。美容院にいっていないのか、伸びすぎた髪は形が崩れ、白髪が目立っている。しばらく会わないうちに、英恵はすっかりやつれていた。

燿子は手早く離婚式の招待状を片づけ、英恵をリビングに招き入れた。

「中園さんて、家の中も、いつも綺麗にしてるのね」

リビングを見回しながら、英恵が溜め息交じりに呟《つぶや》く。

「昨日、たまたま掃除しただけよ」

燿子はカウンターキッチンの奥に回り、お湯を沸かした。ジンジャートフィーと一緒に、セイロンティーを淹れて、英恵のテーブルの前に置く。

「これ、アーユルヴェーダ教室の？」

白いお皿に入れたトフィーをつまみ、英恵は燿子を見た。

「ええ。作ってみると、結構簡単だから」

燿子は曖昧に微笑む。

一括払いの受講料をクーリングオフしてほしいと、英恵がアーユルヴェーダ教室の事務局と大《おお》揉《も》めに揉めたという話は、圭伊子から聞かされて知っていた。

英恵の夫が経営する会社の粉飾決算が発覚し、株主たちがマンションにまで押しかけてきたという噂話と一緒に。

「習ったことをちゃんと実践してるのは、中園さんくらいだと思う。後の人たちは、ただの暇潰しでしょ」

暗い眼差しで呟きながら、英恵はつまんだトフィーを口に入れた。

「美味しい……」

思わずといった調子で零れた言葉に、燿子はほんの一瞬安堵する。

「私、もう、火だの水だの、言ってる場合じゃないんだよね」

だが、英恵はすぐに声を落とした。

「中園さんも、色々聞いてるでしょう？　私、来週、引っ越すことになったの」

英恵の顔に捨て鉢な笑みが浮かぶ。

「結局、旦那が破産しちゃって。私、元銀行員なのに、ちっとも知らなかったんだよね。ずっと、会社はうまくいってるものだとばかり思ってたし」

英恵は訴えかけるように燿子を見た。

「会社の帳簿を見ても、なにも気づけなかった。私は夫を信じてたから」

その言葉に嘘はないと、燿子は思う。現役時代、どれだけ業務に精通していても、一度現場を離れてしまえば、スキルは破竹の勢いで失われる。

それは、専業主婦になって久しい燿子自身が、身にしみて感じていることだった。

語学を専門にしていない人たちは、一度習得した言語は半永久的に有効だと思っているようだが、それも違う。母語でない限り、使わない言語は急速に忘れる。

使っていない筋肉が、あっという間に贅肉に変わるのと同じことだ。

ニューヨークで株のリサーチをしていた燿子が、今では簡単な英単語がすぐに口から出ずに戸惑うことがある。

どれだけの鍛錬《たんれん》を重ねても、安穏とした環境に置かれれば、人はあっという間に筋力を失ってしまう。

「うちは子供もいるし、親の介護もあるから、もう余裕なんてどこにもないんだよね。私も必死で再就職先を探してるんだけど、四十半ばを過ぎてからだと、正規どころか、派遣《はけん》だって難しいの。十年以上も前のキャリアなんて、なんの役にも立たないよ」

燿子はなにも返すことができなかった。

私も離婚する。

今月末には、離婚式を開く――。

そんなことを告げたところで、一体なんになるだろう。

「それで、中園さん」

英恵が身を乗り出してきた。その視線が急に鋭くなる。

「不躾《ぶしつけ》だけど、少しだけ、お金を都合してもらえないかしら。後で必ず、お返ししますから」

血の滲むような眼差しで見据えられ、燿子は言葉を失った。英恵の膝の上で、両の拳《こぶし》が色が変わるほどきつく握り締められている。

マンションのただの顔見知りの自分にこんなことを頼みにくるくらい、英恵は追い詰められているのだろう。

燿子は無言で席を立った。

寝室に入り、抽斗《ひきだし》をあける。なにかのときのために用意している現金の中から、万札を十枚抜き取り封筒に入れた。

リビングに戻ると、燿子はそれをテーブルの上に置いた。

「隅田さん、このお金はお見舞いとしてお納めください。返していただく必要はありません。ただ、私が用立てできるのは、これだけです」

英恵は封筒をひったくるように取り上げると、いきなり燿子の眼の前で、札の枚数を数え始めた。燿子は半ば唖然《あぜん》として、その様子を見守った。

札を数え終えると、英恵はなんとも複雑な表情を浮かべた。

それが、一体どういう類いの感情なのか、燿子には推し量る術《すべ》もなかった。

今の英恵にとって、自分は護るべき子供もいない、安穏とした〝奥様〟だ。その気楽な奥様からの〝見舞金〟として、十万円が妥当なのかどうかも分からなかった。

英恵は封筒をバッグに入れると、すぐに席を立った。

「お金は必ず返しますから」

玄関で靴を履きながら、英恵は背中を向けたまま吐き捨てるように言った。その肩が、細かく震えている。

「だから、たかだか十万円くらいで、施しでもしたような顔しないで」

絶句する燿子の前で、玄関の扉が乱暴に閉められた。

英恵の気配が完全に消えるまで、燿子は扉の前から動くことができなかった。

やがてのろのろとリビングに引き返すと、ジンジャートフィーを載せた白い皿と、セイロンティーのカップが眼に入った。英恵に淹れたセイロンティーは、ほとんど口をつけた形跡がない。

大きく息を吐き、燿子はソファに身を投げ出した。自分が酷く疲弊しているのを感じる。

眼を閉じると、じわじわと不快な熱が込み上げてきた。にわかに息苦しくなり、胸を掻きむしりたくなる。みぞおちの辺りで業火《ごうか》が燃えているようだ。

火《ピッタ》を増やす一番の原因は、怒りと悲しみ。

ピッタが過剰になれば、益々、怒りや悲しみが刺激され、悪循環を引き起こす。

講師の言葉通りだ。

けれどどうすれば、怒りや悲しみを手放すことができるのかが分からない。

閉じた目蓋の裏側に、英恵の血の滲むような眼差しが浮かんだ。

〝私は夫を信じてたから〟

そう告げた、英恵の声が甦る。

その夫と共に築いた自分の家庭を護るために、英恵はあんな屈辱的《くつじょくてき》な行動を取ったのだろう。

英恵のつらさと悔しさに思いを馳せつつも、どこかでそれを羨んでいる己を燿子は感じた。

あんなふうに、なりふり構わず護りたいものがあるなんて。

曲がりなりにも恭一と十四年間暮らしてきながら、自分は護りたいと思えるなにかをどこにも築くことができなかった。

ソファに顔を伏せ、燿子は唇を噛みしめる。

どのくらいそうしていたのだろう。

いつしか、部屋の中が暗くなり始めた。それでも電気をつける気力も湧かず、燿子はソファに突っ伏したままでいた。

ふいに、微かな着信音が鳴り響く。

渋々と顔を上げ、燿子はスマホに手を伸ばした。液晶画面を見て、燿子は重い体を引き起こす。

そこには、ドレスの仮縫いが終わったので、一度試着をしてみて欲しいという、シャールからの伝言があった。


六時を過ぎると、辺りはもう真っ暗だった。これから、どんどん日は短くなり、あっという間に木枯らしが吹くようになるのだろう。

耳に痛いほど鳴いている虫の声を聴きながら、燿子は商店街の道を歩いていた。空には満月に近い、大きな月が浮かんでいる。

細い裏路地を分け入っていくと、突き当たりに小さな明かりがぽっと灯《とも》っているのが見えた。近づけば、シャールの店の門に、カンテラがかかっている。

揺らめく炎が、辺りを柔らかく照らしていた。

こんなに優しく温かい炎もあるのかと、しばし燿子はカンテラの灯《ひ》が生む陰影に見惚《みほ》れる。

中庭を覗くと、ハナミズキの根元に、スチール製の看板が立てかけられていることに気がついた。

マカン・マラン――。

昼のダンスファッション専門店とは、また違う看板だ。所狭しと並べられていたど派手なドレスは片づけられ、羊歯《しだ》の茂みの中から、一層鮮明な虫の声が響いていた。

軽く髪を整え、燿子は呼び鈴を押す。

「いらっしゃぁああああい」

今夜のシャールは、ボルドー色のナイトドレスを纏い、キジトラの猫を抱いて現れた。

「こんばんは。シャールさん」

ともすると乱れそうになる心を見透かされまいと、燿子は無理やり笑みを作る。

「これ、お土産です。少しですけど」

「あら、なにかしら」

「カルダモンのトフィーです。アーユルヴェーダ講座で習ったレシピで作ってみたんです。この間淹れていただいたお茶に、合うんじゃないかと思って」

「まあ、嬉しいわぁ」

燿子が差し出した小さな包みを受け取った瞬間、シャールの太い腕から、猫がするりと抜け出した。音もなく着地し、しなやかな足取りで奥の部屋に入っていく。

「さ、あなたも早く上がってちょうだい」

促され、燿子は靴を脱いだ。

古い板張りの廊下を踏んでいくと、なんだかとてもいい匂いが漂ってきた。食欲をそそる、スパイスの香りだ。きっと、夕飯の準備でもしていたのだろう。

「すみません、お忙しい時間に」

先を歩くシャールに、燿子は声をかけた。

「大丈夫よ。夜のお店までには、まだ大分時間があるから」

「夜のお店?」

「あら、言ってなかったかしら」

シャールが振り返る。

「実は私、数年前からお針子さんたちの賄《まかな》いを作るついでに、ここで夜食カフェを開いてるの」

「夜食カフェ……」

それで、マカン・マランというわけか。

「表の看板、インドネシア語ですよね」

「さすが、燿子ちゃん。マカンは食事。マランは夜。私は勝手に、夜食という意味で使ってるの」

この人らしい――。

燿子の胸に、一抹《いちまつ》の寂しさが走り抜けた。

中庭に面した店内は、鳥籠の形の間接照明が仄《ほの》かに灯り、静かなクラシック音楽が流れている。昼間に訪れたときとは、随分印象が違う。

籐の椅子のクッションの上で、先のキジトラの猫がくるりと丸くなっていた。

「さあ、燿子ちゃん、入ってちょうだい」

招き入れられたお針子部屋で、燿子は眼を見張った。

トルソーに、蔓草《つるくさ》の刺繍が施された、はしばみ色のドレスが掛けられている。たっぷりとしたスカートの裾は、後ろが少しだけ長くなっていて、シルエットが美しい。

燿子は近づいて、光沢のある生地に触った。深まりゆく秋を思わせるはしばみ色のドレス地に、銀糸の蔓草が、華やかながらも落ち着いた雰囲気を醸し出している。

大きくあいた胸元、袖口、ロングスカートの裾には、薄い黄色の撫子の縁飾《オヤ》りが丁寧にかがられていた。

「どうかしら」

自信たっぷりに尋ねられ、燿子は弾《はじ》かれたように振り返る。

「想像してたより、ずっとすてきです」

嘘のない響きに、シャールは満面の笑みを浮かべた。

「はしばみ色は、下手《へた》をすると老けた印象になるけど、燿子ちゃんなら大丈夫。肌の白さが一層引き立つと思うわ」

満足げなシャールの声を聞きながら、燿子は胸元に飾られたオヤを見つめる。

撫子をかたどったモチーフを指でそっと撫でてみた。

「それじゃ、早速、試着してみてもらえるかしら。私は夜のお店の準備をしがてら、また後で声をかけにくるから、お着替えはゆっくりでいいわよ」

片目をつぶり、シャールはお針子部屋を出ていった。優雅な足取りで歩いているのに、梁《はり》の突き出たところで、ひょいとかがんでいるのがなんだか可笑《おか》しかった。

一人残された部屋で、燿子はトルソーから外したドレスを胸に当ててみる。実際に袖を通すと、シルクの冷たい肌触りが心地よかった。

鏡に映った己の姿に、溜め息が漏《も》れる。本当に、想像以上の出来栄えだ。

ドレスの形自体はシンプルだが、銀糸の蔓草や、裾を飾る縁飾りがエキゾチックで、アラビアンナイトの登場人物になった気分になる。

これでベールをかぶれば、本当にシェヘラザードのようだ。

このドレスを着て、恭一の隣に立つ。

しかし、そう考えた途端、微《かす》かに浮き立っていた心が急速に冷たくなった。

恭一の浮気相手を含む会社の人たちや、同じマンションに住む圭伊子や更紗の前で、最後まで円満な夫婦の仮面をかぶり続ける。

そんなことのために、このドレスを着るなんて。

シャールやお針子たちが、自分のために一針一針丁寧に刺繍やオヤを作ってくれたことを思うと、燿子は突然、たまらなくなった。

ドレスの美しさが本物であればあるほど、自分に袖を通す資格があるとは思えない。

離婚式だなんて。

なんて、くだらないんだろう。

誰もが己の人生を真剣に生きているのに、自分は、結局愛してもいない夫からの慰謝料で、安穏に生きていこうとしている。

キャリアも、家庭も、趣味でさえも、なにもかもが中途半端だ。

こんな状態の自分が、たとえ新しい土地にいったところで、確かなものを手に入れられるとはとても思えない。

乾いた風に煽られて、巻き上がる炎はなにも生まない。荒れた大地を、ただ焼き尽くしていくだけだ。めらめらと燃え盛る炎が、燿子を苦しめる。

いくらお金があっても、美貌があっても、確かなものがなにもない。

でも、それは――。

私が、誰も本気で愛してこなかったせいだ。

可愛いのは自分だけ。その自分が、傷つくのが怖かった。

けれど、それは、なんて虚《むな》しく、なんとつまらない生き方だろう。

ふいに英恵の血の滲むような眼差しが甦り、燿子は思わず顔を覆った。

「燿子ちゃん、どうかしら」

扉がノックされても、燿子は応えることができなかった。

「燿子ちゃん？」

シャールの声に、訝《いぶか》しさが滲む。

「燿子ちゃん、どうしたの？　あけるわよ」

駄目。今、入ってこないで――。

燿子は心の中で、声にならない叫びをあげた。こんな精神状態では、一番見せたくない自分を見られてしまう。

しかし、無情にも扉があいた。

シャールの真剣な眼差しを見た途端、燿子はついに、抑えていた感情をこらえ切れなくなった。

「シャールさん！」

一気に視界が霞《かす》み、涙が次から次へと込み上げる。驚くシャールの前で、燿子は堰《せき》を切ったように泣き崩れた。

せっかくのドレスが汚れてしまう。化粧が落ちてしまう。

こんな姿を見られたくない。

そう思っているのに、どうしても嗚咽《おえつ》がとまらない。

そつがなく、なんでも器用にこなす優等生の仮面の陰に隠れていたのは、こんなにも子供じみて、みっともない自分だった。

どれだけ泣いたのだろう。

随分長い時間だったと思うのに、シャールはそんな燿子を黙って静かに見つめていた。

「ごめんなさい……」

ようやく落ち着いた燿子に、シャールはそっと微笑みかける。

「いいのよ。思い切り泣きたい夜が、誰にでもあるものよ」

蹲まっている燿子にティッシュを差し出し、シャールも傍《かたわ》らに腰を下ろした。

「サイズは問題なかったかしら」

燿子はティッシュで涙をふきながら頷く。

「それじゃ、ドレスを脱いでお店のほうにいらっしゃい」

燿子の肩に手を置き、シャールは立ち上がった。

「お夜食にしましょう」


スパイスの香りが鼻孔《びこう》を擽る。

カウンターの上に置かれた料理に、燿子はハッとした。美しいルビー色のスープに、たくさんの野菜が浮かんでいる。

「これ……」

眼を見張る燿子に、シャールが微笑んだ。

「そう。あなたが持ってきてくれた、アーユルヴェーダの教本に載っていた、ビーツのスープカレーを作ってみたの」

オクラ、ニンジン、紫玉葱《たまねぎ》、アスパラガス、レンズ豆——。透き通ったルビー色のスープの中、色とりどりの野菜が、たっぷりと顔を覗かせている。

「私は普段、マクロビや漢方を自己流にアレンジしながら、お夜食を作ってるの。でも、アーユルヴェーダもとっても面白かったわ。アーユルヴェーダでは、ビーツは血液を作ると考えられているのね。しかも、甘くて、冷性の性質を持つビーツは、この時期に過剰になる火《ピッタ》を抑えてくれるんですって。風と火の性質を持つ燿子ちゃんに、ぴったりのメニューだと思うわよ」

野菜だけなのに滋養《じよう》がありそうなスープを、燿子は、じっと見つめた。

「マクロビオティックでは、小麦を焼きしめたパン食をあまり推奨してないんだけど、アーユルヴェーダのメニューも、蒸した穀物が豊富なのね」

シャールがカウンターに土鍋を載せる。

「私はいつも、土鍋でご飯を炊いてるのよ」

土鍋の蓋をあけると、ふわりと湯気が立ち上った。鍋の中に、香りのよいインディカ米のサフランライスが現れる。

「美味しそう……」

燿子の口から自然と言葉が零れた。

泣きすぎたせいで、眼の奥が重く、まだときどき喉の奥でしゃくりあげそうになるが、スープカレーのスパイシーな香りと、サフランライスの温かな湯気に、素直に食欲をそそられた。

「アーユルヴェーダの生命エネルギーのバランスのとり方って、昔のご飯の炊き方と似てるのね。水の分量がちょうどよくて、薪の間に吹き込む風が適度で、火がまんべんなく回ると、美味しいご飯が炊けるじゃない？　どれか一つが強すぎても駄目だし、弱すぎても駄目。風と火と水のバランスが整って、初めて美味しいご飯ができる。人の身体も同じなのかもしれないわね」

丸いお皿に炊き立てのサフランライスをよそい、シャールは燿子に差し出した。

「さあ、召し上がれ」

燿子は礼を言って、スプーンを手に取る。

「いただきます」

まずは澄《す》んだルビー色のスープを一口含んだ。ビーツの甘みがじんわりと口中に広がり、それからすぐにクミンやクローブやコリアンダー等のスパイスが舌を刺激する。

野菜の甘みと、スパイスの刺激。どちらもしっかりと存在感があるのに、決して、ぶつかったり、互いの邪魔をしたりしていない。

甘さと辛さが混然となって、たった一口なのに、深い満足感をもたらした。

今度は、スプーンにすくったサフランライスを浸して食べてみる。

小麦粉やココナッツミルクを使っていない、野菜の出汁《ブロス》をそのまま生かしたスープカレーが香りのよいインディカ米に沁《し》みて、自《おの》ずと口角が上がった。

怒りと悲しみによって引き起こされる火《ピッタ》を抑えてくれる、甘くて辛い、薔薇色のスープカレー。

乾いた炎が、すうっと沈静化されていく気がした。

「とても美味しいです」

「それはよかったわ」

シャールがにっこりと微笑む。

「マクロビオティックは、体質や食べ物を陰と陽に分けて、足りないものを満たしていくっていう考え方なんだけれど、アーユルヴェーダは過剰なものを抑えていくという考え方なのね」

シャールの言葉に、燿子は頷いた。

風と火の性質が強い燿子が気をつけることは、そのドーシャをそれ以上増やさないようにすることだ。欠けている水を増やそうとすることは、却《かえ》って逆効果だと考えられている。

「過剰なものを抑えれば、足りないものが自ずと現れるという考え方なのね。そこがとっても面白いわ」

シャールは自分のお皿にもサフランライスをよそいながら続けた。

「満たすことと、抑えること。まったく逆のアプローチに思えるけど、よく読み込んでいくと、共通点もたくさんあるの。たとえば、蒸した穀物や野菜の推奨とか、スパイスの使い方とかね。優しい蒸気で素材を蒸し上げるスチームは、マクロビオティックでは陽と陰、どちらの体質も中庸《ちゅうよう》に導いてくれる万能の調理法だけど、これも風と水と火のバランスじゃない？　蒸気って、お水を火で温めたときに起こる風なわけだし。胃に負担のかからない料理が多いのも、両方の特徴ね。要するに、本気で一人一人の人のことを思いやった調理法だということね」

燿子はシャールの言葉を黙って聞いていた。

なぜ自分がホームパーティーで、アーユルヴェーダ講座で習った料理を作ろうと思わなかったのか、その理由が分かった気がした。

「私は自分が病気をしたこともあるけれど、ここにやってくる人たちには、できるだけ身体にいい夜食を作ってあげたいの」

ルビーのように透き通った薔薇色のスープは、美しいだけでなく、優しさと温かさに満ちている。

それはきっと、シャールが人を思う心の表れだ。

「特に、深夜にここに集まってくる人たちは、昼間、精いっぱい頑張《がんば》ってる人ばかりだから」

「……耳が痛いです」

「あら、家を守るのだって、大変な労働よ。外で働くばかりが苦労じゃないわ」

だが自分は、誰かを思ってそれをしてきたわけではない。

燿子はもう一匙《さじ》スープカレーを飲むと、感嘆の溜め息を漏らした。

「シャールさんて、すごい。本当に、なんでもできちゃうんですね」

「あら、燿子ちゃんだって、そうじゃない」

「私は、違います」

せっかく高い学費を払ってセミナーに通っても、それを作りたいと思う相手がいなかった。

なんでもできて、なんにもできない。

それが、自分だ。

燿子は沈鬱に唇を結ぶ。

会話が途切れると、籐の椅子のクッションで丸くなった猫の微かな寝息が聞こえてきた。滑らかな腹を上下させ、猫は安らかに眠っていた。

「燿子ちゃん、一つ聞きたいんだけど……」

やがて、シャールが静かに口を開く。

「なぜ、あんなオヤを選んだの？」

燿子は視線を上げることができなかった。

朗らかな黄色、日本女性の象徴の撫子――。そんなことを口にしてみせたけど、本当は違う。

オヤにおける黄色の意味は〝悲しみ〟。

そして、撫子は〝嘘〟だ。

「撫子だって可愛い花なのに、よく似たカーネーションより花びらの数が少ないから、そんな意味が生まれたのね」

モチーフの意味に精通しているシャールを誤魔化すことは、所詮できない。

「撫子を選んだのは、私が嘘つきだからです」

俯いたままで、燿子は呟いた。

悲しい嘘つき。そのモチーフが、一番自分に似つかわしいと思った。

「本当は離婚式に出たいなんて思ってません。円満離婚というのも嘘です。夫が、他の女性との間に子供をもうけたんです」

「燿子ちゃん……」

シャールの痛ましげな眼差しに、燿子は激しく首を横に振る。

「でも、それも違います。そもそも、結婚した当初から、間違ってたんです。私……」

もう、言ってしまおう。

そう覚悟を決めたのに、いざ口にしようとすると、燿子はやはりたじろいだ。

自分はやはり、まだあのときの衝撃を今でも引きずり続けているのだ。

「言いたくないなら、言わなくていいのよ」

そのとき、シャールが耳元でそう囁いた。

燿子は、ハッとしてシャールを見上げる。シャールが真摯《しんし》な表情で自分を見ていた。

「私……」

燿子の中で、暗い炎が揺れる。

「私、失恋したんです」

唇から、自然と言葉が零れ落ちた。

「失恋……？」

シャールが意外そうに繰り返す。

その響きに、燿子は却って冷静になった。

「ものすごく好きな人がいたのに、告白する前に、その人は他の女性と一緒になってしまったんです」

言葉にしてみれば、なんと軽いのだろう。

けれど、あのときの自分は、その事実を受けとめることがどうしてもできなかった。

大学も、就職も、大抵のものは、差し出されるものの中から選んできた。

幼い頃からそうやって生きてきた自分が、生まれて初めて心の底から欲しいと思った、たった一人の相手だった。

「しかも相手の女性は、私なんかが足元にも及ばない、魅力的な人でした」

燿子の語尾がかすれる。

「その敗北感に耐えられなくて、後先考えずに今の夫と結婚してしまったんです。それ以来、ずっと自分の本心を隠してきました。だから……、こんなことになっても当然なんです」

夫の前でも、友人の前でも、両親の前ですら、仮面をかぶり続けてきた。

なにより、自分自身に嘘をついてきた。

燿子は再び黙り込む。

優等生の仮面の下の幼稚な意気地なしの正体を知って、シャールも自分を軽蔑するに違いない。

そう思った。

「本心を隠すのは、別に悪いことではないわ」

「え？」

しかし、予期せぬ言葉をかけられ、燿子は一瞬きょとんとする。

「だってこの世の中は、本音だけで生きていけるほど、甘くはないじゃない。私だって、本当の思いを心の奥底に隠すことくらい、いくらでもあるわよ。嘘だって、山ほどついてきたわ」

ピンク色のボブウイッグを揺らし、シャールは燿子の顔を覗き込む。

「素顔を見せたくないなら、無理して見せる必要なんてないわ」

厚化粧のその顔に、慈しむような笑みが広がった。

「本心の隠し場所さえ、ちゃんと自分で分かっていれば、それはそれでいいのよ」

本心の隠し場所――。

燿子は我知らず胸に手を当てた。

自分は、それをちゃんと分かっていただろうか。

あまりに奥に隠しすぎて、それを見失ってはいなかったろうか。

「燿子ちゃん、自信持ちなさいよ」

シャールが燿子の肩に手をかけた。

「そりゃ、この世の中は複雑で冷たくて、思い通りにいかないことだらけよ。仮面が必要なときだってあるわ。でもね、どれだけ意に沿わないことをしなければならなかったとしても、自分の本心の隠し場所さえちゃんと分かっていれば、人は案外、自分の道を歩いていけるものよ」

肩にかけられた分厚い掌に力がこもる。

「燿子ちゃん、あなたなら大丈夫」

眼尻にしわを寄せ、シャールが笑み崩れた。

「あなたの恋敵だった女性がどれだけ魅力的かは知らないけれど、燿子ちゃんだって、負けてないわ。あなたはいつだって、周囲に気を配って、真面目にやってきたんじゃないの。私はそういうあなたのことを、ずっと自慢に思っていたのよ」

「シャールさん……」

「さ、冷めないうちに食べましょう」

燿子の細い肩を叩き、シャールはスプーンを手に取った。

新たな涙の滲んだ瞳で、燿子はシャールをじっと見返した。


十月某日。六本木《ろっぽんぎ》の会員制レストランを貸し切りにして、燿子と恭一の離婚式が盛大に執り行われた。

長い髪をアップにし、はしばみ色のドレスを身に纏った燿子は、大げさなほどの笑顔で来賓者と歓談している恭一の隣に立っていた。

来賓者からなにかを聞かれると、燿子はできるだけそつなくそれに答えた。穏やかな笑みを浮かべながら、時折、胸元の〝嘘つき〟のオヤを指でなぞる。

会場の中には、圭伊子とその取り巻きたちや、更紗の顔も見えた。

ここぞとばかりにドレスアップした圭伊子の傍らで、更紗は相変わらず、露出の多い格好をしている。もう外では冷たい木枯らしが吹き始めているのに、マイクロミニからむき出しにしているのは生足《なまあし》だった。

最初の登場のときこそ、誰もが燿子のドレス姿に眼を見張ったが、今では恭一がパーティーの中心になっていた。

元々、招待客のほとんどは、恭一の関係者だ。燿子には、どこの誰だか分からない人たちも、大勢集まっていた。ただ黙って立っているだけの〝元妻〟への興味は次第に失われ、いつしか燿子は会場のどこにも自分の居場所がない気がしてきた。

これなら、キッチンで料理を作っていられたホームパーティーのほうが、ずっとましだったと燿子は密かに苦笑する。

やがて、会場のライトが落とされ、ミニバンドが登場すると、あちこちでチークダンスが始まった。

「踊ろうか」

恭一に囁かれ、燿子は首を強く横に振る。

冗談じゃない。ただでさえ、見世物になるのを甘んじているのに、そこまでサービスするつもりはない。

燿子の硬い表情に、恭一の顔にも白けた色が浮かぶ。

恭一は燿子を残して会場の中心に進むと、会社の同僚の女性の腕を取った。女性はすぐに恭一にしなだれかかるようにして、ダンスを踊り始めた。

ミディアムボブの女性には、燿子も見覚えがあった。何度かホームパーティーにもきたことがある、恭一の浮気相手の一人だった。

べったりと抱き合うようにして踊っている二人を眺めていると、ふと、燿子は視線を感じた。

それまで自分に無関心だった会場の人たちが、窺うようにこちらを見ている。

圭伊子とその取り巻きたちも、興味津々といった眼差しで、自分のほうを覗いていた。

そのすべての視線が、問うてくる。

一体、どんな心境なのか。

悔しいのか、悲しいのか、寂しいのか。

今の燿子の心境を味わいつくそうと、皆で手ぐすねを引いている。

〝隅田さんのこと、なにか聞いていらっしゃる?〟

ふいに、もったいぶってそう尋ねてきた、圭伊子の声が甦った。

あのとき、英恵もこうした好奇心にさらされる中、覚悟を決めて自分を訪ねてきてくれたのだろう。

〝美味しい……〟

トフィーを口に入れた途端、思わず零れた英恵の声が、燿子の耳朶《じだ》を打つ。

自分が差し出した封筒よりも、一かけらの甘いトフィーが、英恵の心に残ってくれればいいと、燿子は願った。

あの晩、ルビーのように澄んだ美しいスープが、自分の中の業火を鎮めてくれたように。

誰かを思いやるのも人なら、誰かを貶《おとし》めるのもまた、残念ながら人なのだ。

あからさまな視線の中、燿子が顔を俯けそうになったそのとき——。

ふいに会場にざわめきが走った。

「誰?」「どこの人?」「芸能人?」

ひそひそと交わされる囁き声をはらうように、長身のスーツ姿の男性が颯爽《さっそう》と会場を歩いてくる。

引き締まった体軀、壮齢の男性の精悍な面差し。

日本人離れした彫りの深い顔立ちは、男性ファッション誌から抜け出してきたモデルのようだ。

暗がりの中、その姿が明らかになってくるのを見たとき、燿子は思わず口元に手を当てた。

御厨《みくりや》先輩——。

二度と会うことができないと思っていたその人が、深紅のミニバラの花束を抱えて、真っ直ぐにこちらにやってくる。

ドレスを脱ぎ、男性の姿に戻った御厨清澄《きよずみ》が、いつしか自分の前に立っていた。

「もうすぐ誕生日ね。おめでとう、燿子ちゃん」

「先輩、覚えていてくれたんですか……」

燿子の鼻の奥がつんと痛くなる。

「当たり前じゃない。大事な後輩で、最初のお客様の誕生日を、忘れる私じゃなくってよ」

御厨はにっこり微笑んで、十月二十二日の誕生花であるミニバラを、燿子の胸に差し出した。

丁度《ちょうど》音楽が終わり、会場がしんとする。

恭一も、恭一と踊っていた女性も、圭伊子も、更紗も、会場のほとんど全員が、眼を皿のようにしてこちらを見ていた。

御厨は恭一を振り返り、よく響く低い声で告げた。

「初めまして。僕は、かつて証券会社でニューヨークに駐在していた時期、燿子さんと一緒に働いていたものです。今は独立して、ファッション関係の仕事をしています。今回、燿子さんのドレスをプロデュースさせていただきました。これからも燿子さんには、僕のデザインしたドレスのモデルを務めていただきたいと思っています」

恭一が狐《きつね》にでもつままれたような表情で、かろうじて頷く。

御厨は燿子に向きなおると、いたずらっぽい笑みを浮かべてその手を取った。

ミニバンドが思い出したように演奏を再開する。

燿子はミニバラの花束を片手に持ったまま、その人に誘われて会場の中心に進んだ。

ムーンライトセレナーデのゆったりとした旋律が流れ始めたとき、突然、更紗が燿子に駆け寄ってきて、花束を預かった。

「平川さん、ありがとう」

燿子の言葉に更紗が頷く。そのとき、なぜか更紗は小さくガッツポーズをしてみせた。

撫子のオヤがかがられたドレスの裾を翻《ひるがえ》し、燿子は御厨のリードに身を任せる。

ただのチークダンスではない。

ニューヨークのソシアルダンスクラブでも踊ったことのある、本格的なステップだ。

美男美女の息の合った踊りに、会場がどよめく。

離婚カップルの様子を窺う淀《よど》んだ会場が、あっという間に華麗なダンスホールへと変わっていった。

いつしか、燿子は胸元に軽い汗をかいていた。

けれどそれは、いつもの不快なのぼせではなく、爽《さわ》やかな熱によるものだった。

一曲踊り終えたとき、会場から予期せぬ拍手が沸き起こった。人垣の先頭で、ミニバラの花束を持った更紗が一際大きな拍手をしている。

燿子の口元に、この日初めて自然な笑みが広がった。

「燿子ちゃん、すてきよ」

耳元で囁かれる。

視線を上げれば、御厨が懐かしい眼差しで自分を見ていた。

「久しぶりに踊ったわね」

離婚式が終わった後、燿子はシャールと並んで、ミッドナイトタウン近くの公園を歩いていた。

二次会に繰り出すという恭一たちと別れ、二人で駅に向かうことにしたのだ。

「こんなに完璧に男装したのも、随分ご無沙汰だわよ。男性用ウイッグなんて、久々にかぶっちゃった」

茶目っ気たっぷりの眼差しで、シャールが燿子を見る。

「本当に、びっくりしました」

燿子は大げさに肩を竦めてみせた。

「でも私も、久しぶりに先輩に会えました」

わざとなんでもないことのように言って、ミニバラの花束を抱え直す。

それにしても——。

更紗が、あんなふうに自分を助けてくれるとは思わなかった。

それもまた、嬉しい驚きだった。

「燿子ちゃん」

噴水の前のベンチで、シャールが立ちどまる。

「これ、もう一つ。誕生日プレゼントよ」

リボンのかかった紙袋を差し出された。

「ありがとうございます。あけていいですか」

「もちろんよ」

紙袋をあけた瞬間、燿子は小さく息を呑む。

それは、赤い糸でかがられた美しいオヤだった。

「そのドレスのオヤ、取り外しができるようになってるの」

シャールは、燿子のコートの下のドレスの裾を指さす。

「今度のオヤのモチーフは、赤いバーベナよ。赤は幸せと情熱。バーベナは、美しい女性という意味よ」

丁寧に編まれた花弁に、燿子の眼の縁に熱い涙が滲んだ。

「シャールさん……」

涙を零すまいと、燿子は瞳を瞬《しばたた》かせる。

「どうして、こんなによくしてくれるんですか」

「言ったでしょ。私は嬉しかったのよ。私が会社を辞めて、あんな姿になって、それでも訪ねてきてくれたあなたのことが、私は本当に嬉しかったのよ」

「それが……」

燿子の瞳から涙が零れ、頰《ほお》を伝った。

「ただの好奇心だったとしても？　かつての優秀な先輩がどんな姿になっているのか、見たかっただけだったとしても？」

こらえ切れず、声がかすれる。

「だとしてもよ」

シャールは力強く答えた。

「家族とも友人とも疎遠《そえん》になって、一人ぼっちになった私を訪ねてきてくれた。しかも、大口の仕事を発注してくれた。あのとき、あなたのウエディングドレスを作ることに没頭できなかったら、私は孤独に押し潰されていたかもしれないわ」

今のシャールが一人ぼっちであるはずがない。

それでもほんの一時、自分がこの人を支えていた。

そう悟った瞬間、燿子の心が芯《しん》から震えた。

爽やかな風に煽られた熱い炎が、心地よく全身を駆け巡る。

「先輩。私、なにもかも、初めからやり直してみようと思います」

燿子はシャールを見上げた。

「恋愛も、仕事も。もう一度、一から始めようと思います」

今の自分に、なにができるのかは分からない。

けれど、元夫からの慰謝料や生活費に頼るのではなく、今度こそ、すべてを自分の心で選び取り、その責任を負っていくのだ。

それだけの勇気を、持てないはずがない。

なぜなら自分は、かつて受けた深い傷を、ようやく認めることができたのだから。

「その意気よ、燿子ちゃん。あなたは昔から、私の自慢の後輩だったんだから」

嬉しそうに告げるシャールを、燿子は苦しげに見つめる。

「でも、浮気した旦那さんから、慰謝料はきちんともらいなさいね。主婦っていうのは重労働よ。その退職金だと思えばいいのよ」

シャールは再び茶目っ気たっぷりに、ウインクしてみせた。

「じゃあ、燿子ちゃん、元気でね。昼のファッション店のほうでも、夜の夜食カフェのほうでも、また、いつでも訪ねてきてちょうだい」

地下鉄のエントランスの前で、シャールが握手を求めてきた。

その分厚い掌を燿子はそっと握り返す。

「ありがとうございます。さようなら、シャールさん」

コートの裾を翻して去っていく大きな後ろ姿を、燿子は万感の思いを込めて見つめた。

ミニバラと、赤いバーベナのオヤを、そっと胸に抱きしめる。

でもね、シャールさん――。

燿子は涙をこらえて、心に呟く。

私を本当に傷つけたのは、夫でも、浮気相手でもなく、シャールさん、あなただよ。

休みが取れるたびに、小さなスーツケース一つであっという間に旅立っていく背中に、「一緒に連れていって」と、何度縋りつきたかったか分からない。民間療法に興味を持ったのも、いつもお土産に漢方やハーブを買ってきてくれた、その人の影響だ。

突然会社を辞めてしまった先輩に、生まれて初めて告白をしようと思った矢先、その人が、ドラァグクイーンになったと噂で聞かされた。

思いを告げることもできぬまま、永遠に、その人を奪われた。

ウエディングドレスはただの口実だ。

変わり果てた姿を見てしまえば踏ん切りもつくのではないかと思い、訪ねていっただけなのだ。

そこであなたに出会ってしまった。

永遠の恋敵。

それなのに、奪われた人そのままに、魅力的な〝シャールさん〟。

地下鉄の改札口に消えていく後ろ姿に、燿子はじっと目を凝らす。

勘のいいその人が、自分の気持ちに気づいていなかったはずがない。

それでもあなたが気づかぬ仮面をかぶり続けるなら、私もそれに倣《なら》いましょう。

最後まで本心を告げなかったのは、本当に好きな相手を傷つけたくなかったからだ。自分がこんなふうに誰かを愛せるという事実が、一筋の勇気となって燿子に通う。

いつの日か、必ずや、あなたに自慢に思ってもらっていた自分を取り戻す。

だから、その日まで。

さようなら、御厨先輩。

この世界でただ一人。心の底から好きだった人。

第四話　クリスマスのタルト・タタン

眼が覚めると、カーテンの隙間から明るい日差しが部屋の中に漏《も》れ込んでいた。

瀬山比佐子《せやまひさこ》はしばらく温かな布団の中でまどろんでいたが、やがてゆっくりと身を起こした。

カーテンをあければ、冬の低い太陽が、陽光を部屋の隅々にまで行き渡らせる。

隙間風の入る古い木造アパートの一室ではあるが、大きな窓が南東に面しているため、天気がよければ、冬でも午後二時くらいまでは意外なほど暖かい。周囲に高い建物がない、下町ならではの恩恵だ。

狭い路地の奥に立っているアパートには、大通りの車の走行音も届かない。

降り注ぐ陽光を全身に浴び、比佐子は大きく伸びをした。誰かに気を遣う必要もない、一人暮らしの朝は気楽だ。

比佐子は毎朝、大抵十時頃に眼を覚ます。途中、何度か眼を覚ますこともあるが、七十半ば過ぎの老体としては、よく眠るほうなのかもしれない。

朝が遅いのは、歳《とし》の割に、比佐子が宵《よい》っ張《ば》りのせいもある。

だって――。

夜は楽しいのだ。

もっとも、そんなことを思うようになったのは、七十を過ぎてからのことだった。

窓辺から離れ、比佐子は長い白髪を一つにまとめた。小さな洗面所で顔を洗い、仕上げにフランスの温泉水のミストを額や頬《ほお》に吹きつける。こうすると、気分もすっきりするし、その後につけるヘチマコロンがよく浸透する気がするのだ。

自分が今更美容にこだわったところでどうしようもない「お婆《ばあ》さん」であることくらい、比佐子は重々自覚している。それでも単純に気持ちがよいので、ミストは毎朝の習慣になっていた。

こんなことを覚えたのも、実は最近だ。

長年愛用しているヘチマの化粧水と乳液で肌を整えると、比佐子は六畳の居間に戻ってきた。

壁には日めくりカレンダーと、マンスリーカレンダーが並んでかけられている。

マンスリーだけだと、今日が何日で何曜日なのかが、日めくりだけだと、当面のスケジュールが分からなくなる。

その不都合を解消するため、比佐子はそれらを並べることを思いついた。スケジュールはマンスリーに書き込み、曜日は日めくりで確認すれば、ここ数年とみに増え始めた物忘れの防止にもつながる。比佐子は壁に向かって立ち、日めくりカレンダーを一枚めくった。

十二月十八日、月曜日。

今日からまた、新しい一週間が始まる。

隣のマンスリーカレンダーに視線を移し、今年が残り二週間であることに、比佐子は軽く目を見張った。

一年は本当に早い。つい先日、夏が終わったばかりだと思っていたのに。

十二月二十四日。クリスマスイブの日付に丸い印がついている。なにか特別な約束があるわけではない。けれど習慣のように、つい丸をつけてしまう。

いい歳をして、と比佐子は微《かす》かに苦笑した。

「あら」

カレンダーを見つめているうちに、比佐子はあることに気がついた。クリスマスイブと大晦日《おおみそか》が、それぞれ日曜日なのだ。

つまり、クリスマスも元旦も、週頭の月曜日からスタートすることになる。

残りの二週間は、日曜始まりのマンスリーカレンダーの七つのマスを、余すところなくきっちりと埋めていた。

「今年は、切りがいいということなのかしら……」

大晦日がぴったりと最終マスに収まっているマンスリーカレンダーを眺め、比佐子は首を傾《かし》げる。或《ある》いは、今年やり始めたことは、来年まで持ち越せないということなのだろうか。

週の半ばで新年が始まる年と違い、今年と来年の間には、きっちりと線が引かれている気がした。

「そうなると、あんまりぐずぐずしてられないわね」

小声で呟《つぶや》きながら、比佐子は棚の上に置いてあるノートに眼をやった。

エンディングノート――。

先週、商店街の書店の本棚を眺めているうちに、ふと思いついて買ってきたノートだ。手引きに従ってノートを埋めていけば、誰でも簡単に「人生の終《しま》い方」を準備できるということだった。

〝さあ、始めましょう。あなたの終活《しゅうかつ》〟

帯に書かれた言葉に眼を引かれ、気づいたときにはもうそれを手に取っていた。七十の半ばを過ぎて八十の声を聞くようになり、そろそろ自分も「終活」を始めるべきではないかと考えたのだ。

週末のクリスマスイブまでにノートを完成させようと、比佐子は決めた。

だがその前に、まずは朝食だ。

比佐子は小さな台所に向かい、ガスレンジの火をつけた。

お湯を沸かし、丁寧にコーヒーを淹《い》れる。挽《ひ》いたばかりの粉にお湯を注ぐと、コーヒーの香りが狭い部屋いっぱいに広がった。

ある人の教えで、午後四時以降はカフェインを摂取しないようにしているが、実は比佐子は若い頃からずっとコーヒー党だ。特に酸味の効いたモカが好きだ。

トーストしたパンとコーヒーで簡単な朝食をとると、比佐子は日課の掃除を始めた。最近、比佐子は掃除機を使わずに、雑巾《ぞうきん》でふき掃除をしている。重たい掃除機を引きずるより、そのほうが楽なのだ。それに、よく絞った雑巾であちこちをふくと、古い部屋でも洗ったように綺麗《きれい》になる。

それから軽く身支度をして外に出て、アパートの前を掃き清め、鉢植えの花たちに水をやる。

数年前から、比佐子はアパートと通りの間の狭いスペースを利用して、季節ごとに色々な植物を育てていた。

春は園芸種のすみれやネモフィラ、夏は朝顔やほおずき、秋は秋桜《コスモス》やスプレー菊《ぎく》。

そしてこの季節は、決まってプリムラとパンジーだ。プリムラとパンジーは寒さに強く、年明けの早春まで、元気に花を咲かせ続けてくれる。赤、ピンク、黄色、紫《むらさき》と、色とりどりの花弁も鮮やかで、寒々しい冬を活気づけてくれるのも魅力だった。

枯れた花を摘み、落ち葉を塵取《ちりと》りにかき集め、比佐子は腰を伸ばした。

毎日こうして身体を動かしているのが、夜の安眠につながっているのかもしれない。腰や膝の関節が痛むことはあるが、もう十年近く、比佐子は大きな病気をしていない。

独居老人の身としては、健康はなによりもありがたかった。

それに、私には、あの場所があるから――。

比佐子は竹箒《たけぼうき》を掃く手をとめ、通りの突き当たりに佇《たたず》む、白い門に囲まれた一軒家を眺めた。

古民家のような一軒家の中庭には、葉の落ちたハナミズキがその梢《こずえ》を晴れた空に伸ばしている。

今も昔も、その懐《なつ》かしい光景は変わらない。

否《いな》、それは、自分の心象においてのみの感慨かもしれない。

比佐子が子供の頃、あの家の庭はもっと広く、ハナミズキ以外にも、たくさんの樹が植わっていた。その中で、ハナミズキはまだひょろひょろとした細い若木だった。

勿論住人だって、何人か替わっている。

六年ほど前に新しい住人がやってきてから、その家は日中、きらびやかなドレスやアクセサリーを販売するダンスファッション専門店に変身するようになった。

だが、この日は白い門がきっちりと閉ざされていた。残念ながら、今日はお休みなのかもしれない。

恐らく、夜のお店も。

比佐子はいささか落胆する。

比佐子にとって、特別な思い入れのあるその家は、現在、住人の都合や気まぐれで、営業したりしていなかったりする、不定休のお店になっていた。

再び通りを掃き始めると、頭上で扉の開く音がした。

一人の青年が、外づけ階段を足早に下りてくる。

「おはようございます」

比佐子の上の階に住んでいる、藤森裕紀《ふじもりひろき》だった。こちらも午前中はあまり得意なほうではないらしく、まだ眠たげな顔をしている。

「裕紀君、昨日は遅かったの？」

「また、徹夜になっちゃいました。本当に、エンジンかかるの遅くて……」

赤い眼をこすりながら、裕紀は苦笑した。

藤森裕紀は、昨年デビューしたばかりの漫画家《まんがか》だ。少年漫画など、若い頃から読んだことのない比佐子だが、裕紀が連載している冒険ファンタジーは、面白く読むことができた。主人公に次々と襲《おそ》いかかる危機にもハラハラするし、なにより、描《えが》かれているキャラクターたちが生き生きとしていて魅力的だった。

「今日はお出かけ？」

「はい。出版社で打ち合わせがあるんです」

「もうすっかり売れっ子ね」

「そんなことないですよ。人気がなくなれば、あっという間に打ち切りが決まる、恐ろしい世界なんで」

「帰りは遅いの？」

「ええ。でも今日は、お店も休みみたいですね」

裕紀も突き当たりの一軒家に眼をやる。

「夜のほうはどうなのかしら」

「門のカンテラに明かりが灯《とも》れば」

「そうね。明かりが灯ればね」

暗号のようなやり取りを交わしていると、ふいに裕紀が改まったように比佐子を見た。

「比佐子さん、いつも、アパートの前を綺麗にしていただいてありがとうございます」

「え……」

思わず口ごもった比佐子に、裕紀は畳みかけてくる。

「こんなボロアパートでも、比佐子さんが毎朝掃除してくれているおかげで、随分違いますよ。ゴミをあさりにくるカラスも減ったし、季節の花も綺麗だし」

裕紀は柔らかな眼差しでパンジーを見やった。

「冬の間は、俺の実家でもこの花が随分咲いてました」

そういえば、この青年は、なかなか植物に詳しいのだ。パンジーはともかく、オダマキやテッセンを知っていたのには少々驚かされた。

ピラカンサス、アガパンサス――。漫画の登場人物にも、植物の名前が多かった。

だが比佐子は、パンジーを眺める裕紀の眼差しが、どこか寂《さび》しげなことに気がついた。

「それじゃ、いってきます」

声をかけられ、比佐子はハッと我に返る。

「あ、いってらっしゃい」

足早に去っていく裕紀の後ろ姿を見送りながら、比佐子は一つ息をついた。

もしかしたら、あの青年は、花や植物に何某《なにがし》かの思い出があるのかもしれない。そしてそれは、正月になっても決して戻ろうとしない、彼の郷里と結びついているのかもしれない。

同じアパートに暮らし、毎晩のように同じ場所で落ち合っていても、その人について知らないことはたくさんある。

無論、裕紀にとっての比佐子も同じだろう。

裕紀たちは、毎朝アパートの前を掃き清めている比佐子のことを、奇特な老人くらいにしか思っていないようだが、実はこの一帯は、比佐子が祖父から譲り受けた土地だ。

借地権の名義が違うため、ほとんどの人たちは気づいていない。だが、比佐子は祖父の遺言により地権者に任命され、父はその遺言を遵守《じゅんしゅ》してくれた。

以前、この一帯のアパートの取り壊しを阻止したとき、裕紀から「どこの誰だか知らないが、地主が酔狂《すいきょう》な人でよかった」と告げられたことがある。

その酔狂な地主こそが、比佐子本人であった。

もっとも比佐子は、その事実を誰かに知ってもらいたいとは思っていない。

ただ――。そろそろ自分がいなくなったときのことを、考えておかなくてはならない。

比佐子は、中庭にハナミズキのある古民家を改めて見つめた。

掃き掃除を終えて部屋に戻ると、比佐子は棚の上のエンディングノートを手に取った。

炬燵《こたつ》机の上にノートを置き、早速ページをめくってみる。

〝最初に、自分史を綴《つづ》ってみましょう〟

自分史？

比佐子は微《かす》かに眉を寄せた。

エンディングノートによれば、子供時代から今に至るまでの道程を振り返り、そこから等身大の自分を知ることが、終活には欠かせないのだそうである。ノートの提言に従い、比佐子は筆箱から万年筆を取り出した。

幼少期、小学校時代、中学校時代、高校時代、二十代……。

年代別の項目が、ずらりと並んでいる。

比佐子は「幼少期の思い出」という欄《らん》に、万年筆のペン先を置いた。

まず、子供時代の家族構成という項目を埋めてみる。

祖父母、両親、三歳下の妹、自分を含めて、六人家族。ペットはなし。

その他に、楽しかったこと、幼馴染《おさなな》み《じ》との思い出など、という例が挙がっているが、比佐子が生まれたのは、太平洋戦争の真っただ中だった。

覚えていることといえば、毎晩のように、暑くて臭い、蒸し風呂《ぶろ》のような防空壕《ぼうくうごう》に押し込められたことだ。怖くて泣くと、まだ赤子だった妹の郁子《いくこ》が起きてしまうと、父や母にこっぴどく叱《しか》られた。

焼夷弾《しょういだん》の火の粉が飛んできて、庭先の樹がぼうぼうと燃えたことも、子供ながらに恐怖の記憶として残っている。

軍需工場で働いていた父は戦地にいくことはなかったが、毎日機械油で真っ黒に汚れて帰ってきて、話しかけることができないほど暗い顔をしていた。

楽しかったことなど、ほとんど覚えていない。

比佐子は小さく首を横に振り、次の項目に進んだ。

「小学校時代の思い出」

好きだったこと、おやつ、勉強の思い出などという例がある。

小学校時代になると、比佐子も多少の記憶が甦《よみがえ》ってきた。

その頃には戦争も終わり、空襲《くうしゅう》に怯《おび》えることも、防空壕に押し込められることもなくなった。

玉音《ぎょくおん》放送のことはまったく覚えていないが、それから一週間ほど過ぎた夜に街灯がついていたことは鮮明に覚えている。

当時、比佐子がなによりも好きだったのは、ラジオドラマだ。今のように、テレビがある時代ではなかった。当時、大人にとっても子供にとっても、ラジオは大きな娯楽だった。

特に比佐子は、復員者と戦災孤児たちの交流を描く、「鐘の鳴る丘」というラジオドラマが大好きだった。

緑の丘の赤い屋根……という主題歌が流れてくると、なにをしていても、必ずラジオの前に飛んでいった。「とんがり帽子《ぼうし》」というタイトルの主題歌は、今でも最初から最後まで歌うことができる。

おやつについては、どうだろう。

頬杖《ほおづえ》をつき、比佐子は思いを巡らせた。

食料を始め、とにかく、物がない時代だった。米や味噌《みそ》を手に入れるため、母が配給の長い行列に並んでいたことを覚えている。時折、妹を背負った比佐子が、代わりに並ばされることもあった。

長い間順番待ちをするのは嫌だったが、そんなときは褒美《ほうび》に麦焦《むぎこ》がしやカルメラをもらえた。竹の皮にくるんだ梅干しを、飴《あめ》代わりに与えられることもあった。そのまま食べればただ酸っぱいだけの梅干しが、竹の皮越しにしゃぶると、どことなく甘く感じられることが不思議だった。

勉強で思い出すのは、墨《すみ》が塗《ぬ》られた真っ黒な教科書だ。

なぜ教科書のあちこちが墨で塗り潰《つぶ》されているのか、幼い比佐子には皆目見当がつかなかった。

当時、比佐子は従兄《いとこ》からのお下がりの教科書を使っていたのだが、従兄の墨の塗り方が乱暴で一層汚らしいことが、ただただ恥ずかしかった。

中学に入った頃から、ようやく街頭テレビが現れた。駅前の街頭テレビは黒山の人だかりで、背の低い比佐子はまともに画面が見えず、いつももどかしい思いをしていた。

そこまで思い返し、比佐子は大きく息を吐いた。

自分はなんという子供時代を生きてきたのだろう。

周囲を見回すと、隔世《かくせい》の感を覚えずにはいられない。

当時はガスも電気も足りなくて、母は冬になると、毎朝炭《すみ》で火を熾《おこ》していた。洗濯機がやってきたのだって、随分と後のことだ。

比佐子は日が陰り始めた窓の外に眼をやった。

この一帯も、昔は田園地帯だった。今は商店街になっている表の通りを、荷車を引く馬が、かぽかぽと蹄《ひづめ》の音を立てて歩いていたことを覚えている。当時、畑を作っていた祖父のために、比佐子はよく肥料用の馬糞《ばふん》を拾いにいったものだ。

今はスイッチ一つで炬燵に火が入り、テレビも独り占めで見ることができる。

「しかも、地デジよ」

歌うように呟《つぶや》いて、比佐子はテレビのリモコンを手に取った。

そろそろ好きなミステリー番組が始まる。それまでに、遅い昼ご飯を用意しよう。

エンディングノートを閉じると、比佐子はテレビのスイッチを入れてから台所に立った。

刻んだ野菜とキノコを塩胡椒《こしょう》で炒め、そこに戻したビーフンを投入する。最後にオイスターソースを回しかけるのが、味の決め手だ。これも、ある人から教わった手抜き料理だった。

炬燵机の上にランチョンマットを敷き、皿に盛ったビーフンをその上に置く。

テレビでは、丁度《ちょうど》海外ミステリーが始まったところだった。

ハンサムな探偵の顔をうっとりと眺め、比佐子はできたてのビーフンを口にする。手軽なのに、オイスターソースのコクが効いていて美味《おい》しかった。

炬燵で暖まりながら、好きなテレビドラマを見て、自分で作った料理を食べる。

誰に気兼ねすることもない自由な昼下がり。

比佐子はそれを、つくづく幸せだと感じた。


十二月十九日、火曜日。

この日、比佐子は午後から散歩ついでに商店街まで買い出しにいってきた。一人暮らしにもかかわらず、三日に一度は両手いっぱいに買い物をしなければならない。毎日の食料のほか、トイレットペーパーやティッシュやシャンプー等、どんなに慎《つつ》ましく暮らしていても、日用品はすぐになくなる。

そろそろカートが必要になるかもしれないと、比佐子はビニール袋の手提《てさ》げ部分が食い込んだ手首をさすった。

買ってきた野菜や日用品の仕分けを終え、居間に戻ってきたときには、もう空が真っ暗になっていた。冬至に向け、日はどんどん短くなっている。

厚手のカーテンを閉め、比佐子は炬燵に潜り込む。それから棚の上の筆記用具に手を伸ばし、再びエンディングノートに取り組んだ。

「高校時代の思い出」

例には、打ち込んでいた勉強、恩師、将来の夢について、とある。

将来の夢、ね――。

比佐子はペン先でノートを軽く叩《たた》きながら、考え込んだ。

中学生くらいまでは、学校の先生になりたいと思っていた気がする。元々比佐子は成績優秀で、高校は進学クラスに振り分けられていた。

けれど比佐子の両親は、大学進学を許してくれなかった。

経済的な理由ではない。当時はよほど進歩的な家庭でなければ、「女に学問はいらない」と本気で考えられていた時代だ。

「女が勉強なんかすると、生意気になっていけない」と、父も口癖《くちぐせ》のように言っていた。本ばかり読んでいる比佐子を、父は常々生意気だと感じていたのかもしれない。

愛嬌《あいきょう》のある妹の郁子と違い、無口だった比佐子は、子供の頃から父との相性があまりよくなかった。母は父ほど露骨ではなかったが、やはり言動の端々に、次女への甘さが透けて見えた。

その両親に自分の夢を打ち明けたところで、それが受け入れられるはずもない。大学進学など、端《はな》から夢のまた夢だった。もっとも、ほかの友人たちの状況も似たようなものだったので、別段、それを不幸だとは感じなかった。

けれど進学の意図がないと分かった途端、担任の先生から「それならもう学校にこなくていい」と告げられたのには、閉口した。

髪をひっつめにし、いつも厳しい眼差しをしていた女性教師の姿が脳裏に浮かぶ。

〝オールドミス〟と陰口を叩かれていた、独身の先生だった。

その先生がどうしてそんなことを言ったのか、比佐子は今でも理解できない。

きつい言葉を告げることで、可能性を試そうともしない不甲斐《ふがい》ない教え子の奮起を促そうとしたのか。それとも、ただ単に虫の居所が悪かっただけなのか。

「オールドミスだなんて、酷《ひど》い言い方……」

我が身を振り返り、比佐子は苦笑した。

随分歳をとって見えた先生が、その実、何歳だったのかはよく分からない。ただ思い浮かぶのは、その先生の眉間にくっきりと刻まれていた二本の縦じわだった。

結局比佐子は、将来の夢についても、恩師についても、なにも書くことができなかった。気を取り直し、次の項目に移る。

「二十代の思い出」

忘れられないこと、人生の転機など、という例が挙がっている。

高校を卒業すると、比佐子は職業案内所の紹介で、都心の会社で事務の仕事をするようになった。小さな専門商社だったが、都会での〝お勤め〟は、比佐子にとって胸の躍るものだった。

家からも、学校からも解放され、ようやく自分が大人になった気がした。

真面目だった比佐子は社長に気に入られ、会社の経費でタイプの夜間学校に通わせてもらった。

比佐子はそっと部屋の隅の棚に眼をやる。

棚の一番下に、当時、使っていたタイプライターが置いてある。会社を辞めるときに、社長が特別にプレゼントしてくれたものだ。もうとうに動かないが、捨てきれず、今でもこうして飾っている。出すところに出せば、骨董品《こっとうひん》としてそれなりの値がつくかもしれないが、比佐子にそれを手放すつもりはなかった。

見つめていると、打ち込むたびに跳ね上がってくる強いバネの感触が、指に甦ってくるようだ。

この時期の忘れられないことは多い。

就職が決まり、タイプを習ったことも嬉しかったし、それ以上に、なによりも印象深かったのは、月給を手にしたことだ。初めての給料は、確か八千円くらいだったと記憶している。当時としては、それが平均的な初任給だった。

初月給で、比佐子は祖父にお洒落《しゃれ》な中折れ帽を買った。

父との相性がよくなかった半面、比佐子は幼い頃から、いつも黙々と畑仕事に精を出している祖父と妙にうまが合った。バケツに肥料用の馬糞を集めてくると、祖父は細い眼を益々《ますます》糸のようにして、比佐子の頭を撫《な》でてくれた。

妹がいる分、両親の前では我慢を強いられることの多かった比佐子は、この物静かな祖父にだけは自然に甘えることができた。

比佐子が二十歳を過ぎた頃、病気がちだった祖母は既に他界していたが、祖父はまだ一人で畑仕事をしていた。

当時、父は畑を半分潰してアパートを建て、賃貸《ちんたい》住宅の経営に乗り出そうとしていた。折しも日本は好景気に沸き、たくさんの人たちが豊かな生活を求めて都心部に職を求めた。その結果、郊外に、いくつものベッドタウンが誕生し始めた矢先だった。

母もその準備を手伝うのに忙しく、この頃の祖父は、離れで一人で暮らしていた。煮炊きも、自分でやっていたようだった。

給料が出ると、比佐子はそんな祖父と、まだ高校生だった郁子を誘い、たびたび三人で銀座《ぎんざ》に洋食を食べにいった。昔の人にもかかわらず、祖父は洋食が好きだった。銀座にいくとき、祖父は必ず、比佐子が贈った中折れ帽をかぶってくれていた。そういうときの祖父は、なんだかとてもお洒落に見えた。

発展家だった郁子は、高校を卒業すると、すぐに自分のボーイフレンドとばかり出かけるようになったが、比佐子と祖父の銀座通いは随分長い間続いた。

比佐子がコーヒー党になったのも、実は祖父の影響だ。

銀座で洋食を食べた後、いつの頃からか、祖父は喫茶店で必ずコーヒーをご馳走《ちそう》してくれるようになった。初めこそ、砂糖をたくさん入れてしまったが、そのうち比佐子は祖父を真似《まね》て、ブラックコーヒーを嗜《たしな》むようになった。なにより、淹れたてのコーヒーの深い香りが大好きだった。

いつだったか、祖父が東京タワーの傍《そば》の喫茶店に連れていってくれたことがある。もしかすると、若い時分に、祖母と一緒にいったお店だったのかもしれない。

その店で、比佐子は生まれて初めてタルト・タタンを食べた。

パイ生地に包まれたアップルパイしか知らなかった比佐子は、艶々《つやつや》と飴色に輝く林檎《りんご》が、そのままタルト生地の上にずっしりと載っているのを見て驚いた。

アメリカのアップルパイではなく、フランスのタルト・タタン——。

その響きもすてきだったけれど、キャラメリゼされた香ばしい林檎の酸味がなんとも大人っぽくて、比佐子はすっかりタルト・タタンに魅了された。

こんな洒落たお菓子を知っている祖父のことが、意外だった。

しかしよく考えてみれば、明治生まれの祖父は、モダンな大正デモクラシーの時期に青春時代を送った人でもあったのだ。ブラックコーヒーをお供に食べるタルト・タタンは、いつしか比佐子のとっておきの楽しみになっていった。

就職、初月給、タイプライター、タルト・タタンと思い出をたどり、比佐子は次の項目を前に手をとめる。

人生の転機。そうなれば、当然、それは——。

万年筆のペン先が完全に固まった。

そのとき、狭い部屋に呼び鈴の音が響き渡った。比佐子はハッとして顔を上げる。

「比佐子さーん」

すぐに若い女性の声が後に続き、比佐子は安堵《あんど》した。

駅向こうに住む西村真奈《にしむらまな》が、お勤めを終えて訪ねてきてくれたのだ。

「はーい」

返事をして、比佐子は炬燵から立ち上がる。いつの間にか、すっかり遅い時間になっていたらしい。随分長い間、過去と向き合っていたようだ。

狭い玄関の扉をあけた瞬間、比佐子は不思議な気持ちに囚《とら》われた。

ほんの一瞬ではあったが、扉の向こうに、若い日の自分が立っているような気がしたのだ。

「寒いですねぇーっ」

しかしその声に、比佐子はすぐに我に返った。

テーラージャケットの上に、クリーム色のショールを巻いた真奈が、玄関先に寒そうに立っている。肩まで伸ばした栗色の髪に、桜色のリップグロスを塗った小さな唇。

よく見れば、丸の内の大企業に勤めるＯＬの真奈は、小さな専門商社でタイプを打っていた痩《や》せっぽちの自分とは、似ても似つかない〝お嬢さん〟だった。

もっとも真奈は、それを言うと必ず「私は派遣《はけん》ですから」と否定する。同じ仕事をしている以上、他の社員となにがどう違うのか、比佐子にはよく分からなかったけれど。

「お疲れさま、今日は外は寒かったのね」

「ええ。昼間はそうでもなかったんですけど、日が沈んだら、急に風が冷たくなって」

真奈が迎えにきてくれたということは、今夜は〝夜のお店〟が営業しているということなのだろう。

「カンテラに明かりは灯ってた？」

「ええ、灯ってました」

比佐子の問いかけに、真奈が満面の笑みで答える。

「それじゃ、すぐに用意するから、ちょっとだけ中に入っててね」

比佐子は真奈を部屋に迎え入れると、鏡台の前に座った。クリスマスローズのシルクフラワーがついたバレッタで、白髪を一つにまとめる。それからショールを羽織《はお》り、小物入れを手に立ち上がった。

「お待ちどうさま」

真奈と連れ立って外に出ながら、比佐子は二階の部屋を見やった。カーテンも閉めていない二階の窓からは、煌々《こうこう》と明かりが漏れている。

「彼は、いいの？」

比佐子が裕紀の部屋の窓を指させば、真奈が白い頬をさっと赤く染めた。

「なんか、まだ、ネームできてないとかで……。後からくると思います」

口ごもりながら答える真奈を、比佐子は微笑《ほほえ》ましく見つめる。

件《くだん》のお店にくるたび、自分のところへ寄ってくれるようになった真奈は、いつの間にか上の階に住んでいる裕紀とも、特別に親しくなったようだった。

年齢も同じくらいの若い二人は、比佐子の眼にも、とてもお似合いに映《うつ》った。

今年の頭、裕紀の初めてのコミックスが発売され、商店街の書店でサイン会が行われたとき、真奈は蒸しケーキを作って、サインを待つファンたちをもてなしていた。

「ランプの明かりって、いいですね」

砂利道を踏みながら、真奈が指をさす。細い指先が示す先に、柔らかなカンテラの明かりが揺れていた。

暗い路地裏で、それは灯台の灯《ひ》を思わせる。

この街に迷いついた人々を、何度となく安堵させてきた明かりだ。

白い門の前までくると、中庭のハナミズキの根元に、スチール製の看板が立てかけられているのが眼に入った。

マカン・マラン――。インドネシア語で、マカンは食事。マランは夜。

店主はそれを、夜食という意味で用いている。

「あ、なんかもう、いい匂いがする」

門をあけて中庭に入りながら、真奈が鼻をぴくぴくとさせた。中庭の奥に佇む古民家から、なにかを蒸す、温かな湯気が漂ってきていた。

真奈が呼び鈴を押すと、みしみしと板張りの廊下を歩いてくる音が響き、重い玄関の扉があけられた。

「比佐子さん、真奈ちゃん、いらっしゃぁああああーい」

野太い声が響く。

まだ料理の仕込み中らしく、その人は、デニムの上にギャルソンエプロンを巻いた比較的あっさりとした格好をしていた。比佐子や真奈はすっかり慣れてしまっているが、それでも初めての人は、やはり驚くかもしれない。

なぜなら、天井に頭がつきそうに大きなその男性は、デニムでも、ジーンズではなく、ロングスカートを穿《は》いていたからだ。

昼はダンスファッション専門店、そして夜は夜食カフェを営んでいるのは、シャールと名乗る、中年の女装した男性だった。

「シャールさん、今夜のお夜食はなに？」

ブーツを脱ぎながら、真奈が弾んだ声で尋ねる。

「今日はね、里芋《さといも》のコロッケを作ろうと思ってるの。それから、キノコたっぷりのお味噌汁と、はと麦玄米ご飯に、厚揚《あつあ》げとほうれん草の煮物、おまけに大根餅《もち》ってところかしら」

「美味しそう〜」

比佐子と真奈は顔を見合わせた。

夜食カフェの営業時間まではまだ早いが、常連の比佐子と真奈は営業前の入店を許されていた。

「今日は、大きくていい里芋がたくさん手に入ったのよ」

「シャールさん、今日も厨房《ちゅうぼう》に入っていいですか」

「あら、手伝ってくれるの？」

「勿論です！」

最近、真奈は早目に入店して、いつもシャールから料理を習っている。ここで覚えたメニューを、時折アパートで裕紀に披露しているらしい。

午後四時以降のカフェイン摂取が安眠の妨げになることや、簡単で栄養のある手抜き料理を比佐子に教えてくれたのも、実はこの〝シャールさん〟だった。

「じゃあ、私はお針子《はりこ》部屋にいってますね」

廊下の途中で厨房に入るシャールと真奈に、比佐子は声をかける。

「よろしく。お夜食ができたら声をかけるわ」

シャールのウインクに見送られ、比佐子は突き当たりの部屋に入った。アジアのリゾートのように設《しつら》えられた店内には誰もいない。

まだ暗い店内を、比佐子はそっと見まわした。

家は、住む人によって顔を変える。現在のこの家は、シャールという女王が司《つかさど》る王国だ。

それでも大きな窓の向こうのハナミズキの枝の影を見ると、比佐子はやっぱり懐かしい気持ちに囚われた。

比佐子にとってこの家は、二つの意味で大切な場所だった。

板の間に敷き詰められた冬用の絨毯《じゅうたん》を踏み、比佐子は奥の小部屋に向かう。

木の扉をあけると、そこには色とりどりのウイッグをかぶったお針子たちがいた。刺繡《ししゅう》やレース編みに精を出している彼らは、よく見れば全員が男性だ。

昼のダンスファッション専門店で売っている、シャールがデザインした一点物のきらびやかなドレスやアクセサリーは、すべてこのお針子たちの手によって紡ぎ出される。

夜の夜食カフェは、もともと彼らのために供《きょう》される賄《まかな》いに端を発しているということだった。

シャールを始め、ここに集まるお針子たちは自らをドラァグクイーンと呼称している。

最初こそ驚いたが、比佐子はすぐにドラァグクイーンたちに慣れてしまった。

なぜなら、彼らは地主でもなんでもない、ただの独居老人の比佐子に、初めて会ったときからとても親切だったからだ。

「比佐子さん」

一人の中年男性が、比佐子に声をかけてきた。クリスタと呼ばれているお針子だ。ロングヘアのウイッグをかぶったり、ドレスを纏《まと》ったりしているドラァグクイーンたちの中で、彼だけはいつもサラリーマン然としたスーツを着ていた。

髪が薄く、小太りのクリスタは、一見、どこにでもいる普通の中年男性だ。

シャールたちとつき合うようになってから、比佐子は初めてトランスジェンダーの複雑さを学んだ。彼らは、決して〝おかま〟などという一言でくくれるような存在ではない。

「そのバレッタ、つけてくれてるんですね」

「ええ、とても気に入っています」

比佐子は、白髪を束ねている薄紫色のクリスマスローズに手をやった。このバレッタは、シルクフラワー作りが得意なクリスタが制作したものだ。

クリスタは灰色のスーツの裏側に、いつもすみれのシルクフラワーを忍ばせている。

「私も仲間に入れてもらっていいかしら」

比佐子は小物入れを掲げた。中には、色とりどりの絹糸が入っている。

最近シャールが凝っているトルコの伝統手芸オヤづくりに、比佐子も参加しにきたのだ。

「勿論ですよ」

クリスタの返答に合わせるように、お針子たちも頷《うなず》いてみせる。

ソファやクッションに座ってくつろぎながら作業している彼らの傍《かたわ》らに、比佐子も腰を下ろした。比佐子が作るものは売り物にはならないが、それでもクリスタはいつでも丁寧に編み方を教えてくれた。

「わあ、すてきねぇ……」

一本の縫《ぬ》い針《ばり》と糸だけで、クリスタが見事なティアラを編んでいることに、比佐子は感嘆の息を漏らす。

「これを応用すると、ネックレスもできるんですよ。やってみます？」

「ぜひ！」

クリスタの指先を手本に、比佐子も針に糸を通した。

糸をつけ、結びを作り、目を作り、目を増やし、目を減らす。

そうやって一本の糸を丁寧に編み込んでいくと、そこに花や蝶《ちょう》のモチーフが生まれる。霞《かす》み眼《め》に少々悩まされても、手仕事の楽しさは比佐子に時間を忘れさせた。

ここに集まるお針子たちは、昼間は男性の姿で会社勤めをしていると聞く。そんな彼らがスーツを脱ぎ捨て、思い思いの格好で手芸に精を出す理由が、比佐子にも分かる気がした。

手ずからなにかを生み出すことほど、人を満たすものはない。

比佐子の心に静かな愉悦が込み上げた。

子供時代、妹の郁子と一緒に毛糸を編んだり、フェルトを縫ったりして遊んだ記憶が甦る。あの頃のものは、今はもう、なにも残ってはいないけれど。

あんなに闊達《かったつ》で元気いっぱいだった妹も、四年前に夫が亡くなると、その後を追うように肺炎《はいえん》をこじらせて呆気《あっけ》なく他界してしまった。

そのことを思い返せば、今でもどうしようもない寂しさに襲われる。

過去の記憶は、決して一本の糸ではない。嬉しさと悲しみ、楽しさと苦しみが、こよりのようによじれ、混じることもなければ、途切れることもない。

年老いた独り身の姉のことを、郁子は最後まで心配してくれていた。

いっちゃん、大丈夫よ。

針を動かしながら、比佐子は幼い頃の姿の郁子に語りかける。

私はここが好き。

いっちゃん、私は七十を過ぎて、初めて夜の楽しさに目覚めたのよ――。

ここでは誰もが厳しい現実から逃れ、揺蕩《たゆた》うように自分の世界に遊んでいる。

いっちゃんと一緒に過ごしたあの頃とはなにもかもが違うけれど、解放感溢《あふ》れるこの空間が、やっぱり大好き。


比佐子は少し難しい輪編みの作り目に集中した。

一つのモチーフが完成したら、今度は糸の色を変え、更に縁編みをすることで、一層鮮やかで複雑なモチーフが作られていく。

いつしか比佐子はなにもかもを忘れ、古《いにしえ》の時代からムスリムの女性たちに愛され続けてきたオヤの世界に没頭していった。


十二月二十日、水曜日。

朝から冷たい雨が降り、比佐子は洗濯をすることができなかった。

日が差さないと、木造のアパートは寒い。比佐子は炬燵に潜り込み、テレビを見たり、雑誌を読んだりして、だらだらと日中を過ごした。

この日、比佐子がエンディングノートを炬燵机の上に広げたのは、随分遅い時間になってからだった。寒いと身体の節々が痛み、やる気が起きなかったせいもある。

だがそれ以上に、二十代の自分の身に起きた、〝人生の転機〟と向き合うことが嫌だったのだ。

二十五歳のとき、比佐子は一度結婚している。

人生の転機を考えるなら、それを素通りすることはできないだろう。しかしこの結婚は、比佐子にとって、幸福なものではなかった。

高卒で入った専門商社で、優秀なタイピストとして周囲に可愛がられてはいたが、これがこの先ずっと続くものではないということは、比佐子自身よく自覚していた。

余程のことがない限り、女性は結婚退職するのが当たり前の時代だ。七年間も勤めている比佐子は、女性社員としてはいつしか古株《ふるかぶ》になっていた。

友人たちが次々と結婚し、三歳年下の郁子にまで先を越されたとき、比佐子はさすがに焦りを覚えた。本当は勤務先で相手を見つけられればよかったのだろうが、比佐子が勤めている専門商社には、独身の社員がほとんどいなかった。

職場でも家庭でも居心地の悪さを感じ始めていた矢先、比佐子はついに父から見合いを勧められた。相手は父が融資を受けている銀行の行員だった。

無論、父が銀行にコネを作りたいためだけに、自分に見合いを勧めているとは思わなかった。けれど、本当は昔から密《ひそ》かに息子を熱望していたのであろう父のことを慮《おもんぱか》ると、比佐子は自分が父にできることは、これくらいのことしかないのではないかと考えた。

いずれ、誰かと結婚しなくてはならない。

ならば、父の喜ぶ相手を選ぶことが、自分にとっても最善の選択になるだろう。

当時の比佐子は、生真面目にそう思い込んだ。

見合いで出会った夫は十歳も年上だった。真面目そうな人というのが第一印象だったが、後から思えば、表情の乏《とぼ》しさから、それ以外の感想を抱きようがなかったのかもしれない。

それでも相手から望まれていると伝えられたとき、比佐子はありがたくそれを受けることにした。別段恋愛感情は湧かなかったが、漠然とどうにかなるだろうと思った。

なぜなら恋愛結婚した友人たちが、数年も経《た》てば、すっかり恋愛感情などなくしたように夫を罵《のの》るのを、比佐子は何度も見聞きしてきたからだ。横須賀《よこすか》に嫁ぎ、立て続けに男の子の年子を産んだ妹も、実家に帰ってくるたび、憎々しげに夫の短所をあげつらっていた。

適齢期だった比佐子にとって、結婚は既に理想ではなく、目前に迫った現実だった。しっかりした職業を持った真面目な人であれば、申し分ない。

比佐子の決断は、周囲からも好意的に受けとめられた。両親は手放しで喜んだし、会社の誰からも「おめでとう」と言われた。タイプを習わせてくれた社長からも、引き留められることはなかった。

退職祝いにタイプライターをもらい、比佐子は当たり前のように七年勤めた会社を辞めた。

ほとんどの人たちが、ひたすらにめでたがった結婚だが、ただ一人、祖父だけは、なにか言いたげな表情をしていた。

比佐子も祖父と離れるのは寂しかったが、学校を卒業するのと同じように、女が結婚して家を出るのは、昔からの決まり事だという諦観があった。婿を取らなければならない名家ならいざ知らず、一般家庭においては、長女であっても同じことだ。

結婚後は、都心に引っ越すことになった。相手は一人っ子だったので、義父母と同居することもまた、致し方のないことだった。

当時、結婚した女性は大抵同じ境遇だった。嫁が舅《しゅうと》と姑《しゅうとめ》の世話をすることは、至極普通のことだと思われていた。

〝お姉ちゃんはバカだよね。一人っ子と結婚するなんて。私は、長男と一人っ子は、はじめから恋愛対象にしなかったから〟

妹からはそんな皮肉を言われたが、その郁子も、幼い年子の子育て疲れで、しょっちゅう実家に帰っているようだった。

〝外で働く男のほうが偉いなんておかしいよ。家事や子育てで一日中働いてるのに、どうして主婦は、一銭《いっせん》も給料がもらえないのよ〟

比佐子も深夜に、電話で延々郁子の愚痴《ぐち》を聞かされることがあった。

元々比佐子は家事が苦にならないほうだったので、最初の数年は、比較的つつがなく毎日が過ぎていった。比佐子は、舅の血圧が高いと聞けば塩分を控え、姑の歯が折れたと聞けば嚙《か》まなくて済む料理を作り、家事と雑事を一手に引き受け、気配りを忘れることはなかった。

そういう比佐子に、夫も満足しているようだった。

様子がおかしくなってきたのは、結婚から三年後のことだ。

いつまで経っても懐妊《かいにん》の兆《きざ》しがないことに、姑が業を煮やし始めたのだ。姑から産婦人科での検査を勧められたとき、当然夫も一緒に受けるのだろうと比佐子は考えた。ところがそれを口にした途端、いきなり夫に怒鳴りつけられた。

〝バカにするなっ〟

その怒声の激しさに、比佐子は怯えた。

以来、眼に見えて夫の態度がよそよそしくなった。それに倣《なら》い、姑の物言いも刺々《とげとげ》しいものへと変わっていった。

〝あなたが一緒に検査を受けようなんて、失礼なこと言うからよ〟

姑からそう詰《なじ》られたとき、比佐子は返す言葉を失った。

その失礼なことを、どうして自分だけが言われなければならなかったのだろう。

比佐子は、家の中で自分だけが部外者であることをひしひしと感じた。そう自覚してからは、毎日他人の家で生活をしているようだった。

一日中働かされ、お風呂は最後。夫や義父母の誕生日には工夫を凝らしたご馳走を作るのに、自分の誕生日を祝ってもらったことはない。

初めはそういうものだと思っていた境遇も、段々耐《た》えられなくなってきた。日中は会話もないのに、夜になると気まぐれに自分の身体に手を伸ばそうとする、夫のことも恐ろしい。

ある日、姑が近所で「外れくじを引いた」と自分のことを話しているのを聞き、比佐子はついに、胸の中のなにかが壊れる音を聞いた。

気がついたときには、着の身着のままで、電車に飛び乗っていた。

夢中でたどり着いた実家で、祖父が昔と同じように畑仕事をしている姿を見たとき、比佐子は張りつめていたものが、一気に溶けていくのを感じた。

視界が霞み、周囲のなにもかもが見えなくなる。

地面にぽたぽたとなにかが散った。

それが自分の涙だと気づいたとき、比佐子はわっと声をあげて顔を覆った。

そのとき、雷に打たれたように、初めて自分の本当の気持ちを悟った。

〝おじいちゃん、私……〟

驚いて駆《か》け寄ってきた祖父に、比佐子は縋《すが》った。

〝私、本当は、結婚なんてしたくなかった……!〟

血を吐くような思いで訴えて、比佐子は蹲《うずくま》った。

ずっと閉じ込めていた思いが込み上げて、自分でもどうしようもできなくなっていた。

そうだった。

本当は、十も年上の見合い相手となんか結婚したくなかったのだ。

だが、そんなことを口にするのは許されないと思った。ただでさえ可愛げのない娘だった自分は、父が決めた相手と結婚するしかないのだと、己をがんじがらめに縛りつけていた。

〝でも、もう嫌だよ。もう、我慢できないよ……〟

子供のように泣きじゃくる比佐子の背中を、祖父は黙ってさすり続けた。

比佐子の〝出戻り〟は、予想通り、父の逆鱗《げきりん》に触れた。

母もまた、近いうちに婚家へ戻るようにと比佐子を嗜《たしな》めた。

しかし、いつもは滅多に自分の意見を主張しない祖父が、そのときだけは強い口調で言ってくれた。

〝どこへもいく必要はない。比佐子はここにいればいい〟

ここにいればいい――。

祖父のこの言葉に、どれだけ救われたか分からない。

あのときの祖父の毅然《きぜん》とした眼差しを思い出すと、比佐子は今でも鼻の奥がじんと熱くなる。

老眼鏡《ろうがんきょう》を外し、比佐子は眼の縁に滲《にじ》んだ涙をぬぐった。

もし祖父がいてくれなかったら、自分はどうなっていただろう。また、嫁ぎ先に、追い返されていたのだろうか。

もう五十年近く前のことなのに、そう考えただけで胸の奥が苦しくなる。

たとえ、結婚が普《あまね》く人々にとって大きな転機であったとしても、比佐子個人は、それを再び思い出したくはなかった。

長い間思案した末、比佐子はなにも書かずにノートを閉じた。

時計に眼をやれば、すっかり夜も更《ふ》けている。

にわかに空腹を覚え、比佐子は炬燵から立ち上がった。重いカーテンの隙間から覗《のぞ》くと、突き当たりの路地の門に、カンテラの明かりが灯っている。

その瞬間、比佐子はそれまでの沈鬱《ちんうつ》な思いが薄れていくのを感じた。

今夜は真奈はこられないようだが、また、お針子部屋で昨夜の続きを習うことができる。しかも、美味しいお夜食つきで。

比佐子は鏡台の前で髪を整えてショールを羽織ると、小物入れを手に部屋を出た。


その晩のマカン・マランは、食欲をそそるスパイスの香りが漂っていた。

「今夜はカレーかしら」

尋ねた比佐子に、モスグリーンのシックなナイトドレスを身に纏ったシャールは、「お楽しみに」とウインクして厨房に消えていった。

比佐子が店に入ると、賑《にぎ》やかな話し声が聞こえてきた。

「そうねー、さくらっちの立場も微妙っちゃ、微妙よねぇ。その画家さんだって、ある程度は分かってくれてるんじゃないのぉ?」

真っ赤なロングヘアのウイッグをかぶった若い男が、カウンター席の隣に座った同年齢くらいのショートボブの女性の肩を叩いている。

シャールの妹分のジャダと、常連客の一人の安武《やすたけ》さくらだった。さくらは、編集プロダクションに所属するライターだ。

「こんばんは」

比佐子が声をかけると、二人はそろって顔を上げた。

「こんばんは、比佐子さん」

いつも快活なさくらが、なぜか浮かない表情をしている。

「どうしたの、さくらさん」

「それがさぁ、聞いてよ、比佐子さぁあああん！」

比佐子の問いかけに、さくらを押しのけて、ジャダが身を乗り出してきた。

ジャダが身振り手振りで語った内容によると、この日、さくらはある人気イラストレーターをインタビューした際、彼女を怒らせてしまったのだという。

そのイラストレーターの作品はベストセラー小説の装画に使われていることも多いので、比佐子でもすぐに絵柄が頭に浮かんだ。

「私元々、その画家さんのファンだったんです。それなのに……」

さくらはすっかり打ちひしがれたように項垂《うなだ》れた。

元々仕事熱心なさくらは、イラストレーターの作品や経歴をしっかり勉強したうえでインタビューに臨《のぞ》んだ。話は弾み、インタビューはつつがなく終了しそうに思われた。

「でも、クライアントの版元の編集から、どうしても、聞いてこいって言われた項目があって……」

それが、結婚しているか否か、子供がいるか否かであると聞かされ、比佐子も「まあ」と眼を丸くした。

「失礼極まりない話ですよね。年齢ですら非公開にされてる方だから、プライベートに踏み込まれたくないのは、私だってよく分かってたのに」

さくらは悔しげに唇を噛む。

それでも〝人となり〟として、どうしてもそれを聞き出せと、クライアントから無理強いされた。

さくらのように、出版社勤めではない編集プロダクション所属のライターは、基本下請《したう》けなのだという。実際に汗をかいて取材し、記事を書くのはさくらなのに、現場には一度も顔を出さないクライアントの意向に逆らうことはできないらしい。

未婚か既婚か、母親であるか否かで、私の作品の見方のなにかが変わるんですか――。

厳しい眼差しでそう糺《ただ》されたとき、さくらは恥ずかしさのあまり、消え入りそうになったそうだ。

「本当に、穴があったら、入りたいって感じでした」

さくらは深々と溜《た》め息《いき》をつく。

「でも、ちゃんと謝ったんでしょう?」

「勿論、謝ったけど、それで非礼を許してもらえるものでもないし……」

「どうせ、そういうバカなことゴリ押ししてくるのって、えばりくさったオヤジでしょう?」

ジャダの言葉に、さくらは「そう!」と顔を上げた。

「そうなの! 女性誌とかの編集長に収まっていながら、実際には女性の気持ちなんて、なんにも考えてない封建的なおっさんだよ。第一、アーティストが女性だと、なんで〝人となり〟に、結婚だの出産だのを持ち出すかな」

「分かるわ、それ。プロフィール欄に、〝何児の母〟とか書きたがる輩《やから》ね」

「そう、それ！　それがあって、初めて読者の共感を呼ぶとか思い込んでる、時代遅れのおっさんよ」

「よき妻、よき母という前提があって、初めてお前の作品を認めてやるっていう、一番近寄りたくないタイプね」

「それ、それ！　理解者ぶってるくせに、心の中では、子供を産んでない女は女じゃないとか思ってんの」

「ぎゃー、いやぁ～っ！」

悲鳴をあげながら身悶《みもだ》えるさくらとジャダに、比佐子はつい、ぽろりと口に出してしまった。

「でも、そういうこと言うのって、本当に男性だけかしら」

比佐子の呟きに、さくらとジャダはぴたりと動きをとめた。

部屋の中がしんとする。

よく見ると、部屋の隅の籐《とう》の椅子に座った裕紀が、こらえきれない様子で前のテーブルに突っ伏して転寝《うたたね》していた。静かな部屋の中に、子守歌のようなガムラン・ドゥグンの調べと、裕紀の寝息が響き渡る。

比佐子がそそくさと窓辺の一人掛けソファに移動しようとしたとき、さくらが肩で大きく息をついた。

「……ってですよねぇ」

さくらが吐き出すように続ける。

「考えてみたら、私の母ですら、同じようなこと娘の私に言ってますよ。どんなに頑張《がんば》って仕事しても、お前は好きなことしてるって言われちゃうし」

さくらの口元から盛大な溜め息が漏れた。

「実家に帰るたびに、母からも父からも〝もう三十になるのに〟とか、〝いつまでそんなことしてるんだ〟とか言われて、プレッシャー半端ないですよ。まあ、心配してくれてるのは分かりますけど。やっぱり、結婚しないと駄目ってことなのかなぁ……」

実感のこもったさくらの嘆きに、比佐子は同情を覚える。

スイッチ一つで火の入る炬燵。多チャンネルの地デジ。選《よ》り取り見取りの海外ミステリー。周囲は隔世の感を覚えるものばかりなのに、人の意識は、自分が若い頃とたいして変わっていないのかもしれない。

確かに今は、結婚退職や、夫の両親との同居を強いられる時代ではないだろう。けれど、成功したアーティストですら既婚か未婚かで人となりを問われ続けるなら、女性に対する意識の軸足は、結局〝産む側〟という価値観から離脱できていない。

そして、その価値観を支え続けているのは、残念ながら男性だけではない。

難しいのはそれが悪意や偏見から発したものではなく、もしかすると無意識のうちに倫理と取り違える人すらいる、もっとずっと根深いものから生まれていることだ。

一見、物分かりのよい建前をそろえられているだけに、現代を生きるさくらは、自分が経験してこなかった類いの軋轢《あつれき》にさらされることがあるのかもしれないと、比佐子は思った。

「いやいや、プレッシャーがあるのは、女性だけじゃないですよ」

そこへ突然、転寝していたはずの裕紀が口を出してきた。

「男だって、いろいろありますって」

寝起きの裕紀は椅子の上で伸びをしながら、髪を掻《か》く。

「うるさい」

だが、さくらとジャダはけんもほろろに口をそろえた。

「クリスマスに予定のあるような人に、私の気持ちは分かりません」

つんと顔をそむけたさくらに、ジャダが眼をむいて同調する。

「本当、本当。一体いつからマナチーとそんなことになってたわけ？　いいからあんたは黙って寝てなさいよ」

「なんだよ。酷いなぁ」

「大体、ネームができたくらいで腑抜《ふぬ》けてんじゃないわよ。作画はこれからでしょ」

「うわ、ジャダさん、なに、編集みたいなこと言ってんすか」

ジャダと裕紀の言い合いをよそに、さくらが頬を膨《ふく》らませる。

「私なんて、イブもクリスマスも仕事だし」

「分かるわ、さくらっち〜」

途端にジャダがさくらに向きなおった。

「ねえ、もしよかったら、途中からでも、お針子仲間のショーを見にこない？　イブに予定のない仲間同士で、朝まで飲もうっていう計画よ」

「え？　いいんですか。絶対、いきます！」

盛り上がる二人に、裕紀が首を横に振る。

「俺はいけないな。クリスマスイブは真奈ちゃんと横浜《よこはま》だから」

「なんだと、こら！　ケンカ、売ってんのか、てめぇっ！」

ついにジャダがロングヘアのウイッグをかなぐり捨てて立ち上がったとき、カウンター奥から大きな鍋《なべ》を持ったシャールが現れた。

「まあまあ、賑やかね。でもご飯どきにケンカはやめてちょうだい」

部屋の中に、エキゾチックなスパイスの香りが漂う。

「わ！　いい匂い。今晩はカレー？」

途端にジャダがころりと表情を変えて声を弾ませた。

「カレーはカレーでも、一味違うカレーだと思うわ」

シャールが鍋の蓋をあけると、全員から歓声があがった。

ニンジン、大根、ズッキーニ、カリフラワー、ブロッコリー……。ナッツの香りがする蒸しスープに、色とりどりの野菜が宝石のように顔を覗かせている。

「これはね、コルマっていう北インド地方の料理なの。たくさんのお野菜を、蒸し煮にして作るのよ。ベースのスープにペーストにしたカシューナッツソースをたっぷり使うのが特徴なの」

蒸したてのクミンライス、つけあわせの玉葱《たまねぎ》サラダ、素揚《すあ》げした根菜とライムグリーンソースなどがカウンターに並べられ、比佐子はその美しさに眼を見張った。

シャールの作る料理は、伝統的な和食のときもあれば、今日のように、生まれて初めて眼にする異国情緒たっぷりの珍《めずら》しいものもある。

「実はこの間、私の古い友人がアーユルヴェーダの教本をお土産《みやげ》に持ってきてくれてね、その教本に載《の》っていた料理を、ちょっとアレンジしてみたの」

スープを皿に取り分けながら、シャールが説明してくれる。

「アーユルヴェーダ、今、人気ですよね。私も女性誌の特集で、取材したことがあります」

すかさず、さくらが呼応した。

アーユルヴェーダというのは、インドの古典医学のようなものらしい。

比佐子はまず、コルマのスープをそっと口に含んでみた。馴染みのない料理のはずなのに、どこか懐かしい味がした。カシューナッツのソースにコクがあり、カレーよりもずっとまろやかで、口当たりがいい。

歳をとると、スパイスの効きすぎたカレーは胃に負担がかかるのだが、これならいくらでも食べられる気がした。

いったことのない遠い国の料理を味わえる嬉しさに、比佐子の唇に自然と笑みがのぼる。

「今回の画家さんの件は、やっぱり前もってクライアントを説得できなかった、私の責任だと思います」

コルマから力を得たように、さくらが改まって口を開いた。

「事情はともかく、もう一度、画家さんに誠心誠意謝ってみようと思います」

その頰に、元の快活さが戻ってきている。

「その意気よ、さくらっち！　ちゃんと話せば、分かってくれるわよ」

ジャダがさくらの背中を思い切りはたいた。

「そうだよ」

素揚げした蓮根《れんこん》をかじっていた裕紀も、大きく頷く。

「クリエイターって基本孤独な仕事だから、自分のことをきちんと理解しようとしてくれてる人のことは、やっぱり嬉しいものだよ。俺なんてさ、匿名《とくめい》サイトで、散々叩かれてさぁ……」

「あ！　そういやあったわね。〝ワタキラ〟！」

裕紀の嘆きに、ジャダが掌《てのひら》を打った。

「なんですか？　それ」

「あれ、さくらっち、知らなかったっけ。なんかねえ、〝私はあなたが嫌いです〟っていうタイトルの強烈なブログがあってね、そこで裕紀の作品が、さんざっぱら叩かれまくってたのよ」

「えー、それは災難でしたねぇ」

さくらが心底同情した顔になる。

「でもさ、あのサイト、なんかいつの間にか無くなったわね」

「リニューアルしてまた戻ってくるんじゃないかと思ったら、俺、肝《きも》が冷えて」

「あー、ありえますね。今って、アフィリエイト稼《かせ》ぎに、わざとえげつないサイト作る人、多いんですよ」

「まじすかぁ？」

さくらの言葉に裕紀が情けない声をあげたとき、大きな咳払《せきばら》いが響いた。

全員がハッとする。

シャールが自信たっぷりの笑みを浮かべて、厳《おごそ》かに口を開いた。

「それは、ないわね」

有無を言わせぬ口調に、若い三人が顔を見合わせる。シャールは思わせぶりに片眉を引き上げ、孔雀《くじゃく》の羽根の扇子を胸元で優雅に揺らした。

そうしていると、シャールは本当に異界からやってきた魔女のようだ。

「オネエさんがそう言うなら、きっと、大丈夫ね」

「確かに」

ジャダとさくらが納得し、裕紀もほっとした顔になる。

軟らかく煮えた大根を食べながら、比佐子はそっとシャールの横顔を窺《うかが》った。

もしかするとこの人は、またしても〝魔法〟を使ったのかもしれない。そんな気がした。

「ま、安武さんも大丈夫ですよ」

あっさり元気を取り戻した裕紀が、余裕の表情で肩を竦《すく》める。

「本当に応援してくれてる人のことは、クリエイターにも伝わるものですし。まあ、俺には一番の理解者の真奈ちゃんがいるから、それで充分だけど」

「ああん？　さっきまでびびってたくせに、なにのろけてんだ、こら」

こめかみを引くつかせるジャダに、さくらが「まあまあ」と声をかけた。

「裕紀さんだって立派なクリエイターなわけですから、その助言はありがたくいただいておきますよ」

照れたように、さくらは続ける。

「それに、なんだかんだ言って、私、今の仕事好きだから」

さくらの笑みを、比佐子は眩《まぶ》しい思いで見つめた。

こんなに素直で聡明な女性が、若い日の自分のように、変に結論を焦って己を縛らなければいいと、ふと考える。

若さは決して万能ではない。

無限にあるように見えて、その実限られた選択肢の中からなにかを選び取っていくことは、若ければ若いほど、切実な痛みを伴う。

しかし、七十を超えれば、既婚も離婚も未婚も実際にはたいして変わらないものになってしまうことを、今のさくらに伝えても仕方がないだろうと比佐子は思う。

頑張れ――。
ただ心の中で、そっとエールを贈った。

十二月二十一日、木曜日。

昨日から降り出した雨は、まだ降り続いている。比佐子は観念し、洗濯物を家の中に干した。

子供時代から成人までの自分史が終わり、エンディングノートは終盤へとたどり着いた。

遺言、税金、葬儀《そうぎ》、お墓――。

準備しておかなければいけないことが、あまりにもたくさんあることに、洗濯物だらけの部屋の中で、比佐子は途方に暮れた。

なににもまして怖かったのは、終末医療のページだ。

不治の病《やまい》になったとき。

病名、余命の告知を望む。病名のみの告知を望む。病名も余命も告知を望まない。

選択肢が並んでいるが、比佐子はどれにも丸をつけることができなかった。

延命措置、緩和《かんわ》ケア、尊厳死《そんげんし》についても、考えをまとめることができない。

介護についても細かい項目があった。

介護を頼みたい人。受けたい場所。費用について。気をつけてほしいアレルギーについて。

最期《さいご》を迎える場所についても、正直、考えたことがなかった。

ふいに自分が病院で一人きりで死ぬこともあるのだと思い至り、比佐子は悄然《しょうぜん》とする。

ホスピスなどの終末医療施設に入るのも、それはそれで不安があった。

万一自分が認知症になってしまったら。今や、八十五歳以上の四人に一人が認知症だと言われている。

四人に一人。果たして自分がそこまで生きるかは分からないが、恐ろしい確率だった。

エンディングノートの項目が細かく分かれているのも、恐らく認知症になったとき、こうした記述が本人の代わりを務めるという意味もあるのだろう。

それならば、ノートを埋めるのはやはり大切なことだと思いつつも、比佐子はページをめくるのが怖くなった。

窓辺に寄り、カーテンの隙間から外を見れば、相変わらず冷たい雨がしとしとと降っている。

この日、突き当たりの門にカンテラの明かりは見えなかった。

比佐子は重い息を吐いて炬燵に戻る。

終末医療の次は、臓器《ぞうき》提供、献体《けんたい》についてという項目が続いていた。

七十歳を過ぎている比佐子の年齢では臓器提供は難しいが、角膜《かくまく》は年齢による制限がないという。献体が、死後に自分の遺体を医学部の解剖実習のために提供することだということも、比佐子はこの日、初めて知った。

祖父母や両親や妹のところにいく。

漠然とそう考えていた死が、急に現実的な姿で眼の前に迫ってくる気がして、比佐子は耐え切れずノートを閉じた。


十二月二十二日、金曜日。

ようやく雨がやんだが、空は厚い雲に覆われている。部屋干しの洗濯物が乾かず、比佐子は相変わらず、落ち着かない状態の中でエンディングノートに取り組んでいた。

今日は一番大事な遺産相続についてだ。

配偶者や子がおらず、両親も妹も既に他界している比佐子の法定相続人は、基本的には郁子の二人の子供ということになる。だが、一昨年に、彼らがこの一帯の土地を地上げ屋に売却しようとしていたのを阻止してから、ただでさえ希薄だった交流はほとんど途絶えていた。

恐らく甥《おい》っ子《こ》たちは、比佐子が他界してから、再びこの土地を大手のデベロッパーに売り渡そうと画策していることだろう。

それはそれで致し方ない。

けれど、比佐子にはどうしても守りたいものがあった。その場所だけは、自分が亡き後も、存続しなければならないと思うのだ。

落ち込んでいたさくらが、賑やかな語らいや、温かな夜食を通して元気を取り戻していった様子を思い返し、比佐子は背筋を伸ばした。

そのためには、自分がきちんとした意思を残す必要がある。

比佐子は「遺言書の書き方」というページをめくった。

遺言者がまだ元気な状態で作成される普通方式の遺言書には、三通りの方法がある。

全文を自筆で残す、自筆証書遺言。

公証役場で公証人に作成を依頼する、公正証書遺言。

遺言の内容を秘密にする、秘密証書遺言。

とりたてて内容を秘匿する必要もないので、比佐子が選択するとすれば、自筆証書か公正証書のどちらかになるだろう。

自筆証書遺言であれば、基本的に方式は自由でいいらしい。自筆であり、押印さえされていれば、立会人も必要がない。今すぐにでも書き始めることができる。

ただし、自筆証書遺言は自分が他界した後、家庭裁判所で開封され、検認を受けなければならない。万一、裁判所で検認を受ける前に開封されてしまえば、法的な争いが起きたとき、効力を失効する恐れがある。改竄《かいざん》や隠匿の可能性があることも否めない。

公証人が必要となる公正証書遺言は、裁判所での検認の必要もなく、遺言書が無効になる確率はぐっと低くなる。第三者による改竄や、破棄《はき》をされる心配もない。

そのかわり、かなりの手間と準備が必要になる。

特に、比佐子がその場所を守るためには、「特別縁故者」もしくは「遺贈者」が必要となるのだ。

比佐子は頭を悩ませた。

やはりここは、自分の意思をきちんと反映できる、生前贈与の方法を探るべきだろうか。

だが、不動産を生前贈与する場合、不動産取得税や、登録免許税などが余分にかかってくることになる。

そして、一番の問題は――。

比佐子は老眼鏡を外し、眼元をぎゅっと揉《も》み込んだ。

「遺贈者」が、それらすべてを受け入れてくれるかどうかだ。

比佐子は炬燵を出て、窓辺に寄った。

厚いカーテンをめくったところ、突き当たりの門にはやはりカンテラが出ていない。年末が迫り、皆忙しいようだ。

クリスマスまでに、ノートを完成させようと思っていたのだが。

炬燵に戻り、比佐子は再び相続と遺言の項目を見直した。

遺言を書く際の、注意点が列記されている。

土地や不動産を贈与する場合、土地の表記は、必ず登記簿と一致させること。

予《あらかじ》め、遺言執行者を指定すること。遺言執行者は、自分の死後に遺言を実行する人なので、法の知識を持つ弁護士、行政書士などに依頼するとよい。

そして、遺言の事前了解は法的な義務ではないが、遺贈したい相手が血縁者ではない場合、事前にある程度の了承を取っておくこと——。

比佐子はしばらく考え込んでいたが、やがて、思い切ったように顔を上げた。

便箋《びんせん》を広げ、自筆証書遺言の作成例のページを開く。

まずは一度、遺言を書いてみよう。

万年筆に新たなインクを補充すると、比佐子は「遺言書」という表題を、丁寧にしたためていった。


十二月二十三日、土曜日。

その日の夕方、比佐子は昨晩書き終えたばかりの遺言書を携《たずさ》えて、路地の突き当たりの古民家を訪ねた。

やはりこの先は、本人ときちんと話し合うしかない。

昼のお店の営業の様子もなかったので、比佐子は留守を覚悟した。

しかし、呼び鈴を押すと、玄関の向こうからどやどやと人が近づいてくる気配がする。

「比佐子さぁあああん！」

玄関の扉があいた途端、大声をあげながらジャダが現れた。

「いいところにきてくれたわ。今、ちょっと時間ある？」

むんずと腕をつかまれ、比佐子はたじろぐ。

「ジャダさん、シャールさんは？」

「オネエさんなら、生地の買いつけで一昨日から出張中。明日には戻ってくるわよ」

それでここしばらく、昼のダンスファッション専門店も、夜の「マカン・マラン」もお休みだったのか。

「それより比佐子さん。大変なの。もう明日がイブなのに、まだショーのためのドレスが仕上がらないのよ。あたしも今日は配送終えてから、ずっとお針子部屋にこもってるんだけど、全然人手が足りないのぉ」

ジャダが眉を八の字に寄せた。

「ねえ、比佐子さん、手を貸してもらえるぅ？」

「勿論ですとも」

遺言書の入ったトートバッグを後ろに回し、比佐子は勇んで玄関に上がる。この年齢になると、他人から頼ってもらえることは稀《まれ》だ。

しかもそれが、いつも自分を元気づけてくれるドラァグクイーンたちからの頼みなら、張り切らないほうがおかしい。

「私にできることなら、なんでもお手伝いします」

「よかったわぁ。比佐子さん器用だから、助かっちゃう。仕事が終わったら、クリスタやマナチーもきてくれることになってるのよ」

「まずはなにをすればいいかしら」

「ドレスに力いっぱいスパンコールをつけたいの。ミラーボールみたいに、きらっきらに」

「きらっきらにすればいいのね」

「そう。きらっきらよ」

ジャダと一緒にお針子部屋に入ると、何人かのドラァグクイーンたちが大車輪でドレスに縁飾《オーナメント》りや鳥の羽を縫いつけていた。

比佐子は早速ソファに座り、ジャダと一緒にスパンコール係を担当する。黒いサテンのドレスに、銀色と金色のスパンコールを交互に縫いつけていくのだ。

「これは売り物じゃないから、多少はムラがあっても大丈夫。要はライトが当たったときに、きらきらしてればいいの」

「了解よ」

比佐子が糸通しを使って針に糸を通していると、奥で作業をしている金髪のウイッグをかぶったドラァグクイーンたちがそっと頭を下げてきた。

「このドレス、あの子たちが舞台で着るのよ」

ジャダが耳元で囁《ささや》く。

金髪のドラァグクイーンたちは、普段から新宿のショーパブで働いているのだそうだ。

「あの子たちね、ああ見えて、ダンスうまいの」

「ジャダさんは踊らないの?」

「あたしはどちらかっていうと、舞台に出るより、客席で盛り上がるほうが好きなのよぉ」

比佐子の問いかけに、ジャダはかっかと笑う。

それから先は、比佐子もジャダも、ひたすらスパンコールを縫いつけることに集中した。それぞれに異なる手芸をしながら、一日の終わりの時間をゆるりと過ごすのも楽しいが、こうして全員でなにかに打ち込むのも、なかなか刺激的だった。

ふと、幼い頃、郁子と一緒にこんなふうに手芸に熱中したことを思い出す。郁子のボーイフレンドのクリスマスプレゼント用に、徹夜でマフラーや手袋を編んだこともあった。

比佐子はそっと周囲の様子を見回した。

厚手の絨毯が敷き詰められ、あちこちにクッションが置かれた今のお針子部屋に、あの頃の面影は微塵《みじん》もない。

だが、実を言えばこの小部屋は、かつて比佐子と郁子が一緒に使っていた子供部屋だった。

比佐子が高校を卒業する頃、父が畑を潰して新居を建て、比佐子たち一家はそちらへ引っ越した。だが、それ以降もこの家は、祖父がずっと離れとして住み続けた。

今ではシャールが君臨する古民家は、かつての比佐子の実家であり、祖父が晩年まで暮らした家であったのだ。

祖父の死後しばらくは、比佐子が一人で住んでいたが、歳と共に広い家を管理しきれなくなり、父から不動産業を引き継いでいた妹夫婦に借地権を渡し、自分はアパートの一角に移り住んだというのが、今まで誰にも話したことのないこれまでの経緯《いきさつ》だ。

横須賀に暮らす妹夫婦は、晩年、不動産業を仲介業者に丸投げしていたので、新しい住居者については、契約書に書かれている以上のことを知らないようだった。

しかし、生家であり、祖父の思い出のこもった離れがどうなったのか、比佐子はずっと気になっていた。

そこでたびたび様子を窺いにいくうちに、〝シャール〟という、まるで子供の頃に読んだ物語に登場する魔法使いのような不思議な人物と、あいまみえることになった。

〝ご近所の方ね。お茶でもいかがかしら――〟

偵察でもするように、ど派手なドレスを並べたファッション店を覗いている自分に、その人はそう声をかけてきた。

面妖《めんよう》な姿に驚き、逃げてしまおうと思った矢先に、その人が口にした言葉に足がとまった。

比佐子がシャールとの出会いを思い返していると、ふいに呼び鈴が鳴り響いた。

「はぁあああーい」

傍らのジャダが勇んで駆け出していく。どうやらクリスタたちが到着したらしい。

比佐子の作業も大分はかどっていた。最初はただのシンプルな黒いドレスだったのが、いつしか舞台映えのするゴージャスなものに変わっている。比佐子は自分でもその出来栄えに満足した。

「強力な助《すけ》っ人《と》が登場よ～」

満面の笑みを浮かべたジャダが、クリスタと真奈を伴って戻ってくる。

「それと、役立たずなおっさんも」

その後ろに、なぜか中学校教師の柳田《やなぎだ》の姿があった。

「おい！」

役立たず呼ばわりされた柳田が、すかさず抗議の声をあげる。

「だから御厨《みくりや》がいないなら、俺は帰るとさっきから言ってるだろうが」

「うるさいわねぇ。今は、メタボクソオヤジの手でも借りたい緊急事態なのよ。いいからそっちいって、布地を広げるのを手伝ってよ」

「冗談じゃないぞ、誰がメタボクソオヤジだっ！　大体、俺は手芸なんてなぁ……！」

抗議も虚《むな》しく、柳田はわらわらと寄ってきたドラァグクイーンたちに無理やり部屋の隅まで引っ張っていかれた。

「さてと、この場はクリスタに任せるとしてぇ」

クリスタとタッチを交わし、ジャダは腕まくりする。

「今夜の賄いは、あたしとマナチーで作るから、お楽しみにね」

「なにっ！」

途端に、トルソーよろしく布地をかけられた柳田が眼をむいた。

「お前が作るだとっ」

「あら、なんか文句でもあるかしら」

「あるに決まってるだろ。また、炭でも食わすつもりか！」

「なんだと、おっさん、やんのか、こら！」

一触即発の二人の間に、真奈が上手に割り込んでいく。

「ね、ジャダさん、ケーク・サレの材料買ってきたんだけど、お台所で見てくれる？　ジャガ芋とサーモンとほうれん草なんてどうかな」

「それ、魅力ぅ」

ころりと機嫌を直したジャダと共に厨房に向かいながら、真奈がこちらを振り返り、こっそり口パクで「ダイジョウブ」と言ってみせたので、比佐子は思わず噴き出した。

ジャダの料理はいささか不安だったが、このところシャールから個人的に手ほどきを受けている真奈が一緒なら、それほど心配はないだろう。

「比佐子さんまで手伝っていただいちゃって、すみません」

灰色の背広を着たクリスタが、比佐子の隣に腰を下ろした。

「いいえ。いつもお世話になってるんですもの。これくらい、当然です」

「もう完成に近づいてますね」

「ええ、もう一息」

「では、一緒に頑張りましょう」

「はい！」

人が増えたことで、お針子部屋は一気に賑やかになった。柳田もぶつぶつ言いながら、部屋の隅でトルソーの代わりを務めている。

クリスタとお喋《しゃべ》りしながらスパンコールに針を刺すうちに、比佐子は自分がここにやってきた当初の目的を、すっかり忘れてしまった。


十二月二十四日、日曜日。

昨夜遅くまで張り切りすぎ、比佐子は正午過ぎにようやく布団から抜け出した。日めくりカレンダーをめくると、小さな丸印が現れる。ついに、クリスマスイブがやってきた。

エンディングノートには、一応最後まで眼を通してみたけれど。

これで「人生の終い方」に目星がついたかと問われれば、比佐子は首を捻《ひね》らずにいられなかった。終末医療についての項目からは逃げてしまったし、葬儀についての要望も、自分の気持ちがよく分からなかった。

どれだけ過去の自分と向き合ってみても、未来のことはやはり茫洋《ぼうよう》としている。

二十代だった頃、三十代の自分を想像できなかったように、七十代の自分は、八十代の自分を想像することができないのだ。

それは、どんなに歳をとったところで、変わらないのかもしれなかった。

遺言の問題もある。配偶者や子供のいない比佐子にとって、遺言は一人では決められない。

比佐子は遺言書を入れたままになっているトートバッグに眼をやった。

クリスマスイブの今日は、昼のお店も夜のお店も休みだろう。

ジャダたちは、昨夜完成したばかりのドレスを携え、張り切ってショーに出かけただろうし、裕紀と真奈もデートだと言っていた。

他の常連客たちも、今日ばかりは用があるに違いない。

今夜は一人きりか――。

比佐子は小さく息をつき、小さな厨房に立った。

なんとなく料理を作る気になれず、インスタントラーメンで朝と昼を兼ねた食事をした。

午後は炬燵で本を読んでいるうちに眠くなり、つい転寝してしまった。

眼が覚めたのは、硝子《ガラス》をかりかりとひっかく、微かな物音を聞いたためだ。

ハッとして顔を上げると、硝子戸の向こうにキジトラの猫の影が見えた。この一帯をねぐらにしている野良猫だ。

「あら、トラ君……」

キジトラの猫は比佐子の部屋の炬燵を気に入っていて、冬の間は時折泊まりにくることがある。

周囲がすっかり暗くなっていることに驚きながら、比佐子は窓辺に寄った。

一人きりの寂しい夜に訪ねてきてくれたのなら、それが野良猫でも嬉しかった。

だが、せっかく硝子戸をあけてやったのに、猫はなぜかそこから動こうとしない。身体の前に両足をきっちりとそろえ、瞳孔《どうこう》の大きくなった黒い瞳でじっと比佐子を見ている。

「どうしたの、トラ君」

硝子戸から身を乗り出し、比佐子は小さく眼を見張った。

路地の突き当たりの白い門に、カンテラの明かりが灯っている。

時計を見ればまだ六時だ。それでも、暗がりの中、灯台の灯のような明かりが柔らかく揺れていた。

茫然《ぼうぜん》とそれを眺める比佐子の前で、キジトラの猫がぱっと身を翻《ひるがえ》した。しなやかな身体が、闇の中に溶けていく。

お茶でもいかがかしら――。

その瞬間、出会ったばかりのときのシャールの第一声が、どこかで響いた気がした。

我に返った比佐子は慌てて鏡台の前に座り、乱れた髪を整える。それから遺言書の入ったトートバッグを手に、部屋を飛び出した。


「比佐子さん、いらっしゃぁあああい」

通常よりずっと早い時間なのに、深いボルドー色のナイトドレスを身に纏ったシャールは、いつもと同じように玄関先で比佐子を迎え入れてくれた。

「今日は、お休みじゃないかと思ってたんですけど」

比佐子の言葉に、シャールはにんまりと笑みを浮かべる。

「ええ、今日は営業じゃないのよ」

「え？」

聞き返す比佐子を玄関に残してシャールは表へ出ていくと、カンテラの明かりを消してしまった。戻ってきたシャールの背中を見ながら、比佐子は戸惑う。

「どうしたの。早く入って」

シャールに促され、比佐子はおずおずと靴を脱いだ。

もしかすると――。今日はもう、他のお客はこないという意味だったのかもしれない。

だが、それならそれで、話はしやすい。

比佐子は遺言書の入ったトートバッグを持ち直した。

「あのね、シャールさん。私、今日、シャールさんに折り入ってお話があって……」

「あら、私もあるのよ」

言いかけた比佐子に、シャールが振り返る。

「でも、まずはご飯にしましょう。今日は夜食じゃなくて、夕食ね。さ、お店に入ってて」

シャールはウインクを残して厨房に消えていった。比佐子は気持ちを整えるように、背筋を伸ばした。

薄暗い奥の部屋に足を踏み入れ、比佐子は一瞬息を呑《の》む。

暗がりの中に誰かが立っている気がしたのだ。

おじいちゃん――？

だが、すぐにそれは錯覚だと分かった。窓に映ったハナミズキの枝が、人影のように見えただけだった。

比佐子が眼を瞬《しばた》かせていると、籐の椅子からすくっとなにかが立ち上がった。

とん。

微かな音をたてて床に降り立ったのは、キジトラの猫だ。

「まあ、トラ君」

まるで自分を導いてくれたような猫に手を差し伸べると、しかし、キジトラはふいっと横を向いた。そして今度は窓辺の一人掛けソファにするりと駆け上り、そこで横になる。びっくりするほど大きな口をあけて欠伸《あくび》を一つ。それから、前足で小さな額をぐぐっと押さえてくるりと丸くなった。

一連のしぐさの愛らしさに、比佐子は思わず相好を崩す。この世の中のすべての可愛らしさを集めて毛糸を作り、編み上がった個体にほんの一滴〝陰険〟を垂らすと猫になるのではないかと思う。

「お待たせ」

カウンターの奥からシャールが現れたとき、比佐子は自分の考えの詮のなさに赤くなった。

「今日は私と比佐子さんだけよ」

シャールがカウンターに陶器の鍋を置く。蓋をあけると、ふんわりと温かい湯気が漂った。

「八頭《やつがしら》の和風ポトフよ」

八頭、蓮根、ニンジン、カリフラワー……。好物ばかりが入っている鍋を、比佐子はわくわくと覗き込む。

「このまま食べてもいいし、スープを飲んだ後、具は蒸し野菜風に、お塩とオリーブオイルをつけて食べても美味しいのよ」

シャールが、透き通ったオリーブオイルに岩塩を加えた小皿を差し出した。

「それから、わかめとナメコの酢《す》の物《もの》に、小豆《あずき》ご飯と、べったら漬け。べったら漬けも私のお手製よ」

「すごい。全部私の大好物」

眼を丸くした比佐子に、シャールが満足げな笑みを浮かべる。

比佐子はまず、ポトフの透き通ったスープを一匙《さじ》飲んでみた。根菜の甘みが舌の上に広がり、それから昆布《こんぶ》の深い旨《うま》みがじわじわと効いてくる。

「ああ、美味しい……」

比佐子は溜め息をつくように呟いた。

インスタントラーメンしか口にしていなかった身体に、根菜のエキスが沁《し》み込んでくるようだった。

きっと今頃、巷《ちまた》ではフランス料理やイタリア料理のご馳走が溢れ返っている。それでも、こうしてしみじみと味わう食卓に、かなうものなどないと思う。

「八頭って、本当に美味しい。ねっとりして、甘くって。天然のお餅みたい」

比佐子の感嘆に、シャールはにっこり微笑んだ。

「本当ね。それに、八頭は腸にもいいのよ。身体を温めてくれるし、おめでたい食べ物でもあるし」

砂糖を使っていない、米麴《こめこうじ》から作ったべったら漬けも絶品だった。

「シャールさん、実はお話というのはね……」

料理をあらかた食べ終えたところで、比佐子はようやく気になっていた案件を切り出した。

「私、今ちょっと、終活を始めていて」

「シュウカツ？」

小豆ご飯の最後の一口を口に入れながら、シャールが眉を寄せる。

「比佐子さん、どこかに就職するの？」

「え？」

予期せぬ問いかけに、今度は比佐子がぽかんとした。しばし顔を見合わせ、比佐子はようやく思い当たる。

「違うの、違うの。就職活動じゃなくて、人生を終わらせるほうの終活」

「人生を終わらせる？」

シャールはまだ腑《ふ》に落ちていないようだった。

「そう。そろそろ、私も自分がいなくなった後のことを考えなければいけないと思って、いろいろと準備を進めておきたいの」

比佐子はトートバッグを引き寄せる。

「それでね、これは単なる下書きだから、軽い気持ちで眼を通してほしいんだけど……」

バッグの中から封筒を取り出し、比佐子はシャールに差し出した。だが、シャールはいつまで経ってもそれを受け取ろうとしない。仕方なく、比佐子は封筒をカウンターの上に置いた。

「後でも構わないから、一応、見るだけ見ておいてほしいの。私がいなくなった後のことも、ちゃんと計画しておかないとね。少なくとも、この場所だけは……」

「比佐子さん」

シャールが遮るように立ち上がった。

「今日は特別なデザートがあるのよ。ちょっと待っててね」

手早く空いたお皿を重ね上げ、シャールはカウンターの奥へ消えていってしまった。肩透かしを食らったようになり、比佐子は少し茫然とする。

カウンターの上に残された封筒に眼をやり、比佐子は小さく息をついた。一人残された部屋に、キジトラの猫の安らかな寝息が響く。

比佐子はじっと眼を閉じて、規則的な寝息に耳を澄《す》ました。

眼をあけたのは、意外な匂いが漂ってきたからだ。いつもの食後のお茶とは違う。

それは、挽きたての豆でコーヒーを淹れる、深くて芳しい香りだった。

「午後四時以降のカフェインはあまりお勧めできないんだけれど、今日だけは特別よ」

シャールがコーヒーのポットと共に運んできた大皿に、比佐子はハッとする。

タルト生地の上に、飴色にキャラメリゼされた林檎のコンポートがどっしりと載っている。

懐かしさに、比佐子の頬に赤みがさした。

祖父との思い出の味。そしてそれは、シャールとの出会いのきっかけでもあった。

〝ご近所の方ね。お茶でもいかがかしら〟

初めて出会った異形の人。怖くて逃げてしまおうと思ったけれど、その人は次にこう口にしたのだ。

〝丁度《ちょうど》、タルト・タタンが焼けたところなの――〟

それが他のケーキやアップルパイだったら、きっと比佐子は足をとめていなかっただろう。

タルト・タタン。

しかしその言葉に、比佐子はなにかの縁《えにし》を感じた。

「今日は比佐子さんの好物尽くし。だって、特別な日ですもの」

シャールの頬に魔女めいた笑みが浮かぶ。

「世間ではクリスマスイブかもしれないけれど、ここでは違うわ」

まだ湯気を立てている焼き立てのタルト・タタンを切り分けて、シャールが眼の前に差し出した。

「比佐子さん、お誕生日おめでとう」

比佐子は思わず口元を覆う。

「どうして……」

「あら、覚えてないの？　以前、皆でクリスマスの話をしていたとき、比佐子さん、ぽろっと言ったのよ。私なんて、イブが誕生日なんですよって」

そんなたわいのない一言を、この人はずっと記憶していてくれたのか。

比佐子の鼻の奥がつんと痛くなる。

大聖人の生誕の前日に生まれてしまったため、比佐子は子供の頃から単体で誕生日を祝ってもらった記憶がない。誕生日プレゼントは、大抵、クリスマスプレゼントと合同だ。酷い場合は、お年玉まで一緒のことさえあった。

婚家でも一度も祝ってもらったことはない。その日はいつも、夫の家族のために鶏料理やクリスマスケーキを作ることで消えていった。

ただ自分一人が、カレンダーにそっと丸印をつけるだけだった。

「去年は父のことがあって、お祝いできなかったから、今年こそって思ってたのよ」

芳しいコーヒーの香りと、甘酸っぱいタルト・タタンの湯気。

その両方を胸いっぱいに吸い込むと、カウンターの上にぽたりと涙の雫《しずく》が落ちた。

「ねえ、比佐子さん、知ってる？」

涙をぬぐう比佐子に、シャールが静かに語りかける。

「タルト・タタンって、フランスのタタン姉妹の失敗から生まれたお菓子なのよ」

「失敗？　こんなに綺麗で美味しいのに？」

「そう」

シャールは腕を組んで頷いた。

「失敗の説にはいろいろあってね、コンポートを焦がしすぎてしまったとか、焼くときに生地を入れ忘れたとか、ひっくり返したままで焼いたとか、どれが本当かは分からないの。ただ一つだけはっきりしてるのは、タルト・タタンが予期せぬ形で生まれたお菓子だってことなの」

比佐子を見つめ、シャールはゆっくりと告げた。

「いくら準備をしたところで、なにもかもが計画通りにいくわけじゃないわ。むしろ順当にいかなかったからこそ、タタン姉妹は後世に名を遺すお菓子を作ることができたのよ。瓢簞《ひょうたん》から駒《こま》、それが人生ってもんじゃないかしら」

「瓢簞から駒……」

「そうよ。せっかくのお誕生日に、人生の終わらせ方を考えるなんておかしいわ。このお店のことを心配してくれる、比佐子さんの気持ちは嬉しいわ。でもね」

シャールは穏《おだ》やかな笑みを浮かべる。

「私だって、どうなるか分からないのよ」

微笑みの奥に隠された切実な響きに、比佐子は顔を上げた。シャールが昨年の年明けに、大きな手術をしたことを思い出す。

「シャールさん、そんな……」

言いかけた比佐子を、シャールはやんわりと遮った。

「私みたいな病気持ちに限らずね、誰だって、先のことは分からないの」

シャールが真っ直ぐに比佐子を見る。

「だからね、大事なのは、先のことをあれこれ気にかけるより、今をできる限り上機嫌に過ごすことなんじゃないかしら」

今を、上機嫌に過ごす――。

その言葉に、比佐子はずっと心を縛っていたものが、ゆるりと解けたような気がした。

過去の自分より、この先の自分より、今の自分を大切にすることが、もしかしたら本当の終活なのかもしれないと、初めてそんなふうに考えた。

「シャールさん……」

「さ、コーヒーが冷めないうちにいただきましょう。タルト・タタンには豆乳クリームもあるわよ」

シャールがポットから、熱いコーヒーを注いでくれる。コーヒーカップの取っ手を持ち、比佐子はモカの香りを楽しんだ。

飴色のタルト・タタンを一口含むと、その甘酸っぱさに唾液腺《だえきせん》が刺激され、下顎が痛くなる。紅玉《こうぎょく》の爽《さわ》やかさが、口いっぱいに広がった。

二十代の頃、祖父と食べた思い出のタルト・タタンの味とは少し違う。

それでも、七十半ばを過ぎて、異界からやってきた魔女のような不思議な友人と味わうタルト・タタンは、また格別な味がした。

「シャールさん、実は私、今年で喜寿《きじゅ》なのよ」

「あら、すてき。喜びの歳じゃない。でも、比佐子さん、見えないわぁ」

「シャールさんだって、五十には見えませんよ」

「じゃあ、お互い歳のことは忘れましょうか」

くすくすと笑い合いながら、けれど、比佐子は頭のどこかでまったく違う感慨に囚われる。

もし、自分に子供がいたら――。それはシャールと同年代なのかもしれなかった。

だが、この人が本当に自分の息子なら、彼がドラァグクイーンであることを、こんなに容易《たやす》く認めることができただろうか。

そう自問すると、比佐子はやはり、心許ない思いに襲われた。

ここではすべてを司る女王にしか見えないシャールもまた、両親とはうまく関係を結べなかったと聞いている。

肉親故《ゆえ》に、うまくいかないこともある。

比佐子自身、父との相性があまりよくなかったように。

父は当初、土地の権利を比佐子に譲ると定めた祖父の遺言に激怒した。それでも晩年、父は祖父の遺言を遵守してくれた。

相性がよくなくても、愛されていなかったわけではなかったのだと、今の比佐子なら理解できるようになっていた。

ひょっとするとそれだって、エンディングノートを埋める以上に、立派な終活なのかもしれなかった。

「ねえ、比佐子さん。私、本で読んだことがあるんだけど、人間を素粒子レベルで考えると、一年間で、人ってまったく新しい素粒子に入れ替わるんですって」

比佐子の感慨には気づかず、シャールが新たな蘊蓄《うんちく》を披露する。

「それじゃ、誕生日のたびに、生まれ変わってるってことかしら」

「そういうことになるのよ。そう思うと、誕生日って、いくつになってもすごいわよねぇ」

「本当に、すごいことねぇ……」

その晩は、コーヒーを飲みながら、夜更けまで色々なことを語り合った。

シャールが繰り出す話題は様々な分野に亘《わた》り、深くて豊富で、比佐子はたくさん笑い、たくさん感心し、どれだけ話しても決して飽きることがなかった。


十二月二十五日、月曜日。

その朝、比佐子は気持ちよく眼を覚ました。

窓をあければ、なにもかもが発光しているように見える冬の晴天だった。きりっと冷たい空気が流れ込み、比佐子は白い息を吐く。

突き当たりの古民家に眼をやると、一瞬、ハナミズキの植えられた中庭で畑仕事をしている祖父の姿がよぎったような気がした。

おじいちゃん――。遺言書は受け取ってもらえなかったけれど。

でも、心配しないでと、妹や両親に伝えて。

だって私、この歳になって、あんなにすてきな友達ができたのよ。

比佐子は少女に戻ったように、はにかんだ笑みを浮かべた。

シャールだけではない。

若い漫画家の青年や、丸の内の大企業に勤める可愛らしいＯＬ。快活で聡明な女性ライター。

少し頑固な中学校の学年主任。それに、賑やかで才能豊かなドラァグクイーンたち。

古い木造アパートに暮らす独居老人の自分は、恐らく、傍《はた》から見るよりもずっと幸福だ。

ふと、一年間で人間の身体の素粒子が入れ替わると教えてくれた、シャールの低い声が甦る。

比佐子は本当に生まれ変わったような気分で、自分の両手を見つめた。
新しい自分と向き合う。それが、比佐子のこれからの終活だ。
窓を閉めて、壁のカレンダーの前に立つ。
後一週間で、今年が終わる。
比佐子は日めくりカレンダーを丁寧にめくり、心に小さく呟いた。
ようこそ、七十七歳の私。
新《あら》たな年月《としつき》、どうぞよろしく。

主要参考文献

『美人のレシピ　マクロビオティック　雑穀編』カノン小林　洋泉社
『organic base 朝昼夜のマクロビオティックレシピ』奥津典子　河出書房新社
『アーユルヴェーダ食事法　理論とレシピ　食事で変わる心と体』香取薫　佐藤真紀子　径書房
『アーユルヴェーダ治療院のデトックスレシピ』BARBERYN AYURVEDA RESORTS監修
川島一恵　若山曜子　エンターブレイン
『季節を楽しむ　ジャムと果実酒』谷島せい子　成美堂出版
『トルコの伝統手芸　縁飾り（オヤ）の見本帳　585』石本寛治　石本智恵子　C・R・Kdesign&西田碧編　トゥルキャン・セヴギ監修　高橋書店
『トルコの小さなレース編み　オヤ』野中幾美編　誠文堂新光社
『思いが伝わる　あなたと家族のエンディングノート』枡野俊明　ＰＨＰ研究所
『旅立ちのデザイン帖　あなたらしい〝終活〟のガイドブック』ＮＰＯ法人ライフデザインセンター　亜紀書房
『よくわかる板前割烹の仕事』栗栖正博　柴田書店
『完全理解　日本料理の基礎技術』野崎洋光　柴田書店
『古典落語　金馬・小圓朝集』三遊亭金馬　三遊亭小圓朝　飯島友治編　筑摩書房

この作品は書き下ろしです。

この作品はフィクションです。実在する人物、団体等とは一切関係ありません。

第二話の落語「藪入り」の台詞については、『古典落語 金馬・小圓朝集』（三遊亭金馬・三遊亭小圓朝、飯島友治編、筑摩書房）を参考にいたしました。

古内一絵

東京都生まれ。映画会社勤務を経て、中国語翻訳者に。第五回ポプラ社小説大賞特別賞を受賞し、二〇一一年にデビュー。二〇一七年『フラダン』で第六回ＪＢＢＹ賞（文学作品部門）を受賞。他の著書に『キネマトグラフィカ』（東京創元社）、『マカン・マラン　二十三時の夜食カフェ』『女王さまの夜食カフェ　マカン・マラン　ふたたび』『きまぐれな夜食カフェ　マカン・マラン　みたび』『さよならの夜食カフェ　マカン・マラン　おしまい』『銀色のマーメイド』『十六夜荘ノート』（中央公論新社）等がある。

きまぐれな夜食《やしょく》カフェ
――マカン・マラン　みたび

2017年11月25日　初版発行
2019年6月10日　4版発行

著　者　古内《ふるうち》 一絵《かずえ》
発行者　松田 陽三
発行所　中央公論新社
〒100-8152　東京都千代田区大手町1-7-1
電話　販売 03-5299-1730　編集 03-5299-1740
URL http://www.chuko.co.jp/

ＤＴＰ　柳田麻里
印　刷　三晃印刷
製　本　小泉製本

Published by CHUOKORON-SHINSHA, INC.
Printed in Japan　ISBN978-4-12-005022-0 C0093

古内一絵の本

マカン・マラン　二十三時の夜食カフェ

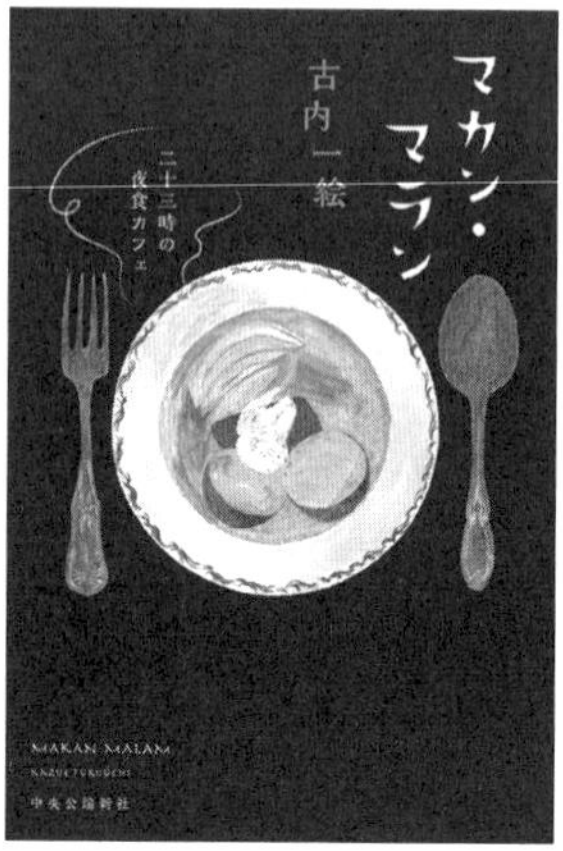

ある町に元超エリートのイケメン、そして今はドラァグクイーンのシャールが営むお店がある。様々な悩みを持つ客に、シャールが饗する料理とは？

単行本

女王さまの夜食カフェ　マカン・マラン　ふたたび

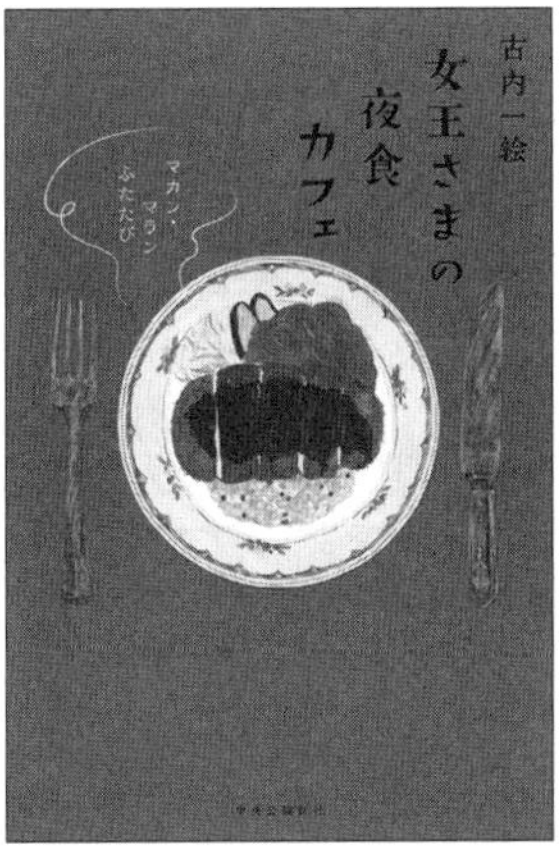

病に倒れていたドラァグクイーンのシャールが復活。しかし、「マカン・マラン」には導かれたかのように悩みをもつ人たちが集ってきて――？

単行本

十六夜荘《いざよいそう》ノート

面識の無い大伯母・玉青から、高級住宅街にある「十六夜荘」を遺された雄哉。大伯母の真意を探るうち、遺産の真の姿が見えてきて――。

〈解説〉田口幹人